राग मारवा

ममता सिंह

राजपाल

ISBN : 9789386534538

प्रथम संस्करण : 2018 © ममता सिंह
RAAG MARVA (Stories)
by Mamta Singh

राजपाल एण्ड सन्ज़

1590, मदरसा रोड, कश्मीरी गेट, दिल्ली–110006
फोन : 011–23869812, 23865483, 23867791
e-mail : sales@rajpalpublishing.com
www.rajpalpublishing.com
www.facebook.com/rajpalandsons

क्रम

भूमिका

कहानी की दुनिया में जो नई जमात सक्रिय है उनमें ममता सिंह एक नया उभरता चेहरा हैं। वह आमतौर पर लंबी कहानियाँ लिखती हैं और उनकी लेखन-प्रक्रिया का मूल तत्व वर्तमान से अतीत में चले जाना और अतीत से भविष्य में छलांग लगा देने जैसा है। अपने मित्र 'देशबंधु' की एक कविता की पंक्ति याद आ रही है—'वर्तमान कभी दौड़ता है, हमसे आगे भविष्य की तरह/कभी पीछे भूत की तरह लग जाता है।' इस संग्रह में ममता की दस लंबी कहानियाँ शामिल हैं, जो देश की प्रमुख पत्रिकाओं में छपकर पाठकों का ध्यान आकर्षित कर चुकी हैं। ममता का मूल कथा-स्वर संबंधों का राग-विराग, यादों की दुनिया में आवाजाही और पुराने मूल्यों के साथ सतत् टकराव में निहित है। उनके पात्र नये समय में खड़े हैं मगर वह पुराने समय की नैतिकताओं, मान्यताओं के साथ निरंतर मुठभेड़ में हैं। इस मुठभेड़ में जब वे टूटने को होते हैं तो पलायन के तौर पर अतीत की मोहक गलियों में सरक जाते हैं।

'पानी पे लिखा खामोश अफ़साना' एक मार्मिक और कचोट देने वाली कहानी है। जो एक छोटी बच्ची की आँख से देखी माता-पिता के संबंधों में पड़ गयी बारीक मगर तीखी दरार का औचक प्रकाशन करती है। बेटी बड़ी होने पर भी सहज नहीं रह पाती। उसे अतीत हमेशा अपने गर्त में बुलाता है—'मम्मी और पापा का रिश्ता क्या एक सूखे पत्ते की तरह था, कहीं मम्मी का सच मेरा सच भी न हो जाए। कहीं दर्श भी...।' 'जनरल टिकट' एक युवा महत्वाकांक्षी स्त्री के बनने, संघर्ष करने और टूट कर फिर से बनने की दारुण कथा है। दकियानूसी सामंती सोच उसके प्रगतिशील जीवन के रास्ते में कंटीले अवरोध बनकर उतरती है, लेकिन वह सबसे पार पाकर अपने लक्ष्य

की तरफ़ बढ़ती जाती है। बेहद रोचक और पठनीय कहानी है जिसमें और तमाम बिंब बिखरे पड़े हैं—'दिव्या स्मृति की रेतीली आँधी और तपिश से झुलस गयी है,' 'सर्दी की नरम धूप का एक टुकड़ा दिव्या के नीले स्वेटर पर अटक गया है,' 'वर्तमान की धूप और अतीत का कोहरा,' 'दिव्या के रास्ते कठिन हैं, लेकिन वे हैं,' यह कहानी मुख्यत: पिछड़ी सोच वाले परिवार से जूझने का विमर्श है। 'गुलाबी दुपट्टे वाली औरत' एक अनपढ़ लेकिन सुंदर नेपाली कामगार स्त्री के संघर्षों का कोलाज है। वह बाँझ है लेकिन वह अपनी कोख को किराए पर चढ़ाकर दूसरों के लिए बच्चे पैदा करने के रास्ते पर चल पड़ती है तो उसके आस-पास की दुनिया स्तब्ध रह जाती है। गिन्नी नेपालन की यह कथा लिखते समय गिन्नी के अंजाम से स्वयं लेखिका विचलित हो जाती है। यह उस श्रेणी की कथा है जहाँ किरदार लेखक का हाथ झटककर अपने रास्ते पर निकल लेते हैं।

संग्रह की सबसे बेहतरीन, अर्थपूर्ण, बड़े सरोकारों वाली, समय के सीमांत पर घटते बुरे प्रसंगों को रेखांकित करने वाली मर्मस्पर्शी कथा है 'आखिरी कॉन्ट्रैक्ट।' इस कहानी का लोकेल मुंबई है जिसे देश का सबसे बड़ा कॉस्मोपॉलिटन शहर कहा जाता है। जहाँ करोड़पति और भिखारी एक साथ लोकल ट्रेन में सफ़र करते हैं। सबको सबकी औक़ात में रखने वाली मुंबई में भी दो समुदायों के बीच कलुष और कपट की जो रेखा है, उसने धर्म निरपेक्ष लोगों के जीवन को हताहत कर दिया है। बेहद निस्सरंगता के साथ यह कहानी दो समुदायों के बीच पसरे बनैले आतंक और अंधी नफ़रत का मार्मिक आख्यायन रचती है—'एक गर्भवती स्त्री दया और करुणा की भीख माँग रही है। सब वहशी बन गये हैं। फ़िरकापरस्ती के जुनून में वे स्त्री के पति को निर्ममता से पीट रहे हैं। रोती सिसकती वह स्त्री मुझमें तब्दील हो गयी है और अधमरा होता उसका पति आफ़ताब की काया बन गया है।' हिन्दू स्त्री-मुस्लिम पुरुष—पति-पत्नी के ख़तरनाक समय और सच को यह कहानी गहरी वेदना के साथ आकार देने में सफ़ल हुई है।

मुंबई
13.07.18
—धीरेंद्र अस्थाना
वरिष्ठ हिन्दी लेखक

राग मारवा

ज़िन्दगी किसी मुफ़लिस की कबा तो नहीं
कि जिसमें हर घड़ी दर्द के पैबंद लगे जाते हैं
—फैज़

पारुल की खुशी छलक-छलक पड़ रही है। उसका मन आसमान में उड़ा जा रहा है। रूई के फाहों सरीखे बादल उसके ऊपर से उड़ रहे हैं। बादलों का ठंडा स्पर्श मन में पुलक पैदा कर रहा है। इतने सालों तक किराए के घर में मकान मालिक के बनाए नियमों के मुताबिक़ रहना पड़ता था। फटी दरी जिसमें पैबंद लगे थे, सीलन से कमरे में ख़ास किस्म की गंध पसरी होती थी, जिसे पारुल आज इस खुशी के मौक़े पर याद नहीं करना चाहती। लेकिन अभावों और परेशानियों में जिया हुआ इतना लंबा समय भला कोई कैसे भूल सकता है। फटी दरी की जगह कालीन बिछ गया है। अब जाकर अपना घर हुआ। खस के पर्दें की जगह ब्लाइंड्स लग गये हैं। सजावट से घर की खुशहाली नज़र आ रही है। आज वो 'अपने' घर में है। अब उसे बार -बार किराए का घर नहीं बदलना होगा।

मेहमानों का आना शुरू हो गया है। पारुल के पाँव ज़मीन पर नहीं पड़ रहे हैं। वह पंख लगाकर आसमान में उड़ रही है। इस कमरे से उस कमरे तक जाती है, बरामदे में नए सजाए गमले को घुमाकर ठीक कर देती है, उसे होश नहीं है। ख़ुशी के मारे अपनी सुध-बुध खो बैठी है।

'मुबारक हो पारुल, कितनी नसीब वाली हो। कितना आलीशान घर मिला है तुम्हें। देर आयद-दुरुस्त आयद'—फूलों का गुलदस्ता थमाती हुई रज्जो बोली। शुक्लाइन चाची ने भी सुर मिलाया। 'भई सास हो तो पारुल की

सास जैसी, नहीं तो न हो। इस बुढ़ापे में भी अपने बहू-बेटे का लालन-पालन कितनी कुशलता से कर रही है बेचारी।—सचमुच बड़े दिल वाली और जांगर वाली है तुम्हारी कुसुम जिज्जी। अपने शौहर के दम पर तो कभी नहीं ख़रीद सकती थी इतना आलीशान घर'—अस्फुट स्वर में बोलती है—'नंबर एक का शराबी...बेचारी कुसुम जिज्जी इस बुढ़ापे में भी कितना खटती है इन लोगों के लिए। ऐसा करमजला बेटा किसी को न मिले,' फुसफुसाते हुए रज्जो बोली। 'बहू कम-से-कम कुसुम जिज्जी के साथ तो लगी रहती है।'

'कोई प्यार में नहीं लगी रहती—स्वार्थ से...कुसुम जिज्जी के गाने का प्रोग्राम वही सेट करती है। कुसुम जिज्जी गायेंगी तो झोला भर के पैसा आयेगा घर में और इनकी रोज़ीरोटी चलेगी। इस उम्र में गाना उनके लिए कितना तकलीफ़देह होता होगा। इस बुढ़ापे में जब आराम की ज़रूरत है तो बुढ़िया सबका पेट पाल रही है,' शुक्लाइन चाची बोलीं।

पारुल के कानों में ये अस्फुट बातें जा रही थीं। ये तल्ख़ अल्फ़ाज़ पारुल पर कटार जैसे वार कर रहे थे। मन का कसैलापन चेहरे पर न झलके, इस प्रयास में दोनों होंठों को आपस में रगड़कर वो लिपस्टिक ठीक करने की कोशिश कर रही है। ज़बर्दस्ती मुस्कुराती हुई साड़ी के पल्लू को आगे कर कमर में खोंसने लगी और दूसरे मेहमानों से मुखातिब हो गई। लेकिन शुक्लाइन चाची कहाँ मानने वाली थीं। रस लेकर बताने लगीं—'पता है रज्जो, इस घर को पाने के लिए इसकी बुढ़िया सास ने ऐड़ी-चोटी का पसीना बहाया है। समाज-सेवियों के चक्कर काटे। नेताओं से सिफ़ारिश की। फ़िल्मी कलाकारों की चिरौरी की। गिड़गिड़ायी कि मैं इतनी बड़ी गायिका हूँ। इतने सारे कंसर्ट किए, मैंने बड़ी-बड़ी महफ़िलों में गाया, लेकिन हमारे पास घर नहीं है, वग़ैरह -वग़ैरह। किसी नेता ने जोड़तोड़ करके मुफ़्त में दिलवाया ये घर।' शुक्लाइन चाची की बातें ललाइन चाची अपने मुँह को रूमाल से ढँके ऐसे आश्चर्य से सुन रही थीं, मानो दुनिया का आठवाँ आश्चर्य बयाँ किया जा रहा हो। सचमुच ये औरतें बातों में इतनी माहिर हैं कि गुड़ रसमलाई बन जाए और रसगुल्ला करेले के रस में बदल जाए। कुसुम जिज्जी के बारे में इस तरह विमर्श हो रहा था, जैसे उन्होंने कोई बुरा काम किया हो।

कुसुम जिज्जी खुश हैं कि नये घर में अब एक कमरा उनका होगा जिसमें

वो तितली की तरह उड़ेंगी, सपने बुनेंगी। संगीत के सागर में तैरेंगी। हारमोनियम, तबला, तानपुरा सब उनके आस-पास रहेगा। जब चाहे छेड़ेंगी कोई सुर...उन सुरों में फिर उगेंगे ख़्वाबों के अंकुर। उन सुरों में पकेगी-घुलेगी फिर से वो चाशनी, जिसका ज़माना कभी कायल हुआ करता था। ख़्वाबों के कई अंकुर अभी भी फूटने बाक़ी हैं। बहुत-सी मुरादें कभी पूरी नहीं होतीं। ख़्वाबों के वो अंकुर अब यादों के सिक्कों में तब्दील हो गए हैं। कुछ ख़्वाब स्टील के बक्से में आज भी बंद हैं, जिसमें पुरानी तस्वीरें, अख़बारों की कतरनें, कई एल.पी. रिकॉर्ड और सीडीज़ हैं।

वो गरमी की सुस्त दोपहर थी। सीलन भरे कमरे को पुराने फ़र्नीचर से नए सलीक़े से सजा रखा था। पुरानी बड़ी-सी टेबल, जिसके पाए दीमक खाने से खोखले हो रहे थे...उसी के एक कोने पर ग्रामोफ़ोन रखा रहता था, जो उनके उत्कृष्ट गायन पर किसी कद्रदान ने उपहारस्वरूप दिया था। गरमी की वो ऐसी उमस भरी, अलसाई दोपहर थी, जब धूप भी छाँव का इंतज़ार कर रही हो। कुसुम जिज्जी चटाई को पानी से बार-बार भिगो रही थीं, ताकि कमरे में सुकून और ठंडक कायम रहे। वैसे उन्हें हर तरह से सुकून तब मिलता है जब वो अपनी पसंद का संगीत सुनती हैं। उस्ताद बड़े गुलाम अली ख़ाँ उनके पसंदीदा गायक हैं और उनके लिए तालीम की तरह हैं। ग्रामोफ़ोन पर बड़े गुलाम अली ख़ाँ की ठुमरी माँड बज रही है...

याद पिया की आए...
ये दुख सहा ना जाए...
बाली उमरिया सूनी सेजरिया,
जीवन बीतो जाए हाय राम...

ये बंदिश उस्ताद जी ने अपनी पत्नी के गुज़र जाने के बाद बनायी थी। किस क़दर दर्द रचा-बसा है उनकी आवाज़ में। कुसुम जिज्जी का मन सुरों के झरने से भीग रहा है। उसी के साथ वे ताल दे रही थीं, मंद-मंद मुस्कुरा रही थीं। एक ताल और चार ताल में उन्हें बड़ा संशय होता था। स्कूल के ज़माने में 'धिन धिन, धागे तिरकिट, तूना कत्ता' की जगह पर वो 'धा धिन, धिन धा, किट धा, धिन धा' कर देती थीं और टीचर की डाँट मिलती थी लेकिन बाद में उनका यही एक ताल और चार ताल एकदम पक्का हो गया था। क्लास

की टेबल या चौके के बर्तनों पर भी वो एक ताल को दुगुन, तिगुन, चौगुन में बजाया करती थीं। बहरहाल...उस्ताद गुलाम अली ख़ाँ को सुनते हुए कुसुम जिज्जी किसी और ही दुनिया में पहुँच गई थीं, जहाँ संगीत की इबादत होती है...तभी इस तपती भीषण गरमी में बिन मौसम बरसात आ गई। बड़ी ज़ोर से बादल गरजे। गड़गड़ाहट से कुसुम जिज्जी के कान झनझना गये। ग्रामोफ़ोन की सूई खट से रिकॉर्ड से हटा दी गई थी। चलता रिकॉर्ड दीवार पर फेंक दिया गया था। 78 आर पी एम का रिकॉर्ड दीवार से टकराकर तड़ाक से टूट गया था और कुसुम जिज्जी का दिल चकनाचूर हो गया था।

...'ये लो एक नई सौग़ात, तुम्हारे उस आशिक का नया पैग़ाम।'

...'ओह, गुरुजी ने भेजा... ?'

...'गुरु-शिष्य परम्परा को तुम जैसी दो कौड़ी की गायिकाओं ने बदनाम किया है। मत कहो गुरुजी।'

...'तुम जैसी गायिकाओं को वो स्टेज पर नहीं ले जायेंगे तो समाज को क्या जवाब देंगे कि बरसों अपने आग़ोश में बिठाकर क्या सिखाया। इसी बहाने वो अपना नाम भी तो रोशन कर लेते हैं।'

...'उफ़'...

...'उस्ताद रहमत ख़ाँ, उस्ताद सलामत ख़ाँ...कितने उस्तादों का जी बहलाओगी।'

नीले रंग के गिफ़्ट रैपर में से छोटा-सा ट्रांज़िस्टर झाँक रहा था...जिसे देखकर दर्द के इस अँधेरे में भी कुसुम जिज्जी के लिए जैसे चिराग़ जल उठा। कुसुम जिज्जी ने आँसुओं से भीगी आँखों को कस के झपकाया, मिचमिचाया, पलकों में बंद दो-तीन बूँदें गालों पर ढुलक गईं। इसी रेडियो ने कुसुम जिज्जी को सुरों की पालकी पर बैठाया था। रेडियो ने ही सुरों के पंख लगाकर उन्हें उड़ना सिखाया था। स्कूल-कॉलेज के उन्हीं दिनों में विविध भारती से जब संगीत-सरिता कार्यक्रम प्रसारित होता था तो कुसुम जिज्जी अपनी कॉपी और कलम लेकर बैठ जातीं। रागों के गायन का समय, वादी-संवादी, शुद्ध और कोमल स्वर...सब कुछ बाक़ायदा नोट करतीं और जो राग जिस प्रहर में गाया-बजाया जाता है, उसका अभ्यास वो उसी प्रहर में करतीं। संगीत सरिता सुन-सुनकर उन्होंने आकाशवाणी बनारस के शास्त्रीय-संगीत के ऑडीशन की

तैयारी की। ऑडीशन पास किया तो अपनी सहेलियों को लड्डू खिलाये। बी ग्रेड और फिर टॉप ग्रेड आर्टिस्ट बनीं। उनकी गायकी के कई टेप तैयार हुए और वो एक प्रतिष्ठित गायिका बन गईं। उनकी 'सुर सरिता' जब पहली बार विविध भारती के एक बड़े और लोकप्रिय कार्यक्रम 'अनुरंजिनी' में बही—तो कई दिन तक वो सुरों की बारिश में भीगती रहीं। इस तरह ट्रांज़िस्टर कुसुम जिज्जी के जिगर का टुकड़ा बन गया। जहाँ जातीं साथ में ट्रांज़िस्टर और उसकी बैटरी ज़रूर ले जातीं। रेडियो से ही उनकी शोहरत की शुरुआत हुई। ग़म और तन्हाई के पलों में उनका हमदम भी बना रेडियो। तन्हाई के लम्हों में ली गई अपनी सिसकियों को कुसुम जिज्जी ने रेडियो और अपनी गायकी से ही तो बाँटा। इस पल भी जब पूरे घर पर ग़म की बदली छायी है, उनका अपना ही जीवनसाथी जब उनका कलेजा छलनी कर रहा है...यह देखकर कुसुम जिज्जी एक बार फिर ज़िन्दगी की सिलवटों को मिटाने के लिए बेतहाशा दौड़ पड़ीं। लेकिन वो ट्रांज़िस्टर उनके लिए उस दिन खुशी की सौगात नहीं बल्कि ऐसी आँधी लेकर आया था, जो कई महीनों तक शांत नहीं हुई। गानों के कई मौक़े हाथ से निकल गये। पंडित जसराज की प्रस्तुति के बाद उनकी प्रस्तुति का मौक़ा जाता रहा। मुंबई में फ़ैज़ अहमद 'फ़ैज़' की ग़ज़लें गानी थीं, वो मौक़ा छूटा। ऐसे कई सुनहरे मौक़े उन्हें अपने घरेलू विवादों के कारण छोड़ने पड़े।

वक्त कभी एक जैसा नहीं रहता। आँधियाँ चलती हैं, थमती भी हैं। कुसुम जिज्जी की ज़िन्दगी में भी बहार आई और पतझरों की दस्तक कम हो गई। बनारस से मुंबई की सुखद यात्रा और बस कुसुम जिज्जी का सुर कोयल-सा कूकने लगा।

नेहरू सेन्टर का भव्य हॉल, स्टेज के किनारे-किनारे फूलों के वंदनवार सजे थे। मौक़ा था विदुषी गिरिजा देवी और उस्ताद अमजद अली ख़ाँ की कजरी और सरोद की जुगलबंदी की प्रस्तुति का...

झिर   झिर   बरसे   सावन,
रस बुंदिया की आई गइले ना
अब बहार की...आई गइले ना।

राग मिश्र मांड में दादरा ताल में निबद्ध इस कजरी की जुगलबंदी पर दर्शक झूम रहे थे जैसे सावन की बयार हो। कुसुम जिज्जी का मन बादलों के बीच

उड़ चला था। कजरी की तान पर खूब ऊँची-ऊँची पींगें भर रही थीं। उनके मन का झूला आसमान में उड़ा जा रहा था। होंठ इस कजरी के साथ गुनगुना रहे थे। पंडित अच्छेलाल तबला संगत कर रहे थे। 'धा धी ना, धा तू ना, धा धी ना, धा तू ना' दादरा ताल के ठाह, दुगुन और त्रिगुन की ताली के साथ-साथ मन-ही-मन उनका सोलो गायन भी चलने लगा था। इसी कजरी के बाद तो कुसुम जिज्जी को भी ठुमरी गानी थी। पहली बार उन्हें इतना बड़ा मौक़ा मिला था। वो आहिस्ता-आहिस्ता मंच की सीढ़ियाँ चढ़ रही थीं, होंठों से मुस्कान के मोती झर रहे थे। लाल चौड़े पाड़ वाली क्रीम कलर की साड़ी के पल्लू को सलीके से आगे सरकाती हुई मंच पर जब वो बैठीं, और लंबी नाक में चमचमाती हीरे की लौंग पर जैसे ही रोशनी पड़ी—मानो दीये जल उठे। बनारसी पान की ललाई उनके होंठों पर ऐसे फब रही थी कि उसके सामने ब्रांडेड लिपस्टिक का रंग भी फीका लगे। आँखों में गहरा काजल, माथे पर लाल बिंदी उनकी खूबसूरती में चार चाँद लगा रहे थे। तानपुरे और तबले के मिलान के बाद जब उन्होंने बोल-आलाप लिया तो दर्शक हवा में इठलाती टहनी की तरह झूमने लगे थे। उन्होंने जब बोल-बनाव की ठुमरी गायी, तो रसिकों के बीच से आवाज़ आई—'वाह खटका और मुरकी का कैसा अद्भुत समन्वय है।' उनकी गायकी से, राधा-कृष्ण के प्रेम और नोक-झोंक का दृश्य तिलस्म पैदा कर रहा था।

बारिश हो या कड़ी धूप, हर मौसम में कुसुम जिज्जी के गायन के कंसर्ट में हॉल खचाखच भरा रहता। हॉल में पिन-ड्रॉप-साइलेन्स बना रहता था, शुरू से आखिर तक। कुसुम जिज्जी के पास स्मृतियों का विराट समुद्र है, जिसमें अक्सर ही वो गोते लगाती हैं। कई बार तो वो यह भी चाहती हैं कि इन सुरीली यादों की बूँदों से उनके घरवाले भी भीगें। खासतौर पर वो पारुल को बहुत कुछ बताना चाहती हैं, क्योंकि पारुल उनके साथ परछाईं की तरह रहती है। लेकिन पारुल के तो अपने ही जोड़-घटाव हैं। कुसुम जिज्जी के करीब बस उतना ही रहना चाहती है, जब तक उसे फ़ायदा पहुँचता रहे। पारुल का बस चले तो कुसुम जिज्जी की यादों के सिक्कों को या तो बाज़ार में भुनाए या फिर 'फ़िक्स डिपॉज़िट' करके दोगुना होने तक इंतज़ार करे। लेकिन स्मृतियाँ किसी तिजोरी में भला कहाँ कैद होती हैं, वो तो मन की वादी में हमेशा भटकती हैं

तो कुछ स्मृतियाँ इंसान के जीने का मक़सद बन जाती हैं। आज जब भी पारुल कुसुम जिज्जी के कंसर्ट के लिए कोई सिटिंग रखती है, तो उनका दिल ख़ुद से विद्रोह करता है...और विद्रोह के पलों में उनका तनाव और दर्द बहने लगता है। 'दरअसल जब उम्र का सूरज ढलता है तो सपनों के रंग फीके पड़ जाते हैं। पूरी दुनिया बेनूर लगने लगती है। आवाज़ में कशिश तब आती है, जब दिल में ख़ुशी की धूप खिली हो...लेकिन मेरी दुनिया में तो हमेशा ही बदली छायी रही, इतना गहन अँधेरा है कि किसी का चेहरा पहचान में नहीं आता। बहू, बेटे, पोते सब अदृश्य हैं। उम्र के इस पड़ाव में इतनी अकेली हूँ जैसे पहाड़ी किले में कोई मन्दिर। कोई भूला-भटका आकर फूल चढ़ा जाता है। मेरे लिए समय जैसे अविरल बहाव है जिसमें न कोई तारीख़ है, न कोई समय, न ही कोई पर्व है। फिर भी पारुल सिटिंग करती है, तारीख़ तय करती है और मैं गाने को तैयार हो जाती हूँ...अब और नहीं...आख़िर उम्र के इस ढलान में मैं क्यों गाऊँ...किसके लिए गाऊँ...गाकर क्यों इनका पेट पालूँ, जबकि मेरे इस परिवार ने मुझे सिर्फ़ काँटे ही काँटे दिये हैं। पिछली बार जब मैं बीमार होकर बिस्तर पर थी, झूठ-मूठ को भी कोई मेरे पास नहीं फटकता था, जैसे-तैसे बोझ की तरह पारुल दो वक़्त खाना पटक जाती थी, वो खाना मैंने खाया या नहीं, ये देखती भी नहीं थी...और मैं अपना काँपता हाथ तकिये के नीचे ले जाकर टटोलती थी, दवा का पत्ता ढूँढती थी और दवा निगल लेती थी। पोते को मेरे क़रीब इसलिए नहीं आने दिया जाता था कि मेरी बीमारी से उसे इंफ़ेक्शन न हो जाए। मेरे कान तरस गये, इस वाक्य के लिए—''माँ बस करो, तुम अब आराम करो, तुम्हें कुछ चाहिए तो नहीं।'' लेकिन कहाँ...इस घर के लिए तो मैं सिर्फ़ ए.टी.एम. मशीन हूँ। पर क्या कहूँ अपने मन को, ये भी बड़ा अजीब है। नहीं गाती हूँ तो भी चैन नहीं मिलता। बचपन से आज तक गायकी जैसे रगों में घुली-मिली है। बिना गाए तो मैं जी भी नहीं सकती। ये गाना ही तो है, जिसने मुझे ज़िन्दगी की कड़ी धूप में ठंडी छाँह दी है।'

...बाजूबंद खुल-खुल जाये सँवरिया रे

कैसा   जादू   डारा   रे...

जादू की पुड़िया भर-भर मारी रे

क्या जाने बैद बिचारा रे...

राग भैरवी की ये बंदिश उन्हें बहुत पसंद है। अपनी तन्हाई में कुसुम जिज्जी गाने के तरह-तरह के प्रयोग करती हैं। अभी वो दीपचंदी ताल की इस बंदिश को कहरवा ताल में बदलने की कोशिश कर रही हैं...धागे नाती नाक धिन...

जैसा मीठा गला, वैसा ही ठसकदार कुसुम जिज्जी के गाने का अंदाज़। ग़रीब परिवार में पली-बढ़ी कुसुम जिज्जी अपने दम पर कामयाब हुईं। पिता ने उन्हें इस डर से नहीं पढ़ाया कि वो पढ़-लिखकर भाग जायेंगी। घर में उनके गाने का जमकर विरोध हुआ। लेकिन कुसुम जिज्जी कहाँ मानने वाली थीं। गायकी उनकी रग-रग में, साँसों में बसी थी। जब वो छोटी थीं, तो गाना सीखने के लिए उन्होंने ज़िद ठान ली,—'गाना सिखाओ वरना कुएँ में कूदकर जान दे दूँगी।' घरवाले उनकी ज़िद के आगे लाचार हुए और उस्ताद रहमत ख़ाँ से गंडा बँधवा दिया और उन्हें गाने की तालीम दिलवाई गई। इस तरह शुरू हुआ था, उनके गाने का सफ़र। उन्हें गाने और तारीफ़ बटोरने का इतना शौक़ था कि शुरुआती दौर में जब वो मंच पर गातीं, तो सहेलियों और रिश्तेदारों से कह देतीं, कि मैं रहूँगी मंच पर, तुम लोग तालियाँ बजाने आना। धीरे-धीरे सिलसिला बढ़ता गया और गायिका के रूप में वो मशहूर होने लगीं।

गायकी तो जैसे उनके लिए कुदरत की एक अनमोल नेमत थी। दर्शकों में बैठे वो लोग, जो पेशे से व्यापारी थे—लेकिन थे संगीत के क़द्रदान, कुसुम जिज्जी के शो के बाद उन्हें दंडवत प्रणाम करते और उपहारस्वरूप सोने-चाँदी के गहने और रुपए देते थे। गायकी के इन्हीं पैसों और उपहारों से कुसुम जिज्जी के भाई-बहनों की परवरिश हुई। कुसुम जिज्जी बड़ी सरल मिज़ाज की थीं। जिन्होंने कभी अपने लिए जीना नहीं सीखा। हर कोई उनसे बेपनाह मुहब्बत करता। जब जिसे ज़रूरत पड़ती वो उनसे पैसे वसूल ले जाता था। आज के ज़माने में ऐसी मदर टेरेसा कहाँ मिलेंगी भला। ठसकदार रोबीले व्यक्तित्व को लोग आज भी नमन करते हैं। मजाल है कि उम्र में छोटे लोग उनसे नज़र मिलाकर बात करें। बावजूद इसके कुसुम जिज्जी अपनी सरलता और मासूमियत से वो पेशेवर ऊँचाई नहीं छू पायीं जिसकी वो हक़दार थीं। अपनी काबिलीयत से उन्हें शोहरत तो खूब मिली, पर दौलत नहीं मिल पायी, जो उनके ठाट-बाट को रौनक कर सके। लेकिन हाँ, अपनी गायकी के दम

पर उन्होंने अपने बेटी-बेटे को अच्छी परवरिश दी। बेटी तो ब्याह कर चली गई ससुराल, लेकिन बेटा हो गया नालायक। जब तक पति साथ थे, गाने में अड़चनें ही पैदा करते थे। उस ज़माने में औरतों का स्टेज पर गाना निचले दर्जे का माना जाता था। उनके पति को कतई गवारा नहीं था कि उनकी धर्मपत्नी उस ज़माने की मशहूर गायिकाओं की तरह कुसुम-बाई के नाम से विख्यात हों। बहरहाल, कुसुम जिज्जी की ज़िन्दगी में परेशानियों की धुँध भी छायी, कामयाबी की रोशनी भी हुई। अँधेरे और उजाले के इस संघर्ष में धीरे-धीरे कुसुम जिज्जी के पास कामयाबी के तमग़े आते चले गये। लेकिन उनकी निजी ज़िन्दगी में अँधेरा गहराने लगा। एकाकीपन बढ़ता गया। लेकिन वो थकी नहीं, उम्र की इस दहलीज़ पर न आराम है, न दिली सुकून, न ही अब वो शोहरत रही। किसी आयोजक का एक फ़ोन आता है, तो पारुल दसियों फ़ोन करती है—और जुगाड़ करके एक स्टेज प्रोग्राम फ़िक्स करवा ही लेती है। और उसके बाद कुसुम जिज्जी की खुशामद शुरू कर देती है। फिर तो उनकी सेवा में कोई कमी नहीं रहती। कुसुम जिज्जी को मिश्री डालकर गरम पानी देती है। तुलसी और काली मिर्च का काढ़ा बनाकर देती है। इस डर से कि कहीं उनका गला न ख़राब हो जाए। पारुल की इस एहतियात से कुसुम जिज्जी का गला बिलकुल दुरुस्त रहता है। भले ही शरीर उनका जर्जर हो, लेकिन उनका मन और गला कभी नहीं बिगड़ता।

...'दादी, दादी, आपकी फ़ोटो फट गई...ये अख़बार।'

...'अरे ये तो मेरे सम्मान की तस्वीर है रे।'

...'लेकिन दादी इस अखबार पर भेलवाला भेल बेच रहा था। मैंने देखा तो उससे माँगकर ले आया। मैंने उससे कहा—इस अख़बार में मेरी दादी की तस्वीर है, दे दो ना।'

...कुसुम जिज्जी अवाक् रह गईं। लगा मानो अखबार के टुकड़ों की तरह कुसुम जिज्जी का दिल भी कई टुकड़े हो गया है। दर्द जैसे छाले में बदल गया...तन्हा मन उदासी के उस जंगल में चला गया, जहाँ कोई ऐसा पौधा नहीं जिसमें हरापन हो...शुष्क बेजान...ठूँठ पेड़ों में मैं खोज रही हूँ रिश्तों की बीर-बहूटी। जब यहाँ मिट्टी ही नहीं है, सिर्फ़ कंकड़-पत्थर वाली बंजर धरती है, तो बीज कैसे रोपे जाएँगे...कहाँ से जड़ पकड़ेगी...ये घर तो दूर तक फैला

निर्जन मरुस्थल है जिसमें सिर्फ़ रेत के टीले हैं, जो भरभराकर कब के गिर चुके हैं। मुझे ये पता है, फिर भी मैं झूठी उम्मीद पर जी रही हूँ। इस घर में मेरी अहमियत सिर्फ़ एक ग्रामोफ़ोन जितनी है, जब चाहा बजा लिया, फिर एक कोने में सजा दिया। लेकिन अब मैं इनकी ज़रूरत नहीं पूरी करूँगी। अब मैं कोई वस्तु बनकर नहीं रहूँगी। पारुल के कहने पर किसी तरह का कंसर्ट या स्टेज प्रोग्राम नहीं करूँगी...लेकिन क्या करूँगी, बार-बार मजबूर करती है पारुल मुझे गाने को...।

...'दुल्हन तुमने ये क्या किया?'

...'जिज्जी, वो रखने की जगह नहीं थी ना। अब नये घर में ये कूड़ा-कबाड़ कहाँ रखा जाए। इसलिए मैंने रद्दीवाले को दे दिया। हाँ एक कॉपी रख ली है। बस इतना काफ़ी है ना।'

'दुल्हन, तुम्हें याद है। इससे भी छोटा घर था, जब रौनक पैदा हुआ था। उसका एक-एक खिलौना, एक-एक कपड़ा मैंने सँभाल कर रखा था जिसे झाड़-पोंछकर तुम अब भी इस्तेमाल करती हो।'

'कूड़ा-कबाड़'...अपने आप से ही कुसुम जिज्जी कहती हैं...'ये रद्दी, ये कूड़ा-कबाड़ ही मेरे जीवन का आसरा है। इसी ने मेरे भीतर सुरों की सरिता प्रवाहित की है।' फाँस की तरह चुभ गया यह शब्द कुसुम जिज्जी के भीतर। कुसुम जिज्जी का मन पीड़ा से आर्द्र हो गया है। ये काग़ज़ के टुकड़े, ये तस्वीरें, संगीत की नोटबुक, बंदिशों की स्वर-लिपियाँ, पुरानी डायरी...इन सबमें दर्ज हैं यादों के दस्तावेज़...तन्हाइयों का सफ़र...नोटबुक के पन्नों में मुरझाए फूल मेरे आँसुओं से मुस्कुराने की फरियाद करते हैं। डायरी के पन्नों में कुछ शब्द हैं, कुछ भाव हैं, अंजुरी भर सरगम है जिसके सहारे मैं जीती हूँ, वरना इतनी सारी बीमारियों को ओढ़कर मैं कब की मर चुकी होती। मैं अपने ही कोख-जने बेटे और बहू पर बोझ बन गई हूँ। ये मेरी लाचारी का फ़ायदा उठाते हैं। मेरे दुख, मेरी पीड़ा उन्हें दिखायी नहीं देती। इन लोगों को मुझसे सिर्फ़ पैसों का सरोकार है। शायद मैं जिस दिन पैसों का ज़रिया न रहूँ, उस दिन ये लोग मुझे निकाल फेंकेंगे घर से। इस घर में मेरी रोज़मर्रा की ज़रूरतें तक नहीं पूरी की जातीं। चश्मे की डंडी टूटी है। कई दिनों से एक हाथ से डंडी पकड़कर काम चला रही हूँ। मैं इनके लिए भला क्यों गाऊँ।

अब मैं नहीं गाऊँगी। मैं क्यों इतना कष्ट सहूँ इनके लिए। अब तो कुर्सी पर बैठते भी नहीं बनता...कमर और घुटनों में असह्य पीड़ा होती है। लेकिन करूँ क्या...दुल्हन फिर रोना रोएगी...आप गाएँगी नहीं तो आपके पोते की पढ़ाई का ख़र्च कहाँ से आएगा, हमारे लिए ना सही, उसके लिए तो गाइये। मैं इनके दिए दुखों से रोज़ तार-तार होती हूँ फिर भी पारुल की एक चिरौरी पर गाने को तैयार हो जाती हूँ...

...'पारुल मेरे तानपुरे का तार टूटा है। कितनी दफ़े कहा, ठीक करवा दो। गाने की सिटिंग से पहले करवा ही देना ज़रा...तुमने मेरे ब्लाउज़ की तुरपाई भी नहीं की ना...लोग क्या कहेंगे कि मैं इतनी बड़ी गायिका, उधड़ा ब्लाउज़ पहने हूँ। हर प्रोग्राम के बाद जब पैसे मिलते हैं तो सोचती हूँ अपने लिए दो-चार साड़ी-ब्लाउज़ खरीद लूँगी, लेकिन उससे पहले ही तुम्हारी ज़रूरत की चीज़ों की लंबी लिस्ट तैयार हो जाती है।' कराहती हुई धीरे-धीरे वो अपने शरीर के बोझ को उठाने की कोशिश करती हैं...सूई में धागा डालने की कोशिश करती हैं...सूई की चुभन से रिसती खून की बूँद को देख रही हैं।

नए घर के हॉल में लोगों की भीड़ जमा है। कुसुम जिज्जी के पिछले कंसर्ट के पैसों से आया नया म्यूज़िक सिस्टम तेज़-तेज़ बज रहा है और इन आवाज़ों से कमरा गूँज रहा है। म्यूज़िक बंद होने पर लोगों की हँसी और क़हक़हे छन-छनकर भीतर वाले कमरे तक चले आते हैं। जहाँ बैठी हैं कुसुम जिज्जी। चारों ओर संगीत का शोर है। चहल-पहल है। लेकिन कुसुम जिज्जी के भीतर एक खोह है, जहाँ सिर्फ़ खालीपन है, वीरानी है और है इक दश्त। उनके घुटनों की तकलीफ़ बढ़कर ऑस्टियोपोरोसिस में बदल गई है। बिना सहारे के वे उठ नहीं सकतीं। पारुल हाथ में उपहारों का बंडल लिए कमरे में दाखिल हुई, जल्दी-जल्दी अलमारी में रखकर बाहर निकल ही रही थी कि कुसुम जिज्जी की आवाज़ आई, 'दुल्हन-दुल्हन, भूख लग आई है। खाना ले आ।'

'अं...हाँ जिज्जी।'

'गोली खाने का वक़्त हो गया है दुल्हन।'

'आई जिज्जी,' कहती हुई पारुल कमरे से जो बाहर गई तो पलटकर नहीं आई।

'जब किसी कंसर्ट की तारीख़ तय होती है तो दुल्हन कैसे दौड़-दौड़कर

मेरी सेवा करती है।' कुसुम जिज्जी मन-ही-मन बुदबुदाई...'उसे तो मिल गया है नया घर। अब फ़िलहाल मेरी ज़रूरत नहीं है। प्रोग्राम ख़त्म तो कुसुम जिज्जी की देखभाल भी ख़त्म। रद्दी की टोकरी में पड़े बेकार सामान की तरह मैं घर के एक कोने में पड़ी रहती हूँ...वॉशरूम जाना है। सालों से डायबिटीज़ की पीड़ा से जूझ रही हूँ। बिना सहारे के वॉशरूम नहीं जा सकती हूँ...पारुल को ये बात अच्छी तरह पता है...लेकिन वो अपनी खुशियों में मस्त है, उसे तमाशे और नाच के सिवा कुछ नहीं दिखायी दे रहा। मस्त रहें मस्ती में, आग लगे बस्ती में।'

बेटे को जब पैसों की ज़रूरत होती है, तब उसे अपनी माँ यानी कुसुम जिज्जी याद आती हैं। शाम से अब रात हो चली है। पार्टी का शोर मद्धिम होता चला जा रहा है और कुसुम जिज्जी के भीतर का अकेलापन भी गहराता जा रहा है। ठसकदार शख़्सियत, एक मशहूर गायिका घर के एक कोने में बैठी खाने का इंतज़ार कर रही है। उसकी भूख शांत हो, तो वो दवा खाए। कोई आए, उन्हें सहारा दे तो वो वॉशरूम जाएँ। अब तो उनकी साड़ी भी गीली हो चुकी है। ऑस्टियोपोरोसिस की तकलीफ़ इन दिनों इतनी बढ़ गई है कि डॉक्टर की दवा भी कभी-कभी काम नहीं करती है। एक की बजाय कई बार दर्द की दो गोलियाँ लेनी पड़ती हैं। थोड़ी राहत और फिर तकलीफ़ शुरू। कमाल की बात तो यह है कि कुसुम जिज्जी का शरीर तो जर्जर हो गया है लेकिन आवाज़ आज भी ताज़ा है, गला उनका आज भी जवान है। आवाज़ में पहले जैसी बुलंदी, लोच और कशिश बरक़रार है। शरीर की तकलीफ़ मन को भी बेचैन करती है। एक कलाकार बेहद बेचैनी के पलों में अपनी कला से इश्क़ फ़रमाता है। जहाँ सारे दर्द, दर्द की सीमा से ऊपर हो जाते हैं। इश्क़ में दर्द का एहसास मीठा लगता है। अक्सर कुसुम जिज्जी के साथ भी ऐसा ही होता है। जब वो कराहने लगती हैं—तो अपने साज़ उठाती हैं। छेड़ती हैं कोई राग, सुरीले आलाप और तान के बाद...गाती हैं विलंबित और द्रुत ख़याल की बंदिश। और फिर अपनी इस प्रिय ठुमरी में डूब जाती हैं—

भरि भरि आई मोरी आँखियाँ पिया बिन...

घिर घिर आई कारी बदरिया...

धड़कन लागी मोरी छतियाँ।

वर्तमान से जब जी घबराने लगे, हर पल इंसान छटपटाता रहे...अपनी तकलीफ़ों से लाचार होने लगे, तो उसका अतीत में विचरना आदत-सी बन जाता है। अतीत के सबसे ऊँचे पहाड़ पर चढ़ रही हैं कुसुम जिज्जी। यादों की मीठी बारिश से आज फिर भीगना चाहती हैं वो। कामयाबी के भूले-बिसरे चित्रों को देखना चाहती हैं, मन के आईने में...।

कुसुम जिज्जी बैठे-बैठे ही अपना घुटना मोड़कर घिसट कर थोड़ा आगे तक सरकीं तो तिपाई तक हाथ पहुँच गया। तानपुरे का ऊपरी सिरा हाथ आया, उसे अपनी ओर खींचा। बूढ़े-झुर्रीदार हाथों में इतनी ताक़त नहीं बची कि तानपुरे को सही पोज़ीशन में लाकर अपने सामने खड़ा कर सकें। तानपुरा आधा लिटा कर उसका कवर हटाया, साड़ी के पल्लू से उस पर जमी धूल साफ़ की और फिर धीरे-धीरे खुलता गया, उनके मन का भीतरी परदा। यादों के साज़ पर पड़ी गर्द भी साफ़ होती गई। उस पार ठहरा अतीत, आँखों के सामने झिलमिलाने लगा। अपने गाने पर हॉल में बज रही तालियों की गूँज, उनकी गायकी की लहरों से सराबोर होते दर्शक-श्रोता, ग्रामोफ़ोन कंपनियों के लिए गाना, एल-पी रिकॉर्ड्स का रिलीज़ होना, दुनिया भर में मशहूर होना, अपना दमकता हुआ जवान चेहरा, रिकॉर्ड के कवर पर छपा अपना श्वेत श्याम चित्र, रिलीज़ के बाद की पार्टी और रेडियो पत्र-पत्रिकाओं में इंटरव्यू—चलचित्र की तरह आँखों के सामने घूमने लगे। सरपट भागती ट्रेन की तरह गुज़र गये वो दिन। और बचा रह गया पटरियों का धड़कना। कुसुम जिज्जी इस वक्त सवार हैं यादों की ट्रेन पर। अनगिनत स्टेशन आ रहे हैं यादों के। वर्षा-चौमासा के चार दिनों का बहुत बड़ा आयोजन था, जिसमें कजरी, चैती, टप्पा, ठुमरी गाकर खूब शोहरत पायी और पहली बार उन्होंने आयोजकों के सामने पैसों के लिए ज़बान खोली थी। उन्हें मुँह-माँगी रकम मिली भी थी। उन्हीं पैसों से बेटे के लिए गाड़ी ख़रीदी। किराए पर चलवाई। लेकिन 'पूत सपूत तो का धन संचय, पूत कपूत तो का धन संचय।' यादों के समंदर में ग़ोते लगाती कुसुम जिज्जी ने जब तानपुरे के तार को छेड़ा, तो एहसास हुआ कि तार तो कब के ढीले पड़ गये...तानपुरा अब बेसुरा हो गया है, लेकिन एक कलाकार की ज़िद के सामने साज़ को अपनी ज़िद छोड़नी पड़ती है। आखिरकार तानपुरा

मिलाया और कुसुम जिज्जी को एहसास ही नहीं हुआ कि उनके कंठ से ठुमरी के ये बोल फूटने लगे हैं...

इस ठुमरी के साथ, बोल-आलाप और बोल-तान कुसुम जिज्जी गा रही हैं। कहीं भी उनका सुर भटक नहीं रहा है। बाक़ायदा खटका-मुरकी, गमक और मीड़ का वैसा ही प्रयोग जैसा वो मंच पर पहले करती थीं। कुसुम जिज्जी के गाने का वही ठसकदार अंदाज़ आज भी कायम है। जब मंच पर वो गाती थीं, तो हॉल में तालियों की गूँज होती थी। हालाँकि अब कुसुम जिज्जी सिर्फ़ दौलत के लिए मजबूरी में गाती हैं, बेटे-बहू की ज़रूरतों के लिए। पोते को एमबीए कराना है इसलिए गाती हैं। बेटे को दुकान ख़रीदनी है। दुल्हन को हर महीने ब्यूटी पार्लर जाने के लिए पैसे चाहिए। सब्ज़ियों, फलों और अनाज के दाम आसमान छू रहे हैं। जिनके घर में हर सदस्य कमाता है, वहाँ भी किल्लत मची है। यहाँ तो ढंग से कमानेवाला कोई है भी नहीं। गाती हूँ मैं, गाने के पैसे लेती है पारुल, उन्हीं पैसों से आता है घरेलू सामान और पकती है रोटी। यही रोटी रोज़ मुझे सबके खाने के बाद मिलती है। जब सब खा लेते हैं, तब बचा-खुचा खाना मेरे हिस्से में आता है। आज भी जबकि गृहप्रवेश की पार्टी मेरी बदौलत है, फिर भी मुझे ही सबसे अंत में खाना नसीब होगा...कलप रही हूँ मैं भूख से, लेकिन पारुल खुशी के नशे में चूर है। उसे तो होश तब आएगा, जब अगला कोई आयोजक मिलेगा प्रोग्राम के लिए।

'कुसुम जिज्जी, कुसुम जिज्जी, सुनिए तो, ग़ज़ब हो गया, अपने तो भाग खुल गये'...ये पारुल थी, जिसकी आवाज़ सुनकर कुसुम जिज्जी की ठुमरी का स्वर वहीं रुक गया।

'हुआ क्या दुल्हन, तुम्हें कब से आवाज़ दे रही हूँ। भूख से मेरा कलेजा मुँह को आ रहा है। कमर-घुटने ऐसे अकड़ गये हैं कि बैठा नहीं जा रहा है। कमर दर्द सहा नहीं जा रहा है। गाना शुरू किया तो दर्द ज़रा कम हुआ।'

पारुल ने तानपुरा जिज्जी के हाथों से लगभग छीनते हुए जल्दी-जल्दी उसे प्रणाम किया, जैसे तानपुरा ही उसकी सास हो। उसे तिपाई पर खड़ा कर दिया।

'क्या कर रही हो दुल्हन, मेरा तानपुरा कहाँ हटा रही हो। बड़ी मुश्किल से मैंने इसके तार ठीक किये हैं।'

अब कुसुम जिज्जी का मन जैसे दर्द के दरिया में डूबने लगा है। मन-ही-मन वो कहती हैं—हुँह पारुल को अब सुधि आई है मेरी। लगता है फिर किसी कार्यक्रम का जुगाड़ कर आई है...उसका चेहरा देखकर ही मैं भाँप लेती हूँ कि इस बार मुझसे उसे कितना फ़ायदा पहुँचने वाला है। पारुल तानपुरे के एक-एक तार को बेचेगी और एक-एक तार के नोट वसूल करेगी।

'कुसुम जिज्जी, इस बार तो आपके लिए नया तानपुरा ख़रीद लायेंगे, यही नहीं सितार, गिटार, ढोलक, मंजीरा, हारमोनियम सब ख़रीद देंगे। इस बार आप हमारा घर दौलत से भर देंगी। अब हम अपनी दुकान ख़रीद सकेंगे। एक बार जो दुकान चल पड़ेगी, तो फिर आपको हम मसनद पर बिठा कर रखेंगे। आप सिर्फ़ कंठी-माला लेकर राम नाम जपियेगा। बस एक आखिरी बार हमारे लिए गा दीजिए मंच पर।'

'दुल्हन, आँखें थक गईं इंतज़ार करते-करते। भूख से अंतड़ियाँ अंदर घुस गई हैं। होंठ सूखे जा रहे हैं। बार-बार जीभ फेर रही हूँ, ज़बान पर।'...कहते-कहते कुसुम जिज्जी की आँखों में अटके मोती गालों पर ढुलक आए।

एल.ई.डी. लाईट की तेज़ रोशनी में भी कुसुम जिज्जी के सामने स्याह अँधेरा छा गया। दिमाग़ चक्कर खाने लगा। जैसे अब वो गिर पड़ेंगी। हॉल से अभी भी शोर छनकर आ रहा है और कुसुम जिज्जी के कानों को चोट पहुँचा रहा है।—'कुंडी मत खटकाओ राजा, सीधा अंदर आओ राजा'—पारुल इन बेढब बोलों के साथ सुर मिलाती हुई, झूमती कुसुम जिज्जी के गले में हाथ डालकर झूल गई। कुसुम जिज्जी का नथुना तेज़ दुर्गंध से भर जाता है। और वो झटके से अपना मुँह दूसरी तरफ़ फेर लेती हैं। उनका रुका हुआ बाँध टूट जाता है। दर्द बेतरह फट पड़ता है। शरीर और मन ज़ार-ज़ार रोने लगते हैं। उन्हीं की कमाई से यह घर आबाद हुआ है। और वही घर के एक कोने में अपनी बदनसीबी पर रो रही हैं। उनकी साड़ी अभी और गीली हो गई है। घर के दूसरे हिस्से में जश्न मनाया जा रहा है। गाना गूँज रहा है—'ले ले रे सेल्फ़ी

ले ले रे।' इस गाने पर कुसुम जिज्जी का बेटा नाच तो सकता है लेकिन 'बजरंगी भाईजान' बनकर उन्हें अकेलेपन के महासागर से उबार नहीं सकता।

मेहमान जा चुके हैं। पारुल, कुसुम जिज्जी को बच्चों की तरह बहलाने की कोशिश करती है। उन्हें सहारे से उठाकर वॉशरूम ले जाती है। 'सरगम ग्रुप वाले एक बहुत बड़ा स्टेज प्रोग्राम कर रहे हैं। वो लोग आपसे मिलना चाहते हैं। चलिए जिज्जी आपको हाथ-मुँह धुलाकर खाना खिला देती हूँ। फिर ये नयी साड़ी पहन लीजिए। तैयार हो जाइये। वो लोग अभी आयेंगे और आपसे मिलेंगे। एडवांस पचास हज़ार का चेक देने का वादा कर गये हैं। लगता है हमारे भी अच्छे दिन आ गये हैं जिज्जी।' पारुल खुशी के समंदर में डुबकी लगा रही है। कुसुम जिज्जी उदासी से तार-तार झीनी हुई जा रही हैं, पारुल हाथ में साड़ी लिए खड़ी है। कुसुम जिज्जी साड़ी की तह खोल कर उसमें पड़ी शल ठीक कर रही हैं। पारुल उन्हें हाथों से सहारा देती है। दोहरी हुई कमर के दर्द से कुसुम जिज्जी चीत्कार कर उठती हैं...'उफ़...घुटने तो सीधे ही नहीं हो रहे दुल्हन...यूँ ही पहना दो ना साड़ी...'

उस रात भी पारुल मुझे इसी तरह साड़ी पहना रही थी। पड़ोसी आकर खड़े थे, डॉक्टर के यहाँ ले जाने के लिए ऑटोरिक्शा बुलाया गया था। बीमार हालत में मुझे अकेला छोड़, ये लोग सिनेमा देखने गये थे। पोते ने ज़िद की थी...

'मैं दादी के साथ रहूँगा, बेचारी दादी कैसे उठकर पानी लेंगी।'

'तांबे वाला लोटा यहाँ भरकर रख देते हैं,' पारुल बोली थी।

'अगर बिजली गुल हो गई तो?'

'मोमबत्ती और माचिस भी रखे दे रहे हैं ना, दादी कोई छोटी बच्ची नहीं हैं कि उन्हें अकेला नहीं छोड़ सकते।'

रौनक ने दुल्हन से झुँझलाते हुए अस्फुट स्वर में कहा था—'जिज्जी तो जी का जंजाल बन गई हैं, अब इनकी वजह से हम सिनेमा में भी न जाएँ।'

ये सब मैं बीमारी की अशक्त अवस्था में सुन रही थी...और सचमुच उस दिन बिजली गुल हो गई थी। मुझे ज़ोरों की प्यास लगी थी, मैं पानी लेने के लिए कोशिश करके उठी थी और धड़ाम...अपने ही गिरने की आवाज़ से मैं डर गई थी। उसके बाद क्या हुआ...मुझे कुछ होश नहीं। जब मैं चेतन अवस्था में लौटी, तो अपने को अस्पताल के बेड पर पाया था। सलाइन लगा

हुआ था...मैं असह्य वेदना से कराह रही थी। डॉक्टर के आने पर पारुल ने फुसफुसाकर पूछा, 'कितना ख़र्चा लगेगा, कितने दिन यहाँ रखना होगा...हमें जितना जल्दी हो सके, प्लीज़ डिस्चार्ज दे दीजिए...और हाँ डॉक्टर साहब यह बात आप अपने तक ही रखिएगा।'

...'मैं ज़रिया हूँ कमाई का, लेकिन मेरे इलाज में पैसे न ख़र्च हों...पारुल की इन बातों ने आज के इन हालात में मेरा कलेजा चीर दिया था। मेरे घाव पर मरहम की बजाय जैसे नमक घिस दिया गया हो, जैसे मीठी छुरी से मुझे मद्धिम-मद्धिम हलाल किया जा रहा हो। बूँद-बूँद बह रहा था दर्द का दरिया मेरी आँखों से...बहुत देर तक अस्पताल का सफ़ेद झक तकिया गीला होकर मटमैला हो रहा था। सांत्वना और प्यार भरे हाथों के स्पर्श के लिए मन ज़ार-ज़ार रोकर तड़पा था उस दिन...उस दिन तो क्या, जाने कितने बरस हो गए स्नेह और अपनेपन की छाँह मिले हुए...। ज़िन्दगी की कड़ी धूप में जब-जब प्यार की प्यास महसूस हुई, तब-तब कड़वा प्याला ही नसीब हुआ...अब तो लगता है मेरे दुःखों के सफ़र का अंत मेरी आखिरी साँस के विराम पर ही होगा।

कमरे में रखे रेडियो पर कोई FM चैनल बज रहा है...पुरानी चीज़ों को मत फेंकिए...olx पर बेचिए। कुसुम जिज्जी की कराह और ये विज्ञापन दोनों आपस में घुल-मिल गये हैं...और अब बज रही है ये शास्त्रीय बंदिश—

सखी मोरी कोई ना जाने पीर
मोरे नैना बहाए नीर
साँवरिया मोरा दरस दियो ना
लागे हृदय में तीर...

ढलती रात के इस सन्नाटे में राग मारवा की ये बंदिश कुसुम जिज्जी के कलेजे में टीस पैदा कर रही है। कुसुम जिज्जी को लग रहा है...न तो इस रात का कोई अंत है, न उनकी इस पीड़ा का।

गुलाबी दुपट्टे वाली लड़की

किसी को अंदाज़े-नज़र देखकर उसकी सूरत और सीरत का पता लगाना कठिन है। डोर-बेल बजी। मैंने दरवाज़ा खोला। सेफ़्टी डोर की गोल सलाखों से झाँक कर देखा, हवा के तेज़ झोंकों ने घर के भीतर घुसपैठ की। उसका लहराता दुपट्टा उड़कर कमरे के भीतर आने को आतुर हो गया। उस लड़की के सामने आते ही लाल पलाश खिल गया...ऐसी सुर्ख़ी उसके गालों पर थी। सफ़ेद-गोरे चेहरे पर सुर्ख लाल गाल, चपटी नाक, मंगोल चेहरा, सामने की ओर की गई, नाभि से नीचे की ओर लटकती लंबी चोटी...जिसे पीले रबर बैंड से बाँध रखा था। घेरदार पटियाला सलवार और कमीज़ पहने उस लड़की ने मुस्कुराकर हाथ जोड़ दिए, अभिवादन की मुद्रा में...और तीन बार सिर हिला कर मुस्कुरा दी। जैसे मेरे कुछ कहने के जवाब में 'हामी' भरी हो, जबकि मैंने उससे कुछ कहा ही नहीं।

...'मेम शाब, ये गिन्नी।'... मेरी प्रश्नवाचक मुद्रा को देखकर साथ में खड़ा वॉचमैन बोला। 'ऐई काम करेगा।'

'मुझे कोई ''प्रोफ़ेशनल ट्रेंड मेड'' चाहिए।'

'मेम शाब, इशको शब करना आता। खाली एक बार बताएगा तो ऊ शब करेगा।'

मैं उसकी ओर मुखातिब हुई, 'तुम कर पाओगी काम? सुबह तड़के आना होगा।' आहिस्ता से तीन बार सिर झटक कर वह मुस्कुराने लगी।

अगले दिन से वह काम पर तैनात हो गई। मेरी पैनी निगाहें जासूस बनकर उसका पीछा करने लगीं। मैं सोचने लगी कि एक तो काम में अनाड़ी होगी, ऊपर से पता नहीं भरोसेमंद है या नहीं। इसकी जाँच करने के लिए मैंने

अपने सोने के ईयरिंग टेबल पर रखे। और दूसरे कमरे से पैनी निगाहों से उस पर नज़र रखती रही। उसने टेबल पोंछी, ईयरिंग को एक कोने से दूसरे कोने पर उठा कर रख दिया। इसी तरह मैंने उसकी ईमानदारी और अच्छे काम की कई परीक्षाएँ लीं। गिन्नी को हिन्दी बोलनी नहीं आती थी, मुझे नेपाली नहीं आती थी। दोनों, चेहरे के हाव-भाव से एक दूसरे की बातें समझते। ज़्यादातर वह साउंड प्रूफ स्टूडियो की तरह खामोश रहती।

'चाय पियोगी,' 'परांठा खाओगी,' 'नाश्ता करके आई हो।'—हर बात के जवाब में गिन्नी तीन बार सिर झटक कर मुस्कुरा देती। काम करते-करते वह आसमान की ओर खुली आँखों से यूँ देखती, जैसे सपनों की बारिश होगी और वह अपने हाथों में ढेर सारे सपने रोप लेगी। उसे क्या पता, सपनों की बारिश देखना जितना सुखद होता है, उतना ही कठिन होता है, उन्हें सहेज कर, सँभाल कर रखना। फिर भी आकाश सबके लिए है, बारिश सबके लिए, तो फिर सपने भी सबके लिए...लेकिन सबके सपने साकार नहीं हो पाते।

उस दिन मैंने चाय ना बनाकर दूध पिया और उसे भी दे दिया।

'ये लो गिन्नी दूध...'

'नोईयाँ।'

'क्यों?'

'मांसले पाखुरा छाती पुड्ठा पीरा,'...

'मतलब दर्द हो रहा है!' फिर सिर हिलाया गिन्नी ने।

'दर्द में दूध फ़ायदेमंद होता है, लो हल्दी डालकर पी लो।'

'नोईयाँ।'

'आमरा ईयाँ ऊ माहवारी में दूध, ओच्छा खाना नोई खाना।'

'बड़ी मशक्कत के बाद मुझे समझ में आया कि नेपाल के जिस गाँव से गिन्नी आयी है, वहाँ महीने के पाँच दिनों में महिलाओं को घर से बाहर रहना पड़ता है। उन दिनों में दूध, पनीर, मांस, मच्छी वग़ैरह खाने की मनाही होती है। सोने के लिए बिस्तर की बजाय चटाई दी जाती है।

'गिन्नी, तुमने कभी अपनी माँ से पूछा नहीं कि ऐसा ज़ुल्म क्यों किया जाता है?'

'जुलुम नोई आँ।'

'दूध पीता तो गाय सूख कर मरता...।'

'ओह'...

'माश-मच्छी का बी ऐशा ई।'

'माश-मच्छी नईं खाना चाहिए, ऐसे समय में काम भी तो नहीं करवाया जाता।'

'काम नहीं करेगा तो खाएगा क्या?'

मतलब स्त्रियों के लिए नियम सुविधानुसार ही बने हैं। गिन्नी से बातों के दौरान उसे ये भी पता चला कि उसके गाँव में स्त्रियाँ सेनीटरी पैड के बारे में जानती भी नहीं हैं। आज भी चूल्हे की राख कपड़े में लपेटकर उसे पैड की तरह इस्तेमाल करती हैं। दरअसल हर स्त्री गृहस्थी की खूबसूरत मशीन है। ओखली में धान कूटने से लेकर बर्तन मांजकर उसे सजाने तक, तकिए के गिलाफ़ पर फूल काढ़ने से लेकर घरवालों की ज़िन्दगी सँवारकर, लिखने-पढ़ने तक हर काम में स्त्रियाँ ट्रेंड कर दी जाती हैं। कुशलता से हर काम की ट्रेनिंग के दौरान स्त्री ज़िन्दगी की वेदी पर खुद ही अपनी समिधा बनती है।

उस दिन मन्दिरा की बचपन की तस्वीर पर जमी धूल झाड़ते हुए गिन्नी अपने मन पर भी बुहारन फेर बैठी...लम्बी हवादार निःश्वास के साथ बर्फ़ के महीन कण झरने लगे। आँखों में सर्द गीलेपन का एहसास हुआ। गालों का गुलाबी रंग कुछ पलों के लिए स्याह पड़ गया।

गाँव के जंगल में लकड़ी बीनते हुए, वह बहुत सारे सपने भी चुनती थी। गाय का थन जब दूध से भरता तो गिन्नी की छाती में भी दूध उतर आता। वह गिन्नी से माँ में तब्दील हो जाती। इन दिनों कम पढ़ी-लिखी गिन्नी मेरा चेहरा पढ़ने में पारंगत हो गई थी। मेरा सवालिया चेहरा पढ़ झट उसने सवाल दाग दिया—

'अच्छा है केटी, किदर गया?

'पढ़ने गई है दूसरे शहर, हॉस्टल में रहती है।'

'तुम्हारे बच्चे कहाँ हैं?'

'नोई आँ,'...कहते हुए गिन्नी की आँखों में घटाएँ छा गईं।

'कितने साल हुए शादी को? डॉक्टर को नहीं दिखाया?'

'इदर इलाज करने आया, नेपाल में नोई आँ इशकू इलाज।'

काफ़ी पूछताछ के बाद समझ में आया कि गिन्नी भी उन खूबसूरत

स्त्रियों में है, जो बाँझ, त्रियाचरित्र, चरित्रहीन के तमग़ों से नवाज़ी जा चुकी हैं। अगर नव-प्रसूता के सामने गिन्नी पड़ जाए तो घर की अनुभवी औरतें शिशु की अलाय-बलाय लेकर डीठ उतार देतीं।

'दोनों की जाँच हुई है?'...इसके जवाब में उसका चेहरा संवेदनाहीन हो गया। उसके पति में कोई ऐब या समस्या है या नहीं, यह सवाल उठाना आज भी उस गाँव में पाप है। गिन्नी की सास की निगाहों में उस पर चुड़ैल का साया है, जो माहवारी के समय उसका खून चूस लेती है...जिससे उसे बच्चा नहीं हो रहा है। गाँव का मनचला उसकी सुंदरता से आँख सेंक ले, तो गिन्नी के पति का पौरुष विकराल हो जाता है। गिन्नी के बदन पर ख़रोंचें ही ख़रोंचें नज़र आतीं...बदन की ख़रोंचें सब देख पाते लेकिन उसके मन की सिलवटों और पीड़ा से सब अनजान रहते। डॉक्टर ने जिस दिन बताया कि उसके पति के स्पर्म में मोटेलिटी कम है, उस दिन से वो डॉक्टर पागल घोषित कर दिया गया। कहा गया कि यह डॉक्टर का पैसा कमाने का धंधा है।

'डॉक्टर चालीस हज़ार लेगा, बोच्चा देगा।'

'कैसे?'...मैंने पूछा।

उसने फटाफट अपने थैले से एक पॉलीथीन बैग निकाला और एक फ़ाइल में सँभालकर रखी डॉक्टर की पर्ची दिखायी। मैंने पढ़ने की कोशिश तो की पर डॉक्टर की लिखावट पढ़कर सिर्फ़ लाल-बुझक्कड़ ही बन पायी। इसमें एक शब्द आई.वी.एफ. का सिरा ही हाथ आया।

...'मैंने तो सुना है आई.वी.एफ. के ज़रिए बच्चा पैदा करने में दो ढाई लाख रुपए लग जाते हैं।'

रकम के बारे में अनजान गिन्नी फिर मशीन में तब्दील हो गई। वह काम करते हुए अक्सर मेरी बेटी मन्दिरा की तस्वीर छूती। उस पर हाथ फेरती। कई बार वो उसकी तस्वीर को किस भी कर लेती। मैं जब उसे ऐसा करते हुए देखती, झटपट सात लाल मिर्च, राई-नमक से मन्दिरा की तस्वीर की नज़र उतार देती और फ़ोन करके मन्दिरा को नसीहतों की खूब सारी घुट्टी पिला देती।

असल में जो होता है वो दिखता नहीं, जो दिखता है वो होता नहीं। पहले दिन आई गिन्नी गुलमोहर का लाल फूल थी। पर धीरे-धीरे यह एहसास

हुआ कि गिन्नी चट्टान है, जो जंगल की बारिश, तूफ़ान आँधी सब कुछ सहने में सक्षम है। कपड़े सुखाना हो, सूई में धागा डालना हो, मॉल से ले आए बेतरतीब रखे सामान को जमाना हो, खाना बनाना या फिर घर के जितने भी काम हों—सब में गिन्नी बेतरह निपुण है...।

तेल लगे बालों में चपटी कंघी कर, लंबी-सी...रस्सी की तरह गुँथी चोटी को कमर पर इधर-उधर हिलाती हुई, कपड़े सुखाते वक्त जब तेज़ सूरज की किरणें गिन्नी के चेहरे पर पड़तीं तो वह लाल गुलाब बन जाती...गालों पर जैसे रूज़ लगाया हो। सीने पर चादर जैसा बिछाया हुआ उसका दुपट्टा लबर-लबर इधर-उधर गिरता रहता लेकिन न वो दुपट्टे में पिन लगाती, न उतारकर कहीं रखती। एक दिन चंचल हवा ने उसका दुपट्टा लहर-लहर उड़ा कर खिड़की पर अटका दिया। ग्रिल न होती तो उसका दुपट्टा आसमान की सैर करता।

'दुपट्टा एक कोने में रख कर काम करो।'

मेरे इस वाक्य के जवाब में उसकी नज़रें झुक गईं। चपटी नाक सुड़कते हुए वो बोली, 'चुन्नी नई लिया तो मेरा मरद बोलता, सज-धज कर दिखाने जाती है। ढँक कर रखने का। मरद का नज़र फिसलता...।'

उफ़...मैं सोचने लगी, पहले के ज़माने में जब स्त्रियाँ साड़ी से अपना पूरा बदन ढँके रहती थीं तब भी सुंदर स्त्री को देखकर पुरुष के क़दम लड़खड़ाकर गिरने के किस्सों से इतिहास के पन्ने भरे पड़े हैं। मुझे याद आया, अख़बार की लीड बनी थी, 'नेपाल की लड़कियों को काम दिलाने के नाम पर डांस बार में उनके अश्लील वीडियो बनाए गए।' 'नेपाली लड़कियों को दुबई ले जाने का रास्ता बन गया है दिल्ली एयरपोर्ट'...इन ख़बरों पर लिखकर मेरा नाम भी बड़े पत्रकारों में शुमार हो गया था। गिन्नी को देख मेरी कलम फिर कसमसा रही है...'कुछ धारदार लिखकर मशहूरियत का तमग़ा हासिल किया जाए...पर इस बार सिर्फ़ कलम और सुर्ख़ी के लिए नहीं बल्कि भलाई के लिए भी।' शहर की नामचीन इन:फ़र्टिलिटी स्पेशलिस्ट डॉक्टर शेट्टी का चेहरा मेरी आँखों में झिलमिल सितारों की तरह जगमगा गया। उनसे इंटरव्यू पर आधारित एक धाँसू आलेख से मेरे लेखन का सूरज चमक जाएगा। प्रशंसा के पुल पर खड़े होकर साहित्य और पत्रकारिता जगत की विराट नदी में लंबे समय तक गोते लगाए जा सकते हैं।

आइडिया को महीन छलनी से छानकर, अपने फ़ायदे का आटा अलगाकर गिन्नी को बाक़ी पोटली थमा दी।

उलझ गए ऊन के गोले की तरह बहुत देर तक वह अपने मासूम सवालों से जूझती रही। उम्मीदें कुलाँचें मारती रहीं। अपनी सूनी गोद मातृत्व से भरने का सपना भला किस स्त्री का नहीं होता। वो भी गिन्नी जैसी औरत जिसके मन में स्त्री होने का मतलब ही शादी, बच्चा और बच्चे को बड़ा करने का सुख...।

गायनाकॉलोजिस्ट ने गिन्नी की जाँच की लंबी लिस्ट दी जिनमें से ब्लड टेस्ट, थायरॉइड वगैरह तो मैंने सुने थे, लेप्रोस्कोपी, प्रोजेस्ट्रोन टेस्ट और भी कई टेस्टों के बारे में मैंने गूगल सर्च करके जानकारी हासिल की। जाँच सहित पूरे ट्रीटमेंट के खर्च की फ़ेहरिस्त देखकर मेरी आँखों के सामने धरती घूम गई। डॉक्टर ने इसमें थोड़े-बहुत डिस्काउंट कर भी दिए तो बाकी पैसे कहाँ से आएँगे। गिन्नी कहाँ से लायेगी दो ढाई-लाख रुपए की रकम। उफ़, गिन्नी को मैंने यह कौन-सा सब्ज़बाग़ दिखा दिया।'

अपनी पत्रकारिता की रोटी सेंकने के लिए मैं भला यह सब क्यों कर रही हूँ। गायनाकॉलोजिस्ट के इंटरव्यू पर आधारित कवर स्टोरी तो यूँ ही लिख जाएगी। फिर यह परोपकार मैं क्यों कर रही हूँ।

फ्रीलांस पत्रकारिता के समीकरणों को सँभालना अपने आप में टेढ़ी खीर है। एक पत्रिका के लिए, दूसरी वाली पत्रिका से ज़्यादा अच्छ लिख दिया तो दूसरी वाली के संपादक नाखुश। कैसी भी धाँसू कवर स्टोरी लिखो, पैसा उतना ही नपा-तुला मिलना है तो बेवजह की मेहनत भला क्यों करूँ। मुझे अपने आप पर खीझ होने लगी थी। मेरे मन के सागर-मंथन को डॉक्टर की पारखी और अभ्यस्त निगाहों ने ताड़ लिया था। उन्हें भी छपास का खूब शौक था।

'मैं काफ़ी डिस्काउंट कर दूँगी, हॉस्पिटल से जुड़ा हुआ हमारा एक पुअर बैंक है। साथ में एक ट्रस्ट भी है। जो काउंसलिंग करके सचमुच के ज़रूरतमंदों को आर्थिक मदद करता है,' कहते हुए डॉक्टर शेट्टी वहाँ से चल पड़ीं।

तमाम वस्तुओं की तरह आए दिन अख़बारों में विज्ञापन छपा दिखता है—'नि:संतान दंपतियों के लिए नि:शुल्क चिकित्सा शिविर' या फिर 'निराश न हों, कम ख़र्च में बच्चा पायें।' कपड़े पर डिस्काउंट, जूलरी पर, ग्रोसरी के

सामान पर डिस्काउंट, इलेक्ट्रॉनिक चीजों पर डिस्काउंट और अब इलाज में भी डिस्काउंट...। मेरा मन विचारों का जाला बन गया था।

अगर ट्रस्टी से पैसे मिल गये तो खींचतान कर गिन्नी के एक बार के इलाज के पैसों का बंदोबस्त हो जाएगा, पर किसी ट्रस्ट से पैसा उगाहना इतना आसान कहाँ। गिन्नी अब मेरे लिए एक मेड नहीं बल्कि घर के सदस्य की तरह हो गई है। उस दिन मेरी तबीयत खराब होने पर मेरी कितनी सेवा की थी। गिन्नी के चेहरे पर अपनी सूनी गोद हरी कर लेने की पीड़ा का अथाह सागर देख मेरा मन द्रवीभूत हो गया था।

मेरा मन उस आसमान में उड़ रहा था, जहाँ स्याह बादल आसमान को घेर ले रहे थे। गिन्नी के सामने इन्द्रधनुषी आसमान है, जिसके सातों रंगों को वह पहनना चाहती है। लेकिन उसे क्या पता आसमान सिर्फ़ देखने में खूबसूरत है। वहाँ उड़ने की कोशिश में खुद के गिरने और चोटिल होने के असंख्य खतरे होते हैं। इन्द्रधनुषी आसमान को छूने की तमन्ना में अक्सर लोगों को गिरते ही देखा है।

'डॉक्टर, इंजेक्शन और दवाओं के ज़रिये तैयार भ्रूण से परखनली शिशु के बनने में कोई साइड-इफ़ेक्ट या तकलीफ़...?'

'स्त्री के गर्भाशय में जो प्रक्रिया होती है, उसे हम परखनली में करते हैं। मुक़द्दर ने साथ दिया तो गर्भ ठहर जायेगा...'

डॉक्टर की इस बात ने कई सवाल पैदा किए। चिकित्सा विज्ञान और तकनीक के इतने विकास के बाद भी मुक़द्दर का दामन हम नहीं छोड़ पाते, कहीं डॉक्टर अपनी नाकामयाबी की भूमिका तो नहीं बना रही।

गिन्नी की आँखों के सामने एक अंडा है जिसके भीतर उसके बच्चे की जान है। उसे क्या पता, अंडे के ऊपर एक परत है। परत के भीतर परत। फिर जाने कितनी झिल्लियाँ। झिल्लियों में चिकित्सा जगत की बारीक योजनाबद्ध परतें हैं। इन सारे कवचों के पुख़्ता होने पर ही तैयार होता है बच्चा। डॉक्टर इंजेक्शन के बारे में समझा रही थी और गिन्नी अतीत की बस्ती में पहुँच गई, जहाँ खंडहर होते कच्चे ईंट-गारे के घर थे...हालात के दाग-धब्बों में अपनी मासूम आँखों में वह सजाती थी कच्चे सपने...जो जरा-से प्रयास से पूरे हो जाते थे। गाँव के किनारे बहती नदी पर हौले-हौले चलती किश्तियाँ...घर,

पौराणिक पत्थरों वाले छोटे-छोटे मन्दिर और घर के पास मुर्गियों का बाड़ा...। जब एक मुर्गी का पेट खूब फूला था, जैसे गोलाकार डिब्बा। सिर में लाल फीते का फुलरा बनाए वह मुर्गी बहुत देर तक एकांत में एक ही जगह पर पंख फैलाए मद्धिम-मद्धिम बांग देती हुई बैठी रही...। गिन्नी जिज्ञासावश नज़दीक पहुँची, तो मुर्गी ज़ोर से पंख फड़फड़ाकर दूर भागी। पुआल के बीच सफ़ेद अंडा देख गिन्नी हैरान रह गई थी। तब बहुत छोटी थी गिन्नी, छूने के लिए हाथ बढ़ाया था कि उसकी मौसी ने गिन्नी को कसकर खींच लिया था, 'क्या कर रही है, इस अंडे से मुर्गी बनेगी।'

...'यह विदेशी माल होगा तो...? दूध में मिलावट, घी में मिलावट, साबुन-पेस्ट सब कुछ में मिलावट तो इस अंडे में मिलावट नहीं होगी बरखुरदार? यह सब धंधा नकली का है, असल का धंधा अपने देश में नहीं होता,' कहते हुए डीलिंग-क्लर्क ने अर्ज़ी को फ़ाइल पर ले लिया।

यह सब सुनकर घर आकर गिन्नी के पति की नींद गायब...। ...'गिन्नी के गर्भाशय से अंडे निकालकर परखनली में रखे जाते समय उसके साथ गलती से कहीं किसी और का स्पर्म...छी छी...वह बच्चा तो किसी और का होगा, मेरा कहाँ होगा। मेरा स्पर्म किसी दूसरी स्त्री के अंडे के साथ मेल करवा दिया गया तो...' रात भर गिन्नी के पति की आँखों में यही खुराफ़ात चलती रही। दिन निकलते ही उसके बाप बनने का सूरज फिर चमकने लगा। उसका गँवार मन यह समझ ही नहीं पा रहा कि यह प्रक्रिया पूरी तरह से लिखित और सुरक्षित होती है। हॉस्पिटल की मिलीभगत के बगैर ऐसी गड़बड़ियाँ नहीं होतीं। कुछ बरस पहले आई.वी.एफ. से बच्चा पैदा होने की ख़बर बनती थी। बच्चे की माँ और डॉक्टर दोनों के इंटरव्यू टी.वी. पर देखने को मिलते थे। अब तो हर तीसरा, चौथा नि:संतान दंपति आई.वी.एफ. की शरण में चला जाता है। नि:संतान दंपति से डॉक्टर का पहला सवाल होता है, आपकी जॉब क्या है, ये ट्रीटमेन्ट अफ़ोर्ड कर पायेंगे? और उसके बाद आय के हिसाब से रकम तय होती है।

आई.वी.एफ. का बोर्ड...कॉरीडोर में रखे सोफ़ों और बैंचों पर बैठे मरीज़ों की भीड़...उफ,...कहाँ तो आबादी पर रोक लगाने की कोशिशें ज़ोरों पर हैं, पर यहाँ तो नि:संतान दंपतियों की भीड़ है। हर मरीज़ अपनी आँखों में उम्मीद की किरण लिए आती-जाती नर्स और डॉक्टरों को निरखते-परखते

अपनी बारी के इंतज़ार में बेसब्र बैठा था...गलियारे से जुड़ा कमरा नंबर पाँच, डॉक्टर शेट्टी आसमानी मेडिकल-गाउन पहले दाखिल हुईं।

नर्स के एक हाथ में एनेस्थिसिया का इंजेक्शन, दूसरे हाथ में स्टील की ट्रे, उसमें रखे तमाम तरह के औज़ार...उसके बर्फ़ पड़ गए हाथ को मैंने अपने हाथ में लिया। उसके कंधे कस के पकड़ कर पीठ थपथपाई, तो वह झमाझम बरसने लगी...सिसकियाँ बँध गईं...

'मेम शाब नहीं चाहिए केटा केटी...' गिन्नी के लिए ये सब अजूबा ही था। झुरझुरी पैदा करने वाली ए.सी. की ठंडक...डॉक्टर और नर्स की टीम... बिना पीड़ा के ही गिन्नी कराहने लगी थी और एनेस्थिसिया के इंजेक्शन से उसकी चीख़ ने मेरे कानों को भी झनझना दिया था।

दो नर्सों ने उसे सहारा देकर लिटाया तो मेरी आँखों के सामने अपनी ज़चकी का दिन ठहर गया था। लेकिन उस दर्द में उम्मीद की किरण होती है।

इस प्रक्रिया से पहले नर्स ने जब साइन के लिए काग़ज़ात आगे बढ़ाए तो गिन्नी के पति की सवालिया निगाह मुझ पर टिकी थी। उस वक़्त उसमें निरीह भाव दिखाई दिया था। गिन्नी ने जैसा उसके बारे में बताया था, वह उसका विपरीत लग रहा था...उस दिन शायद इस माहौल से वह भी ख़ौफ़ज़दा हो गया था। चिकित्सा जगत में यह ऐसी ग्लैमरस दुनिया थी जहाँ धन का बाज़ार था। 'पैसा दो बच्चा लो' टाइप हिसाब-किताब। संवेदना की दुनिया की यहाँ कोई खास जगह नहीं थी।

गिन्नी की आँखें जैसे किसी नई दुनिया की सैर करके आई हों। उसका चेहरा थका-निढाल और पस्त दिखाई दे रहा था। कोख हरी करने की ये उसकी पहली सीढ़ी थी। मेरा मन भी इस समय सागर बन गया है और विचारों की लहरें मुझे लगातार मथ रही हैं। नफ़े-नुकसान के तराजू पर मैं अपने आपको लगातार तौल रही हूँ।

बेस्ट क्वालिटी के ओवूलेशन हैं। ट्विन प्रेग्नेन्सी के ज्यादा चांसेज़ हैं। चार से पाँच दिन परखनली में रखने के बाद गर्भाशय में थ्रो करेंगे—डॉ. शेट्टी की इस बात से मेरे भीतर फ़ायदे का एक और पौधा अँखुआया। चिकित्सा विज्ञान ने कितनी तरक्की की है, इस विषय पर भी एक जानकारीप्रद आलेख लिखा जा सकता है।

'मिसेज़ संजना! कई बार तीन-चार साइकिल के बाद प्रेग्नेन्सी ठहरती है।
डॉक्टर की यह बात मेरे लिए फांस बन गई है। आई.वी.एफ. में चार या
पाँच साइकिल...पैसों के बंदोबस्त के लिए इतनी जद्दोजहद करनी पड़ी। कहीं
डॉक्टर मुनाफ़ा तो नहीं कमा रही। सुना है कि यहाँ ये प्रोसेस सस्ता पड़ता है
इसलिए विदेशों से भी लोग यहाँ आते हैं। न केवल भारतीय महिलाओं के
एग्स ख़रीदे जाते हैं, बल्कि सरोगेसी में भी मोटी रकम देकर उन्हें इस्तेमाल
किया जाता है।

आखिरकार उस इतवार को गिन्नी के भीतर मातृत्व का बीज दाखिल हो
गया। सात-आठ दिन के आराम के बाद वह फिर से काम पर लौट आई। बड़ी
नज़ाकत और हिफ़ाज़त से वह काम कर रही है लेकिन आज उसकी चुप्पी कुछ
ज़्यादा ही बोल रही है। बेशकीमती हीरे की तरह वो अपने पेट को हौले से
सँभालती हुई मन्दिरा की तस्वीर पोंछने लगी। ठिठककर अपने पेट के निचले
हिस्से को छूती है। धीरे-से बेडरूम में जाती है। छोटे वाले सॉफ़्ट तकिए को
अपने पेट पर दुपट्टे से बाँध लेती है, आईने में आगे-पीछे गोल-गोल घूम कर
अपने आप को खूब-खूब निहारती है, जैसे वह अब सचमुच गर्भवती हो गई
हो और चौथा या पाँचवाँ महीना चल रहा हो।

'गिन्नी, जल्दी काम निपटाओ, मुझे काम पर जाना है...अरे, यह
क्या...,' मुझे हँसी आ गई।

'तो तुम प्रेग्नेंट होने का खेल खेल रही हो...?'

शरमाकर गिन्नी झट से दुपट्टे की गठान को खोलने लगी।

'मेम शाब, मेरे को केटा होगा या केटी?'

'गिन्नी...! इंतज़ार करो, अभी तुम प्रेग्नेंट नहीं हुई हो, अभी तुम्हारा
सिर्फ़ इलाज शुरू हुआ है।'

'मेम शाब! मेरे पेट में डॉक्टर मेम शाब ने जो डाला है, ऊ शब मेरे
मर्द का और मेरा ही है ना?'

'गिन्नी! एनेस्थिसिया देकर तुम्हारे गर्भाशय से अंडे निकाले गए। उन्हें
ही फ़र्टिलाइज़ किया गया।'

'मेरे को कुछ पल्ले नोंई पड़ता। मेरा गाँव में लोग मानेगा मेरा ईच बच्चा।'

'उन्हें बताने की ज़रूरत क्या है कि यह बच्चा इलाज से हुआ है।'

वह घर में घुसते ही रोज़ कैलेंडर पर देर तक तारीखें देखती...महीने के आखिर में उसे प्रेग्नेन्सी टेस्ट करवाना था। और उसके लिए यह महीना सदी था।

'इसकी उम्मीद का सूरज कहीं डूब न जाए, स्याह अँधेरे के बीच से प्रस्फुटित कुमुदिनी कुम्हला न जाए...यह महँगा इलाज दोबारा इसके बूते का कतई नहीं होगा... 'नहीं-नहीं, बस इसी साइकिल में गिन्नी प्रेग्नेन्ट हो जाएगी।' मेरे भीतर इस तूफ़ान की आवाजाही लगी हुई थी।

उस दिन मुझे थका हुआ देखकर मेरे सिर में तेल से मसाज करते हुए गिन्नी बोली—'मेम शाब, टी.वी. वाला एक ख़बर बोला, आई.वी.एफ. से बच्चा आसानी से मिलता...'

मैं हैरानी से गिन्नी को देखने लगी। अपने भाई-बहनों, माता-पिता, गाँव की घटनाओं का उसके पास पिटारा है, जो कभी खत्म नहीं होता। पहले पता नहीं यह पिटारा उसने कहाँ छिपा रखा था।

'मेम शाब, आप मेरा भगवान है...आप नहीं होता तो मैं तपाश (जाँच) को कईसा जाता।'

'हर किसी को एक माध्यम मिल जाता है।'

'मेरा माँ ने पीर बाबा को दिखाया था, उसने ताबीज़ दिया। स्वामी को दिखाया, ऊ मंतर दिया। पादरी के पास लेकर गई, ऊ परेयर करने को बोला।'

'परेयर नहीं प्रेयर...' मुझे हँसी आयी...'तुमने ये सब किया...'

'नोई आँ। मेम शाब आपने सही किया।'

'बड़ी समझदारी की बातें करने लगी हो आजकल...गिन्नी...!'

उस रोज़ गिन्नी काम पर देर से आई। चेहरा स्याह। गुलाबी होंठ सफ़ेद हुए थे। पपड़ाए होंठ पर पारदर्शी पनीला मोती झिलमिला रहा था। चपटी नाक के ऊपर धँसी हुई छोटी आँखें कह रही थीं कुछ...खुली किताब की तरह शफ़्फ़ाफ़ गिन्नी फिर खामोशी में ढल गई थी। चंचल झरने से वह फिर गहरी झील में तब्दील हो गई। उसकी खामोशी ने अल्फ़ाज़ सीखे ही थे कि तहरीर ने फिर दामन छुड़ा लिया।

गिन्नी मन्दिर की तस्वीर के पास रखी बार्बी डॉल उठाकर एक कोने में चली गई। डॉल को गोद में लेकर अपने दुपट्टे से ढँक लिया, बार्बी डॉल के बाल बिखेरकर उसकी चोटी गूँथी, उसका सिर सहलाया, फिर बाल खींचकर

उसे थप्पड़ मारा, फिर अचानक बेतरह उसे चूमने लगी,...और फिर खूब कसके अपने सीने से चिपकाकर सिसकने लगी और खूब मद्धिम आवाज़ में बातें भी करने लगी। उसका मातृत्व, रोना-बतियाना, सिसकना सब एक साथ...।

मैं हतप्रभ जैसे ...जैसे किसी ऊँचे टीले से मैं गिरने वाली हूँ और साथ में गिन्नी भी।

'गिन्नी, अपनी कमीज़ के पीछे देखो, लो सेनीटरी पैड...वॉशरूम में जाओ। दाग़ साफ़ करो।'

'मेम शाब, मेरा दिल के भीतर जो दाग है उश्को कईशा धोने का।'

'मेरा मरद को येइच माँगता। शाला बोलता उसका बीज नोईं, मेरा अंडा नोईं, हराम की औलाद होगी। मेरे को मालूम...उस दिन कितना उल्टी हुआ...कितना दर्द सही, मरद क्या समझेगा...खाली ठंडा कमरा में जाकर हाथ से खड़ा किया। दो बूँद सफ़ेद पानी निकालकर शीशी में दे दिया। बश। उशमें ऐब है ऊ काय को मानेगा यह शब। मेरा ऊपर इल्जाम धरेगा साला, मरद की जात इच ऐशी है। इतना शोब करने के बाद भी मेरे को बोच्चा नईं मिलेगा... डॉक्टर ने भी पैशा खाया। क्यों बोला, पैशा से बच्चा मिलता...कितना लोग नाजायज़ बच्चा पैदा करके इधर-उधर फेंक देता, नोईं माँगता उसको भी बच्चा मिलता। भगवान मेरे कू क्यों नहीं देता बच्चा...। इस संसार में जिसको जो माँगता वो नहीं मिलता, जिसके पास सब कुछ है, उसी को सब कुछ मिलता।'

मेरे सामने सुषुप्त ज्वालामुखी था...धीरे-धीरे गिन्नी की आँखें बहती हुई शांत नदी बन गई थीं। जैसे विनाश के बाद का सन्नाटा। गिन्नी का ऐसा विकराल रूप मैंने पहली बार देखा। उस दिन के बाद गिन्नी काम पर नहीं आई और घर में सर्द सन्नाटा बिखर गया था। मुझे भी गहरे अवसाद से निकलने में कई दिन लगे, क्योंकि गिन्नी मेरे लिए महज़ नौकरानी नहीं बल्कि घर की एक सदस्य सी हो गई थी। यह एहसास तब ज़्यादा होता है जब इंसान साथ नहीं होता, गिन्नी मेरे घर काम पर नहीं आई तब वह मेरे साथ और ज़्यादा रहने लगी। वह मेरा ही नहीं बल्कि मेरे पति का भी सारा काम सँभालने लगी थी। उन्हें टिफ़िन देने से लेकर उनके किए गए अस्त-व्यस्त सामान को भी करीने से लगाना, चाय बनाने से लेकर खाना बनाने तक...घर की हर चीज़ में गिन्नी की उपस्थिति घुल-मिल गई थी। वह कहाँ गई, किसके साथ गई

कुछ पता नहीं चला। उसका फ़ोन लगातार स्विच ऑफ़ आया। मैंने बहुत कोशिश की उसे खोजने की। दिन महीने साल बीत गए। गिन्नी नहीं आई, न ही उसकी कोई खबर आई।

धीरे-धीरे इंसान सब कुछ सहने की आदत डाल लेता है। मैंने भी गिन्नी के न होने की आदत डाल ली। इस बीच प्रिंट मीडिया के अलावा मैं विजुअल मीडिया से भी जुड़ी। अखबार में फिर एक ज़ोरदार खबर आई, डॉक्टर शेट्टी को पद्मश्री से सम्मानित किया जा रहा है। संपादक जी ने फिर मुझे याद किया और एक बार फिर मैं उन्हीं डॉक्टर शेट्टी के इनफ़र्टिलिटी विभाग में बैठी थी। इस बार 'कवर स्टोरी' लिखने की भी सौगात मिली और टीवी चैनल के लिए इंटरव्यू मुझे ही करना था। परहित में किया गया काम व्यर्थ नहीं होता, मुझे आज फलित होता दिखा। नियत समय से पहले ही मैं हॉस्पिटल पहुँच गई और पैसेज में रखे सोफ़े पर आराम से धँसकर एक मैग्जीन पलटने लगी।

डॉक्टर शेट्टी का मैं इंतज़ार कर ही रही थी। तभी मेरी निगाह उस गुलाबी दुपट्टे वाली औरत पर ठहर गई। पान खाये से लाल होंठ, पटियाला सलवार, छोटी कमीज़ करीने से दुपट्टा ओढ़े हुए वही चपटी नाक...मेरी आँखें झिलमिल सितारा बन गईं। आँखों को ज़ोर से हथेलियों से दबा कर मैंने मिचमिचाया तो अचरज का पहाड़ आँखों में समा गया। पेट गुब्बारे जैसा, गाल फूल जाने से आँखें अंदर धँस कर और छोटी दिख रही थीं। गुलाबी और सफ़ेद गोरे गालों पर झाईं ज्यादा उपट आई थी। वह मुझे अनचीन्हाँ करके आगे बढ़ने वाली थी कि मैं झपट कर सामने आ खड़ी हुई।

'अरे गिन्नी तुम...?'

'...'

कुछ देर दोनों एक-दूसरे को अपलक देखते रहे। उसकी बिसरी आत्मीयता जैसे फिर लौट आई हो, उसकी उत्तेजना को मैंने महसूस किया, मुझे खबर किये बगैर गायब हो जाने की उसकी ग्लानि चेहरे पर उपट आई थी। मेरे सामने अटकलों का घना जंगल था। एक बार फिर मैं स्मृतियों के उन गलियारों और हॉस्पिटल की छठी मंजिल के रूम नंबर पाँच में पहुँच गई, जहाँ गिन्नी के आई.वी.एफ. का प्रोसेस होने जा रहा था...., उसकी आँखों के सामने भी इस

वक्त शायद वही पल ग्लेशियर की तरह पिघल रहे थे और आँखों से बूँद-बूँद झर रहे थे। मेरे सामने सवालों का बवंडर था। सिर्फ़ आँखों-होंठों की मुस्कान से बोलने वाली गिन्नी फिर से चैटरबॉक्स बनकर धाराप्रवाह बोल रही थी और मैं आँखें चौड़ी किए उसे सिर्फ़ सुन रही थी, उसके शब्द मुझे कहीं चोट भी पहुँचा रहे थे। कुछ ज़ख़्म कभी सूखते नहीं...मेरे भीतर भी ये चोट थी कि मैंने अपने घर की सदस्या की तरह गिन्नी के लिए कितना कुछ किया और वो चुपके से बिना इत्तला किये मुझे छोड़ गई।

'तू बाँझ है, तेरे भीतर चुड़ैल है, तेरे को नहीं होगा बच्चा, मैं ले आएगा बच्चा...अक्सर ही मेरा मरद बोलता...और...' इतना कहते हुए उसकी आँखों की कोरें नम हो गईं। अपने ज़ख़्मों को कुरेदते हुए बताने लगी—'एक दिन बस पकड़कर सीधा अस्पताल आई। डॉक्टर मेम साहब को मैंने शब बता दिया। उसी के बाद ज़िन्दगी की गाड़ी अलग दिशा में मुड़ गई। मेम शाब ने ही प्रस्ताव रखा, कुछ महीने दवाइयाँ इंजेक्शन देकर उसके गर्भाशय में ज्यादा अंडे पैदा किए जाएँगे, उनमें से कुछ अंडे दूसरे निःसंतान दंपति के काम आएँगे।'

'मतलब गर्भधारण करने के लिए तुमने अपने गर्भाशय का बिज़नेस किया? अपने ओवूलेशन को बेचा?'

'मेम शाब, मेरे कू अच्छा लगा कि मेरे जैशा बाँझ को मेरा अंडा से बोच्चा मिलेगा, मैं खुश हुई।'

'अच्छा सौदा किया तुमने, लेकिन हर महीने इतने सारे हारमोंस के इंजेक्शन। उसके साइड इफ़ेक्ट। इस बारे में तुमने नहीं सोचा? वेंडिंग मशीन बन गई हो तुम। पैसा डालो, सामान निकालो। तुम्हारी चिलकन से किसी की कोख भरती है—इतना तकलीफ़देह जॉब चुना तुमने...सरोगेसी के ज़रिये कोख बिकते सुना था लेकिन...। तुमने मेडिकल साइंस की खूब मदद की है।'

'मेम शाब...क्या कोरता, खाने को भी पैशा नोई बचा था। उस दिन आपके घर से मैं मरने को गया, लेकिन मेरे कू लगा कि मेरे कू बच्चा मिलने वाला है, मैं खूब रोया, मैं खूब सोचा, मेरे कू पइशा माँगता था, फिर मैं डॉक्टर मेम शाब के पास गया, झाड़ू कटका का काम करने का वास्ते, झोपड़ी का किराया, खाना-पीना, शब कुछ इसी से हुआ। बिल्डिंग का मेरा सब काम छूट गया था। शब बोला, गिन्नी चोरी करके भागा...क्या करता मेम शाब...मरद

खाली दारू पीता था।' कहते-कहते उसने अपनी आँखें कसके भींचीं तो कई बूँद खारे मोती उसके गालों पर ढुलक आए।

'और तुम्हारे मरद ने यह सब करने को मना नहीं किया तुम्हें?'

'वह मुझे कमरे में बंद कर देता था, इधर आने नहीं देता था, मुझे मारता था, यहाँ पर हंगामा किया, एक दिन मैंने भी उसको तमाचा दिया और उसको धीरे-धीरे लाइन पर ला दिया, उसको बोला, तू भी अपना स़फ़ेद पानी बेचकर पैसा ला। उसको लालच आया। वह अभी भी कभी-कभी अपना पानी बेचता है। उस पैसे का दारू पीता है, वो भी खुश कि अपना पइशा का दारू पीता।'

...'दो आई.वी.एफ. खोटी गया, तीशरा बार में मैं माँ बनी। आपका केटी का माफ़िक दोनों केटी हैं'...कहते हुए गिन्नी कुमुदिनी की तरह खिली पर अगले ही पल उसकी आँखें समुद्र बन ज्वार भाटा में तब्दील हो गईं।

'मेम शाब, मेरे को माफ़ करना, मैंने आपसे धोखा किया, मेरे को केटा-केटी माँगता था, मेरे कू जानकर अच्छा लगता जब मेरा माफ़िक किसी बाँझ को मेरा अंडा से बोच्चा मिलता...गाँव का गंवार गिन्नी खुद पइशा कमाता, मेरा मजबूरी है लेकिन मेरे को चार पइशा मिलता, मेरा घर चलता, मैं भी खुश—मेरा जइशा ऊ शब बाँझ औरत भी खुश।'

मैं जैसे किसी मार्मिक फ़िल्म का कथानक सुन रही थी।

'इस बीच तुम्हें मेरी एक बार भी याद नहीं आई,' मेरा कहा यह वाक्य मेरे गले में ही घुटकर रह गया, क्योंकि गिन्नी में मुझे उस रोज़ सृष्टि नज़र आई थी। वो एक बैक्टीरियल सेल बन गई थी, जिससे जीव और फिर बड़ा जीव, फिर जीवों की शृंखला बनती है। गिन्नी का क़द विराट हो गया था, उसके सामने मेरा लेखन, मेरी पत्रकारिता सूक्ष्म हो गई थी। उसके अंडों से किसी की सूनी गोद भरती है, इस प्रक्रिया के पीछे वो अपनी तमाम पीड़ा भूलकर आह्लादित होती है। हर महीने हारमोन की गोलियाँ, प्रोजेस्टॉरॉन के इंजेक्शन का दर्द, दवाइयों से होने वाली मिचली और भी तमाम तकलीफ़ और कराह को अपने बच्चों की किलकारी में भुला देती है। गिन्नी ने एक ही ज़िन्दगी में कई किरदार निभाए, गाँव में भैंस, बकरी चराने वाली, लकड़ी बीनकर गुज़ारा करने वाली गिन्नी ने महासागर के अथाह समुद्र में डूबती उतराती अपनी किश्ती को पार लगा लिया और खारे पानी से वो मीठी नदी

बन गई है। गिन्नी के आँसुओं से मैं बहुत देर तक भीगती रही, तभी गिन्नी का बुलावा आ गया, उसे अगले पेशेन्ट को लेकर अंदर जाना था। इस जॉब के पीछे के स्याह अँधेरे को उसने सुनहरी रोशनी से भर दिया है। कहती है, 'मैं अपना दोनों केटी को पढ़ाकर डॉक्टर मेम शाब बनाएगा।' मैं हतप्रभ...। गिन्नी को वो आसमान मिल चुका है, जो वो चाहती है लेकिन उसे इस बात का एहसास नहीं कि हर वृक्ष एक उम्र तक ही फल दे पाता है। एक उम्र के बाद वो क्या करेगी।

जनरल टिकट

आज अचानक ठंड बढ़ गई है। गुनगुनी, नरम धूप बदन को सहला रही है। दिव्या अपनी नोटबुक और किताब लेकर हॉस्टल का बरामदा पार करती हुई लॉन में आ गई है। लॉन के किनारे-किनारे की घास अभी भी गीली है। क्यारियों में लगे फूलों और पौधों की पत्तियों पर ठहरी ओस की बूँदों पर पड़ती सूरज की किरणें मोती-सी चमक रही हैं। धुएँ जैसे उड़ते हुए बादल सूरज को ढँक लेते हैं। छिपा-छिपी खेलती बदली और धूप उसे गुदगुदा रही है। मन भी धूप-छाँही हो रहा है, घास पर जैसे मोरपंख बिछ गए हों और उसकी आँखें जगर-मगर कर रही हों।

उसे यकीन ही नहीं हो रहा है कि उसकी बनायी डॉक्यूमेन्ट्री एंटरटेन्मेन्ट चैनल पर अप्रूव हो गई है। चुनौतियाँ बढ़ गई हैं। कल जब मंच पर उद्भव सर ने सबके सामने हाथ मिलाकर उसे 'कॉन्ग्रेट्स' किया, तो कितना रोमांच हुआ था। मारे खुशी के जैसे पंख लगाकर वो उड़ चली हो आकाश में।

हर इंसान अपनी बेहद खुशनुमा बात किसी आत्मीय, अपने घरवालों से शेयर करना चाहता है, लेकिन दिव्या अपनी खुशी का इज़हार किससे करे। जब 'साइबर क्राइम' जैसे विषय पर उसे डॉक्यूमेन्ट्री बनाने की सलाह दी गई थी तो वो कितना घबराई थी। उफ़, इतना ख़ौफ़नाक विषय...एक बार तो उसने न ही कर दिया था। लेकिन जब उद्भव सर ने उसे छोटी-सी बाइट बनाने को कहा और दोस्तों ने भी 'फ़ोर्स' किया तो उसने ये प्रोजेक्ट ले लिया, जबकि रायमा ने महिलाओं की सुरक्षा विषय पर 'बाइट' बनायी। इरफ़ान ने 'स्वच्छता अभियान' को चुना। पूरी क्लास में साइबर क्राइम जैसे विषय पर दिव्या ने पायलेट प्रोजेक्ट बनाया। प्रोजेक्ट बनाने के दौरान दिव्या को कितनी दिक्कतें

पेश आई थीं। क्राइम से जुड़े लोगों की पड़ताल करना, उनसे बातें करना, उन्हें 'कन्विन्स' करना, फिर उन पर अपनी मनोवैज्ञानिक रिसर्च कर, राय बनाकर लिखना...उफ़...कितने पापड़ बेलने पड़े थे। पुलिस स्टेशन जाकर चक्कर काटने पड़े। जब पहली बार पुलिस से इस संदर्भ में बातचीत करने की कोशिश की तो उसने साफ़ इंकार कर दिया लेकिन दिव्या भी कहाँ हार मानने वाली थी। 'फ्रेंडशिप क्लब'...एडल्ट साइट पर जाकर जूझती रही और अपना रिसर्च-वर्क करती रही। अनगिनत काग़ज़ लिखे, फाड़े। एक बार तो उसे पुलिसवालों का विरोध भी सहना पड़ा। इस जद्दोजहद के बाद अपने अन्य 'सब्जेक्ट' की विधिवत पढ़ाई करते रहना...आखिरकार दिव्या का अथक परिश्रम रंग लाया और पायलेट प्रोजेक्ट तैयार हुआ। उसके सपनों की किताब का पहला अध्याय लिखा गया। और उसके नाम डॉक्यूमेन्ट्री अलॉट हुई।

शूटिंग में उसे बहुत सारी समस्याएँ हुईं। सब्जेक्ट खौफ़नाक था। चुनौती बड़ी थी। शूटिंग के लिए पुलिस डिपार्टमेन्ट के सुपरिन्टेन्डेंट जब आते तो वो मन-ही-मन भगवान से प्रार्थना करती कि कुछ ऐसा हो कि शूटिंग कैंसल हो जाए, जबकि इस मुश्किल डॉक्यूमेन्ट्री को पूरा करने का उसने प्रण खुद कर रखा था। सचमुच उसकी प्रार्थना सुन ली जाती...शूटिंग कैंसल भी हो जाती...एस.पी. की शूटिंग के दौरान कुछ अलग तरह की समस्याएँ होतीं, जैसे कि प्रश्नों का चुनाव वो स्वयं करते।

शुरुआती दिनों में तो मारे घबराहट और डर के रातों को नींद नहीं आती थी। मदद के लिए पाँच टीचर्स का पैनल था, उनमें आपस में ही पॉलिटिक्स होती थी। हर टीचर खुद क्रेडिट लेना चाहता था। सही मायनों में तो उद्भव सर, जो उसके 'मेन गाइड' हैं, उन्होंने ही काफ़ी सहायता की। रात-रात भर जाग-जागकर इस डॉक्यूमेन्ट्री की एडिटिंग-मिक्सिंग की। टीचर्स का यह पैनल और अच्छे दोस्तों का सहयोग और साथ न मिलता तो दिव्या डॉक्यूमेन्ट्री तो क्या, छोटा-मोटा प्रोजेक्ट भी नहीं बना पाती। बचपन से लेकर अब तक के उसके जीवन की यह पहली घटना है, जिस पर उसे अपने आप पर गर्व हो रहा है। उसे याद आ गये वो दिन, जब क्लास में हर कॉम्पीटीशन उसके लिए सज़ा था। वो परफ़ार्म ही नहीं कर पाती थी, नज़रें नीची झुकी हुई होती थीं और मम्मी का चेहरा आँखों के सामने होता था...चाचा की बंदिशें आवाज़

को ज़ब्त कर लेती थीं। काश, आज वो अपने घर में होती तो...घरवालों की याद आते ही दिव्या मायूस हो गई। एक ऐसी तलहटी में पहुँच गई, जहाँ जाने का रास्ता तो है, लेकिन वहाँ से लौटना नामुमकिन।

वो दिन ज़ेहन में ताज़ा हो गया। सूर्यास्त हो रहा था। दिव्या उदास होकर, रूठकर कमरे में बंद हो गई थी। वॉल-साइज़ विन्डो पर लगे परदे झटके से खींचकर कमरे में अँधेरा कर, एसी चलाकर चादर तान कर लेट गई थी।

'सात बजे यहाँ सूर्यास्त होता है। आठ बजे लोग दफ़्तर से घर लौटकर शाम की चाय पीते हैं। ये कोई सोने का वक्त है, उठो दिव्या'—कहते हुए पारो ने चादर खींचकर परे सरका दी। वो सिरहाने बैठकर दिव्या को दुलारती हुई बोली—'भूख हड़ताल से तुम अपने मन की करवा लोगी?' दिव्या तमककर उठ बैठी।

'तो फिर क्या करूँ कि मेरी डिमांड पूरी हो। इस घर में ज़रा-भी अपनी मर्ज़ी की करने के लिए जद्दोजहद करनी पड़ती है। कॉलेज की दस लड़कियाँ हिस्सा ले रही हैं उस कैटवॉक शो में। मैं अकेली नहीं हूँ...उस शो में सिर्फ़ हज़ार रुपए ही फ़ीस है।'

'सवाल रुपए का नहीं, ड्रेस का है। 'फ़ैशन-टीवी' की नेकेड लड़कियों की तरह तुम भी पूरा बदन हिलाकर बिल्ली चाल चलोगी?'

'मम्मी, ''कैटवॉक''।'

'कैटवॉक कर मिस वर्ल्ड या मिस इंडिया बन जाओगी...? क्या कहेंगे हम लोग अपनी सोसाइटी वालों से?' (मुंबई में चॉल समिति को सोसाइटी कहा जाता है)।

'सोसाइटी वाले अब दूर हो गए ना अब तो ''चॉल'' की दुनिया से टॉवर में रहने आ गए हैं। अब भी सोसाइटी वालों का कैसा डर...कैसा ख़ौफ़। मम्मी, यह सिर्फ़ ''फ़ैशन शो'' है। स्टेज पर कैटवॉक करना है। इस पर हमें प्राइज़ मिलेगा। आजकल बहुधा स्कूल-कॉलेज में इस तरह के कॉम्पीटीशन होते रहते हैं। लास्ट ईयर रीना ने जीता था यह अवार्ड। उसे तो आप जानती हैं ना...?'

'मैंने हामी भर दी, तो तेरे पापा नहीं मानेंगे। जैसे-तैसे तेरे पापा को मना भी लिया पर तेरे चाचा को खबर लग गई ना, तो वो पढ़ाई छुड़वा कर...तेरी

शादी करवा कर ही दम लेंगे। अपने पापा को तू अच्छी तरह जानती है...चाचा के खिलाफ़ एक लफ़्ज़ भी नहीं सुनते वह।'

दिव्या के लिए इस तरह का संघर्ष रोज़मर्रा में शुमार हो गया था। अपनी एक भी बात मनवाने के लिए उसे ऐसे ही रोज़ाना जूझना पड़ता था। यह ड्रेस मत पहनो। स्लीव-लेस नहीं चलेगा। शॉर्ट्स, मिनी स्कर्ट पहनना तो अलाउड ही नहीं था। सिर्फ़ कॉलेज जाते वक्त जींस और टॉप पहनने की बड़ी मुश्किल से इजाज़त मिल सकी थी। लेकिन साथ में स्टोल या दुपट्टा डालना ज़रूरी था। कॉलेज के शुरुआती दिनों में दिव्या घर से सलवार-सूट पहनकर निकलती और रायमा के घर चेंज कर जींस और टॉप पहनती, फिर कॉलेज जाती। एक दिन चाची ने देख लिया तो खूब हंगामा हुआ था। पापा की हर बात मानने वाली मम्मी ने इस बार मर्म को समझा और इस वेस्टर्न पोशाक पर मोहर लगा दी थी...पर शर्त यह कि गला डीप नहीं होना चाहिए। सीना ढँका होना चाहिए।

कॉलेज जाते वक्त 'किसी लड़के से मेलजोल नहीं करना, हाथ नहीं मिलाना, किसी की बाइक पर लिफ़्ट नहीं लेना'...जैसी नसीहतों की घुट्टी मम्मी रोज़ पिलाती थीं। कॉलेज के फ़ंक्शन में डांस और गाने में पार्टिसिपेट करने का सोचना भी पाप था। दिव्या के घर में कॉलेज का मतलब सिर्फ़ पढ़ाई-किताबें, इम्तिहान पास करना...। एक्स्ट्रा करिकुलर की कोई जगह नहीं थी इस घर में...गुड गर्ल बनकर सिर झुका कर कॉलेज जाना और घर लौटकर रोज़ाना आने वाले मेहमानों का स्वागत करना और निपुणता से घर के कामकाज करना, यही उसकी बेहतरीन ज़िन्दगी थी। अपनी राय दी...कि 10 मिनट का भाषण सुनने को मिल जाता था...कभी-कभी रायमा की बिंदास बातें उसे सही लगतीं। सब कुछ अपनी मर्जी से करो...घरवाले कन्विंस न हों तो उनसे बहाने बनाओ या फिर झूठ बोलो। वो तो अक्सर लड़के-लड़कियों के ग्रुप के साथ ट्रैकिंग पर चली जाती थी। उसके घरवाले राज़ी भी हो जाते थे। दिव्या के घरवाले इतने पारंपरिक, रूढ़िवादी और दकियानूस हैं कि अभी भी उत्तर प्रदेश के बलिया ज़िले के सपई गाँव वाली मानसिकता उनके भीतर गहरी जड़ें जमाए हुए है। क्या गाँव से जुड़े रहने का मतलब है अपनी सोच पिछड़ेपन के घूरे में जमा रखो...समय के साथ विचारों की रीसाइकिलिंग बहुत ज़रूरी है। विचार, उसूल

ये सब दिव्या के घरवालों के लिए महज़ किताबी अल्फ़ाज़ हैं। वक़्त पर खाना खाना, पैसे कमाना, साल में एकाध बार घूमने जाना...यही शानो-शौक़त की ज़िन्दगी है। उनके मुताबिक़ दिव्या को ये सब मिल रहा है।

पारो दिव्या को समझा कर क्लांत हो गईं और कमरे से चली गईं।

उनके जाते ही दिव्या उठी। अपने कटे बालों में बैकपिन लगाती हुई आईने के सामने खड़ी हो गई। आगे-पीछे मुड़-मुड़ कर, गर्दन टेढ़ी करके... हर तरफ़ से अपने को निहारती हुई...अपने ही रूप पर मुग्ध होती रही।

रंग साँवला है तो क्या हुआ...रूप और फ़िगर तो है न ख़ूबसूरत और चार्मिंग...कॉलेज के गेट पर खड़े लड़कों की नज़रें उस पर ठहर जाती हैं।

दिव्या ने वार्डरोब से अपनी टाइट-फ़िट, साइड कट मैक्सी निकालकर पहनी। अपनी खुली टाँगों को निहारा, हल्का मेकअप किया और उस तरह मटक-मटक कर, हाथ हिला-हिलाकर बोलती रही जैसे MTV की कोई वी. जे. हो। अगर मम्मी-पापा राज़ी हो गए तो पक्का 'कॉलेज क्वीन' का खिताब उसे ही मिलेगा। सोचते हुए आँखें मूँद थोड़ी देर के लिए दिव्या 'स्प्रिंगफ़ील्ड बिल्डिंग' की 12वीं मंज़िल की कैद से बाहर निकल 'फ़ैशन शो' के भव्य स्टेज पर पहुँच गई थी...जहाँ सामने बड़े-बड़े फ़िल्म स्टार बैठे थे। दर्शकों का हुजूम था। तालियों की गड़गड़ाहट थी।

अक्सर ही दिव्या सपनों की एक चमकीली दुनिया में खो जाती थी... जहाँ युवा मन के रोशन चिराग़ होते हैं और हर ख़्वाब मुकम्मल होता है। हर रास्ते की तयशुदा मंज़िल होती है। रास्ते में आई हर अड़चन और रुकावट को युवा मन चुटकियों में दूर भगाना चाहता है, भीड़ के महासागर में मनमाफ़िक मंज़िल तक पहुँचने के लिए रुकावटों के पत्थर को दूर भगाना भी पड़ता है।

सपने पूरे करने के पीछे के संघर्ष को युवामन उस वक़्त कहाँ समझ पाता है। उमंग और उत्साह में डूबी दिव्या ने भी संजोया मखमली ख़्वाब...कि मास कम्युनिकेशन में 5 साल का इंटीग्रेटेड कोर्स करेगी। इसके लिए उसे चाहे जो करना पड़े...घरवालों का विरोध भी वो अफ़ोर्ड कर लेगी।

'कॉन्ग्रेट्स...किन ख़यालों में खोई हो बार्बी डॉल'...इरफ़ान दिव्या से 'हाई-फ़ाई' करते हुए बोला।

दिव्या अपने कॉलेज के दिनों से छम से कूद कर वापस आ गई होस्टल

के लॉन में, जहाँ सर्दी की नरम धूप का एक टुकड़ा दिव्या के नीले स्वेटर पर अटक गया। क्यारियों में दुपहरिया खिल कर मुस्कुरा रही है। हॉस्टल की दीवारों पर लटके बोगनविलिया गुलाबी रंग से नहाकर और ताज़ा हो गए हैं।

'दिव्या यू आर लकी...तुम्हारा प्रोजेक्ट खूब-खूब लाइक किया गया है। और रावत सर लास्ट मीटिंग में तुम्हारी और तुम्हारी बनाई डॉक्यूमेन्ट्री की चर्चा कर रहे थे और प्रशंसा भी।'

दिव्या बुत बनी बैठी रही, कोई जवाब नहीं दिया उसने...। दिव्या के मन में इस समय यादों का भूचाल-सा आया हुआ है। हॉस्टल में आए 3 साल हो गए हैं। घरवालों को लेकर वह कभी भी इतनी व्यग्र नहीं हुई। पर आज...मम्मी जैसे सामने हैं, सौम्या दी की नसीहतें कितनी आसान हैं। दिव्या स्मृतियों की रेतीली आँधी और तपिश से झुलस गई है। उड़ती हुई रेत से दिव्या अपना चेहरा बचाने की कोशिश कर रही है, लेकिन रेत की किरकिरी मुँह में भरी जा रही है और जैसे उसका पूरा बदन और मन शुष्क-रूखा हुआ जा रहा है...तपिश और दंश को छोड़ आई है घर पर, लेकिन हॉस्टल की जद्दोजहद भी कहाँ कम है। आर्थिक तंगी...पढ़ाई का प्रेशर, प्रोजेक्ट पूरा करने का तनाव और दबाव... रिश्तों के समीकरण...इस सब में निपट अकेले तालमेल बिठाना कितना कठिन है। अपनी सारी ज़िम्मेदारी घरवालों पर थी। सारा दोष घरवालों पर मढ़ देती थी, पर अब अपनी ग़लतियों की सज़ा खुद को देनी है। ख़ुद को अपनी पीड़ा से भी निकालना है। दिव्या खुद को तपते रेगिस्तान में पाती है। जहाँ दूर तक वीराना है, मालूम है नियत दूरी तय करने पर उसे लोग मिलेंगे, शहर मिलेगा, पर उस दूरी तक पहुँचने के लिए कड़ी मेहनत और लंबा संघर्ष है। हॉस्टल के कलीग्स, दोस्तों और टीचर्स के साथ के बावजूद वो खुद को मरुस्थल में अकेला पाती है। कामयाबी मिल जाना भी कई बार बेहद एकाकी बना देता है। कामयाबी कई बार अपने मित्रों से भी दूर कर देती है।

'व्हाट हैप्पेंड दिव्या...तुम खुश नहीं हो? अब तो डॉक्यूमेन्ट्री से पैसे भी आ जायेंगे, तुम्हारी कड़की के दिन अब खत्म होने वाले हैं। अब सिर्फ़ स्कॉलरशिप के भरोसे नहीं जीना होगा।'

नि:श्वास छोड़ते हुए दिव्या बोली, 'नहीं यार, खुश हूँ...आज घरवालों की तलब लगी है।'

'तू उन्हें फ़ोन करके बता दे कि तू खुश है...तुझे कितनी कामयाबी मिली है।'

'नहीं-नहीं इरफ़ान, उनकी नाराज़गी और बढ़ जाएगी। उन्हें पता नहीं कि हम यहाँ रात-रात भर बॉय-गर्ल्स साथ-साथ काम करते हैं। एक-दूसरे को 'हग' करते हैं। 'फ़ाइनल एडिटिंग' वाले दिन मैं, रायमा और उद्भव सर ने एक ही रूम शेयर किया था। बस थोड़ी देर के लिए झपकी ली थी बारी-बारी से। उन्हें इन सबकी भनक भी लग जाए तो मुझे ज़िंदा न छोड़ें। वैसे भी मैं कौन-सा उनके लिए ज़िंदा हूँ। उस दिन फ़ोन पर मम्मी ने कह ही दिया था तू हम सबके लिए मर चुकी है।

'छोड़ ना यार, अब आगे की सोच...दो महीने बाद फंक्शन है...ड्रामे का थीम तैयार हो गया है। इस बार एक ड्रामा एक कोरस सॉन्ग तैयार कर लेते हैं।'

'इट्स गुड आयडिया...पिछले साल का फ़ंक्शन अप-टू-द-मार्क नहीं था...इस बार हम लोग कोई कोर कसर नहीं छोड़ेंगे। मैं तो बस दो साल और बिताकर यहाँ से सीधा मुंबई वापस लौटूँगी। मम्मी-पापा से दूर आई हूँ, उन्हें नाराज़ करके...तो कुछ बन कर ही उनके पास जाऊँगी। टेलीविज़न चैनल में काम करना...बस इतना-सा ख़्वाब है...।'

...'हाँ पर अब तुझे प्रॉब्लम क्या है। मैंने सुना है तेरी बनायी वो ''साइबर क्राइम'' वाली डॉक्यूमेन्ट्री एन्टरटेन्मेंट चैनल के लिए अप्रूव हो गई है।'

'हाँ यार...अभी सिर्फ़ अप्रूव हुई है...टेलीकास्ट नहीं। मेरे सीरियल्स जब कई चैनल पर टेलीकास्ट होंगे तब वह मेरी कामयाबी की पहली सीढ़ी होगी। वैसे ''ज्ञान दर्शन'' चैनल ने हम सब की डॉक्यूमेन्ट्री का एक मोन्टाज दिखाया था...रायमा बता रही थी।'

इरफ़ान ने घड़ी देखी, उसके लेक्चर का टाइम हो रहा था...वहाँ से चला गया।

इरफ़ान के जाते ही दिव्या फिर स्मृतियों की कँटीली सघन झाड़ियों में उलझ गई। गोया कोई ऐसी मखमली याद नहीं है...जिसके दामन में वह सिर रखकर सुकून पाए, जो नरम स्पर्श से सहलाए। उसकी हर याद कसैली है। बारहवीं की पढ़ाई के दौरान दिव्या ने कभी स्वावलंबी होकर कुछ नहीं किया। बहुत मन होता था डांस में, नाटक में हिस्सा लेने का...पर सब कुछ

प्रतिबंधित था। तीन भाई-बहनों में सौम्या दी सबसे बड़ी, उसके बाद दिव्या और सोनू छोटा। दिव्या के सामने सौम्या दी एक प्रतिमान की तरह थीं। हर बात में सौम्या दी का उदाहरण दिया जाता था।

'सौम्या की तरह बनो, उसे देखो, उसने भी पढ़ाई की है...वगैरह-वगैरह...।'

दिव्या के घरवालों के मुताबिक़ सौम्या की अच्छाई के कुछ पैमाने निर्धारित थे, जो दिव्या को कतई गवारा नहीं थे। दिव्या ने जब भी पढ़ाई के अलावा अपने देखे सपनों का ज़िक्र किया, तो सौम्या का उदाहरण सामने पेश कर दिया गया। एक बार जब दिव्या ने ऊँची आवाज़ में कह दिया—'सौम्या दी को आखिर क्या मिला। आधी-अधूरी पढ़ाई कर ली...अब वह अपने ही घर में नौकर से भी बदतर हालत में जी रही हैं। क्या फ़ायदा इस ज़िन्दगी का...मुझे नहीं बनना है सौम्या। मुझे टीवी चैनल और फ़िल्मों में काम करना है...'

वाक्य पूरा होता, इससे पहले ही मम्मी का ज़ोरदार चाँटा गाल पर लगा था, उस दिन दिव्या कमरा बंद करके खूब रोई थी। सौम्या दी को फ़ोन लगाकर बोला था... 'दी क्या किया तूने...तूने कभी घर में किसी बात का विरोध नहीं किया। गऊ की तरह तू सहती रही। अभी भी सह रही है। सब चाहते हैं कि मैं भी सौम्या बनूँ...पर नहीं बन सकती...तू अपनी ज़िन्दगी से खुश नहीं है, फिर भी दिखाती है कि सब ठीक है। दी, सब ठीक और अच्छे जीवन में फ़र्क है, जो दीवार तू नहीं तोड़ सकी, मैं उसे तोड़कर बाहर निकलना चाहती हूँ।'

बारिश का मौसम था, वन डे पिकनिक पर कॉलेज की टीम मालशेज घाट जा रही थी। कई दिनों की सिफ़ारिश के बाद दिव्या को परमिशन तो मिल गई...पर उससे पहले उसे घर की अदालत के मुकदमे में तमाम जिरह पर खरा उतरना पड़ा था।

'कितने लोग...कौन-कौन जा रहे हैं। वह लड़के संस्कारी और कुलीन तो हैं ना। लड़कों से डिस्टेंस मेंटेन रखना। वे हाथ मिलाने के बहाने लड़कियों के करीब आते हैं। और फिर दोस्ती की कड़ी जोड़ लेते हैं। पर हमारे यहाँ लड़कों से लड़कियों की दोस्ती नहीं चलती। हम खानदानी लोग हैं। तुम्हें मजबूरी में को-एजुकेशन में पढ़ाया जा रहा है।' समझाइश की यह पुड़िया चाचा ने थमाई थी। चाची ने कपड़ों पर सवाल उठाया था... 'झरने में भीग

जाओगी, पारदर्शी कपड़ों पर लड़कों की नज़र फिसलती है, मोटे कपड़े का कॉटन सूट पहनना। बाइक पर तुम्हारे चाचा के साथ बैठकर हम भी इतना घूमे हैं लेकिन मजाल क्या, कि सिर का पल्लू भी कभी उतर गया हो,'...चाची ने ज्ञान की घुट्टी दी थी। दिव्या ने सोचा कि अगर वो बता दे कि वहाँ स्विमिंग पूल में स्विम सूट पहना पड़ेगा तो जाना ही रद्द हो जाएगा...फिर भी दिव्या यह कहने से नहीं चूकी कि चाची जब विनोद भैया घर से इतनी दूर मनाली चार दिन की ट्रिप पर गए थे, तो ग्रुप में लड़कियाँ ज्यादा थीं लेकिन विनोद भैया से इतनी जिरह किसी ने नहीं की थी, क्योंकि वह इस घर के सुपुत्र हैं... जिस घर में सवाल पूछने की मनाही हो, वहाँ इस जुर्रत की सज़ा के तौर पर दिव्या को सबके सामने थप्पड़ खाना पड़ा था। जन्म देने वाली मम्मी का तो सबसे बड़ा हक बनता था...संस्कारों के पुराने घिसे-पिटे पन्ने पढ़ाने का... वो हाथ पकड़ कर बेडरूम में खींचती हुई ले गई थीं, लेकिन अंदर जाकर उन्हें न जाने क्या हुआ कि वो पुचकारने लगीं,...'बेटी, कुदरत ने जो फ़ासला बनाया है, लड़की-लड़के में...उसे कोई पाट नहीं सकता। हम संस्कारी लोग इतना आगे नहीं बढ़े हैं। हम कितनी भी सभ्यता सीख लें, हमारी सोच तुम्हारी पीढ़ी की तरह आधुनिक और खुली नहीं हो सकती। हमें पता है कि तू दोहरी ज़िन्दगी जीती है...घर में अलग और कॉलेज में अलग। घर की दहलीज़ पार करते ही पूरी संस्कृति बदल जाती है...पर क्या करें हम मजबूर हैं, हम भी हिन्दी में एम.ए. किये हैं। फ़ैशन डिज़ाइनिंग में डिप्लोमा किये हैं। लेकिन वही खाना बनाना-खिलाना। हम लड़कियों को अपनी राय या सिद्धांत बनाने की आज़ादी हमारे समाज ने नहीं दी है। तेरे पापा और तेरे चाचा की सोच हम नहीं बदल सकते।'

'बस मैं अपनी सोच बदलती रहूँ। आप लोगों के दकियानूसी रास्तों पर चलती रहूँ मम्मी...। क्यों पढ़ाया मुझे इंटरनेशनल स्कूल में...सरकारी स्कूल में दाखिला करवा दिया होता तो बेहतर होता,'...दिव्या आँसू और गुस्से को जज्ब करती हुई बोली... 'आपको पता है, पूरी क्लास में सबसे बैकवर्ड मैं ही मानी जाती हूँ...मेरा पहनावा, टिफ़िन, बोलचाल का तरीक़ा सब कुछ एकदम अलग है। मेरे फ्रेंड मेरा मज़ाक उड़ाते हैं। भैयानी कहते हैं। मेरी इंग्लिश स्पीकिंग की टाँग खींचते हैं...कहते हैं, मैं हिन्दी में इंग्लिश बोलती हूँ, यू.पी. स्टाइल। पर

अब नहीं...मुझे अपने दकियानूसी, थोपे गए, पिछड़े, घिसे-पिटे संस्कारों से बाहर आना होगा। आप लोगों की थोपी गई परंपराओं से मुझे चिढ़ और ऊब होने लगी है। एक तो इतने छोटे से घर में इतने सारे लोग...कोई प्राइवेसी नहीं...मैं सारे दोस्तों के घर जाती हूँ पर अपने फ्रेंड्स को घर नहीं बुला सकती, क्योंकि उनमें लड़के भी हैं...हमारे घर के लोग इतने कट्टर क्यों हैं, इतने बैकवर्ड क्यों हैं। इस घर में मेरे स्वस्थ और आधुनिक विचारों का आखिर गला क्यों घोंटा जाता है। ऐसा लगता है कि हम किसी गाँव या टापू में रह रहे हैं...आप सब खेत में काम करने वाले मज़दूरों की तरह हैं।'

बहरहाल तमाम पूछताछ के बाद आखिर में दिव्या को मालशेज घाट पर वनडे पिकनिक पर जाने की अनुमति मिल ही गई। कैसा सुखद था वो सफ़र। पहाड़ों से उतरती पगडंडी सरीखी पानी की दूधिया पतली धारा...कुदरत के तराशे पत्थरों को स्पर्श करती हुई...नीचे आकर एक सुरीला संगीत पैदा कर रही थी। नीचे तक आते-आते झरने का वेग इतना तेज़ हो जाता कि उसके नीचे नहाते हुए बदन चोटिल हो जाए। झरने के सफ़ेद फेनिल पानी को जब दिव्या ने छुआ तो रोमांच से भर गई थी। झरने में दिव्या ने पूरे ग्रुप के साथ जी खोलकर मौज-मस्ती की। मालशेज घाट की गगन छूती ऊँची पहाड़ियों के विहंगम दृश्य को दिव्या अपने मन में खूब गहराई तक बसा लेना चाहती थी। पहाड़ियों और घाटियों की अनगिनत तस्वीरें उसने अपने मोबाइल में कैद कीं। बाकी दोस्त जब पहाड़ों के और ऊपर चढ़ने की कोशिश कर रहे थे, उस समय पेड़ों की झुरमुट की ढलान पर बैठ दिव्या फटाफट कुछ वीडियो ले रही थी और अपने मोबाइल में वर्ड फ़ाइल खोल कर इस खूबसूरत नज़ारे का ब्यौरा टाइप कर रही थी। पत्तियों की सरसराहट, जुगलबंदी करती कूकती कोयल की तान रिकॉर्ड कर रही थी। दूर दिखते कचनार, गुलमोहर के पेड़ों को जूम मोड पर अपने कैमरे में जीवंत कर रही थी। फूलों की वादियों से आती चंपा-चमेली की खुशबू को अपने भीतर समो ले रही थी। उस वक़्त दिव्या की आँखें गुलाब सी खिली थीं। टी-टी करती टिटहरी का गान भी रिकॉर्ड कर रही थी। दिव्या इन वादियों में एक पंछी की तरह उड़ना चाह रही थी।...मन से बेहद बिंदास-अल्हड़ ढीठ दिव्या के चेहरे के पीछे एक संवेदनशील-रचनाशील

सृजनकर्मी भी छिपा है। शायद उसकी संवेदनशीलता...उसकी रचनात्मकता ही उसे बार-बार टेलीविज़न की दुनिया में जाने को उकसा रही थी।

पहले मास मीडिया की पढ़ाई पूरी करनी है और कम-से-कम इंटीग्रेटेड कोर्स कंप्लीट हो ताकि बाद में पीएच-डी की जाए और फिर पूरी तैयारी से टेलीविज़न की दुनिया में काम किया जाए। उसकी तमन्ना है कि वो खुद लिखे और खुद ही प्रोड्यूस करे। सिर्फ़ धारावाहिक ही नहीं एनीमेशन फ़िल्म भी बनाने के सपने का अंकुर प्रस्फुटित हो गया था। दिव्या की आँखों में अनगिनत चमकीले सपने परवाज़ लेते हैं। उसका हर सपना घरवालों के रूढ़िवादी विचारों की वेदी पर झोंक दिया जाता है। उसके घरवालों के लिए ये सब कोरी बकवास के सिवा कुछ नहीं। उनका मानना है कि पढ़ाई कोई भी कर लो, पढ़ाई के बाद ब्याह करके घर-गृहस्थी ही सँभालनी है, जबकि दिव्या ने गृहस्थी को कहीं तीसरे या चौथे पायदान पर रखा था। पहाड़ों के सर्पीले रास्तों से गुज़रते हुए जब दिव्या अपने दोस्तों के साथ लौटने लगी, तो सामने से विनोद भैया आते दिखाई दिये। मन तो किया झटके से वो गाड़ी में बैठ जाए, लेकिन उन्हें अनदेखा नहीं कर सकी। विनोद भैया आकर दिव्या के कान में धीरे-से बोले... 'उस लंबू से सट-सट कर ताली दे-देकर इतना खींसें क्यों निपोर रही थी.. ?'

'विनोद भैया!...'

दिव्या को जलती आँखों से लिलोरते हुए विनोद भैया बाइक स्टार्ट करके पल भर में आँखों से ओझल हो गए। दिव्या तिलमिला कर रह गई।

घर पहुँचते-पहुँचते रात के नौ बज गए थे। इस घर में ये वक़्त लड़कियों के लिए बाहर से लौटने का नहीं है। छोटे भाई सोनू ने दरवाज़ा खोला और अपनी स्टडी टेबल पर बैठकर पढ़ने में मशगूल हो गया। चाचा हाथ में रिमोट लिए टीवी के चैनल बदल रहे थे। टीवी बंद करते हुए उन्होंने दिव्या को ऐसे देखा, जैसे वो कोई बड़ा अपराध करके लौटी हो। कॉरिडोर पार करती हुई बेडरूम तक पहुँची भी नहीं थी कि चाचा की रौबदार-ज़ालिम आवाज़ ने कानों में चोट पहुँचाई। बेतरह थकी हुई दिव्या का मन कर रहा था कि चाचा की पुकार को अनसुना करके सीधे बिस्तर पर पड़ जाए। लेकिन चाचा की हैसियत इस घर में पापा से भी बढ़कर थी। इसकी एक वजह तो यह थी कि

चॉल में इतनी लंबी ज़िन्दगी बिताने के बाद जब बड़े से टॉवर में घर लेने का सपना पूरा हुआ, तो ब्लैक-मनी की बड़ी एकमुश्त रकम का इंतज़ाम चाचा ने किया था। लोन अमाउंट भी उनका ज़्यादा था। घर ख़रीदने में पापा की पूँजी कम लगी थी। जबकि दिव्या तीन भाई-बहन मिलाकर पाँच लोग हैं और चाचा के परिवार में विनोद भैया, चाची-चाचा...कुल मिलाकर तीन लोग। मतलब यह एक आदर्श संयुक्त परिवार था।

दिव्या सिर झुकाकर अपराधी की तरह सामने सोफ़े पर बैठ गई। विनोद भैया की लगायी आग चाचा की ज़बान के ज़रिये घर में धधक रही थी। उनकी लाल आँखें शोले उगल रही थीं और उसमें वो जल रही थी। ऊपर से तो वो बुत बनी थी, लेकिन उसके मन में विद्रोह का ज्वालामुखी फट रहा था। वो अपने आप से ही पूछ रही थी कि आखिर उसका दोष क्या है। ज़माना कहाँ पहुँच गया है, स्त्रियाँ धरती के हर छोर पर पहुँच गई हैं, स्पेस तक में अपना परचम लहरा रही हैं। ये संकुचित सोच के चाचा...लड़कों के साथ घूमने क्यों चली गई...घर सिर पर उठाए हुए हैं। खुद तो चाची की सहेलियों से मुस्कुराकर खूब रस-रस लेकर बतियाते हैं। लेकिन दिव्या इस घर की बेटी है और वो लड़कों के साथ घूमने गई, तो गलत करार दिया गया और उसे चाचा से बेवजह मार भी खानी पड़ी। इस आदर्श परिवार में बड़े होकर भी बात-बात में पिट जाना आम बात है और कुलीन संस्कार में शुमार है। विनोद भैया ने दिव्या और इरफ़ान को लेकर अफ़साना गढ़कर चाचा और पापा से कह सुनाया था। वो भी इस तरह जैसे दिव्या कई दोस्तों के साथ न जाकर अकेली इरफ़ान के साथ गई हो, जबकि इरफ़ान भी अन्य लड़कों की तरह महज़ एक दोस्त था। मम्मी ने भी चाचा-पापा के पंचम सुर में अपना मंद्र सप्तक का सुर मिला दिया था।

'दिव्या, लड़की हो, इरफ़ान से मिलना-जुलना कम करो। लड़की का चरित्र सफ़ेद चादर की तरह होता है। एक छींटा भी दाग़ लगा देता है। तुम जानती हो हमारे यहाँ ये सब नहीं चलता।'

उस दिन दिव्या का दिल दर्द से कराह रहा था। अनगिनत ख़रोंचें लगी थीं। मालशेज घाट में देखे फूल मुरझा गये थे। बेचैन मन आँसुओं का झरना बन बहता रहा बहुत देर तक...कमरे का दरवाज़ा अंदर से बंद कर लिया।

रोने के बाद मन हल्का हुआ, तो मोबाइल उठाया...फ़ेसबुक पर मालशेज घाट की पहाड़ियों की तस्वीरें अपलोड कीं और व्हाट्स अप पर अपनी सहेलियों से बहुत देर तक चैट करती रही। इसी बहाने अपना जी बहलाती रही। दिव्या हमेशा ऐसा करती थी...जब उसे ज्यादा डाँट पड़ती या मार पड़ती तो पहले खूब रोती थी, लेकिन उसके आँसू उसे सख्त बनाते। और फिर इस तरह परिस्थितियों से जूझने का हौसला उसके भीतर पैदा होता था। उस दिन की मार के बाद दिव्या ने अपने आप को काफ़ी निःसंग पाया, डाँट और मार का असर भी कम होने लगा था। उस दिन वो चाचा की डाँट और मार से पिकनिक का सुखद एहसास कसैला नहीं करना चाहती थी, इसलिए सोशल नेटवर्किंग का दामन थाम सुकून महसूस कर रही थी। उन दिनों घर में एक सिलसिला सा बन गया था, बात-बात में दिव्या को एहसास कराया जाता कि वह एक लड़की है, उसे सलीके से रहना चाहिए। इसके उलट दिव्या कॉलेज के माहौल के अनुरूप खुद को ढाल रही थी। रायमा अक्सर उसे खुलेपन की तरफ़ खींचती। वह कहती कि थोड़ी आज़ाद-ख़्याल बनो, वरना किसी भी मर्द के पल्लू में बाँध कर क़ैद कर दिया जायेगा और सारी ज़िन्दगी गृहस्थी की चक्की पीसती रहोगी।

'दिव्या...! दिव्या...! स्वीट-हार्ट तुझे क्या हुआ है। किन ख़्यालों में, कहाँ खोई है तू। दिव्या तुझे कब से आवाज़ दे रही हूँ...ए.वी. रूम में सब लोग तेरा इंतज़ार कर रहे हैं। ड्रामे की रिहर्सल है और इस बार उद्भव सर और तान्या मैम भी ड्रामे में पार्टिसिपेट करेंगे।'

'ओह'...

'तेरा लिखा अधूरा ड्रामा इरफ़ान ने पूरा कर दिया। जानती है कितना अच्छा लिखा है उसने। तानिया मैम अपने रोल से इतनी खुश हो गईं कि उन्होंने इरफ़ान को आज खूब कस के गले लगा लिया।'

दिव्या की आँखों के सामने वह दृश्य कौंध गया जब उसे तुषार से हाई-फ़ाई करते हुए विनोद भैया ने देख लिया था। घर जाकर कैसी चुगली की थी और इस बात को लेकर भी घर में हंगामा हुआ था। चाचा का लंबा-चौड़ा भाषण सुनना पड़ा था। चाचा की डाँट एक अनपढ़ ग्रामीण की तरह

थी, जिसे सुनना बुखार-सी पीड़ा देता। उस घर में विनोद भैया की भूमिका महज़ एक जासूस की थी।

'अगर घरवाले कॉलेज का ऐसा खुला माहौल देख लें तो जाने क्या होगा'...दिव्या सोचती है, 'घर और बाहर की दुनिया कितनी अलग है। घर में जो गलत है वही बाहर कॉलेज में नॉर्मल है...रूटीन है...इन सब बातों पर तो आजकल किसी का ध्यान भी नहीं जाता, लेकिन दिव्या के घर में यह एक तरह का अपराध है।'

'चल दिव्या, तू तो ड्रामा की हीरोइन है और जानती है कि हीरो का रोल कौन कर रहा है...?'

दिव्या ने कोई उत्साह नहीं दिखाया।

'पूछेगी नहीं...?'

दिव्या अपनी पलकें प्रश्नवाचक मुद्रा में उठा देती है।

'उद्भव सर...'

अनमनी-सी दिव्या उठकर अपने रूम की ओर चल देती है। जाते-जाते कहती है, 'रायमा, सर और मैम को मैसेज दे देना...प्लीज़ आज मैं रिहर्सल पर नहीं आ पाऊँगी।'

'क्या हुआ...चल ना।'

'मेरी तबीयत ठीक नहीं है'...कहते हुए दिव्या बरामदे की ओर मुड़ जाती है। रायमा उसका मन टटोलने की कोशिश करती है, लेकिन नाकामयाब रहती है। हॉस्टल के कमरे में जाकर दिव्या ड्रामा की स्क्रिप्ट निकालती है। कल तो रिहर्सल में जाना ही होगा। एक रीडिंग ज़रूरी है। अपने आप से ही गुफ़्तगू करती है। आखिर यह चमकीला सपना मैंने ही तो देखा है। मेरे ही सपने का हिस्सा है यह। फिर मेरा मन क्यों घबरा रहा है। अपनों से दूर होने की कसक इतनी ज़्यादा आज क्यों सता रही है। भारी मन से स्क्रिप्ट के पन्ने पलटने लगती है...साथ में अपनी डायरी लेकर बैठ जाती है। जब मन के भीतर तूफ़ान मचा हो...हवाओं का रुख बार-बार एक ही दिशा में भागा जा रहा हो...तो मन को सँभालना...समझाना बड़ा मुश्किल होता है। आज दिव्या का मन खुद से ही जद्दोजहद कर रहा है कि कहीं उसने गलत फ़ैसला तो नहीं कर लिया...अगर

डॉक्यूमेन्ट्री टेलीकास्ट नहीं हुई तो अगले सेमिस्टर के लिए फ़ीस के पैसे कहाँ से आएँगे...पिछले सेमिस्टर में भी स्कॉलरशिप के पैसे से फ़ीस पूरी नहीं हुई थी...इरफ़ान और रायमा ने मिल कर बाक़ी फ़ीस ऑनलाइन भर दी थी। उनका यह एहसान कैसे चुकायेगी। अगले दोनों सेमिस्टर में ज़्यादा फ़ीस की ज़रूरत होगी। प्रोजेक्ट वर्क भी ज़्यादा होगा, प्रोजेक्ट वर्क में लगने वाली सामग्री काफ़ी महँगी होती है...कहाँ से आएगी यह रकम...उसका तनाव बढ़ता ही जा रहा है...वह जब मन से परेशान होती है तो अपने आपको अकेलेपन के महासागर में डुबो देती है। अपने एकाकीपन से खुद को बाहर नहीं निकालना चाहती, अपनी पीड़ा को तार-तार महसूस करती, अपनी बेचैनी को सहलाती है और उससे जूझती भी है। उसे अपने आप पर गुस्सा आता है। अपने हालात पर भी, घरवालों पर भी...लेकिन एकाकीपन के उसके ये लम्हे उसके प्रिय होते हैं। ऐसे में वह या तो अपनी डायरी उठाती है या फिर खिड़की से बाहर खाली नज़रों से देखती है। आज वो दोनों कर रही है। शून्य में देखती हुई अपनी डायरी उठाती है। पन्नों के बीच से एक मुड़ा-तुड़ा कागज़ मिलता है।

मुंबई से वर्धा तक का जनरल टिकट...।

अजीब थी वो रात...ऊँची अट्टालिकाओं के ऊपर औंधा आसमान जैसे कुछ नीचे सरक आया हो...आसमान में टँगे चाँद और जगमग करते सितारे यूँ लग रहे थे जैसे कि दिव्या हाथ बढ़ाकर उन्हें अपने बैग में रख लेगी...खाली आँखों के सामने वह दृश्य तिर जाता है जब घर से अकेली निकल आई थी। दिव्या ने बैग में थोड़ा सा सामान रखा था। इरफ़ान और रायमा को भी उसने अपनी योजना के बारे में नहीं बताया था। एंट्रेंस एग्ज़ाम में पास हो गई थी। लैटर आया, उसे मास कम्युनिकेशन इंटीग्रेटेड कोर्स में एडमिशन मिल गया था। टेलीविज़न प्रोडक्शन मैनेजमेंट कोर्स करने के लिए उसे 5 साल के लिए वर्धा में रहना पड़ेगा। सुनते ही तूफ़ान आ गया। पाँच साल पढ़ते-पढ़ते बूढ़ी हो जाओगी, पराये शहर में जाकर कैसे गुज़ारा होगा...किसके साथ रहोगी... वहाँ कोई नातेदार-रिश्तेदार नहीं है...हॉस्टल में रहने के नाम से पापा और चाचा ने ऐसे दस हादसों का ज़िक्र किया था, जिनकी खबर अखबार में छपी थी। हॉस्टल में रहना लड़कियों के लिए बिलकुल सुरक्षित नहीं है। हम लोग

तुम्हें दूसरे शहर जाकर पढ़ाई करने की इजाज़त कतई नहीं देंगे। अगले दिन रायमा घर आई थी समझाने। इरफ़ान और तुषार ने भी फ़ोन पर मम्मी से बहुत इसरार किया था...'आंटी दिव्या को जाने दो। हम सब रहेंगे...उसकी देखभाल कर लेंगे। दिव्या ने घरवालों को बहुत समझाया...मेरे साथ रायमा रहेगी...कोई परेशानी होगी तो हम दोनों एक-दूसरे से शेयर कर लेंगे। फिर आज तो फ़ोन का ज़माना है। टेक्नोलॉजी के इस ज़माने में तो हम दिन में कई बार बात कर सकते हैं। वेबकैम के ज़रिए हम रोज़ चैट करेंगे मम्मी।'

बोझिल कदमों से चलती हुई दिव्या का मन अपने कॅरियर के लिए उत्साही था। लेकिन घरवालों को छोड़कर यूँ चुपके से आना...उसके कलेजे पर जैसे आरी चल रही थी और वो पीड़ा से कराह रही थी। रास्तों का पता नहीं...नदी के उस पार टिमटिमाते हुए दीये की मद्धिम रोशनी...। कैसे जायेगी वो उस पार। कोई साथ नहीं, कोई सहयोग नहीं। सिर्फ़ एक स्कॉलरशिप के बूते पर पूरी पढ़ाई कैसे होगी। वह विचारों की गहरी खाई में उतरती गई। चलते-चलते दिव्या स्टेशन पहुँच गई थी। सीढ़ियाँ उतरकर उसने सामने खाली पड़ी एक बैंच पर अपनी काया को धकेलते हुए बिठा दिया। प्लेटफ़ॉर्म पर दूर टिकी आँखों के सामने रात का अँधेरा था, गुलाबी ठंड थी, मौसम पर धुँध छाई थी और दिव्या की आँखों पर भी। दिव्या खाली निचाट आँखों से दूर देख रही थी। डीज़ल इंजन वाली ट्रेनें आ रही थीं, जा रही थीं। सारी गाड़ियों का वक्त और गंतव्य निर्धारित था। पर दिव्या की ट्रेन का न तो नियत समय था और ना ही नियत मंज़िल। किस शहर में जाना है ये तो पता है। लेकिन किस ट्रेन से...ये तो दिव्या ने सोचा ही नहीं था। न तो उसके पास यात्रा का टिकट था और न ही पराये शहर में पहुँचने के बाद का कोई ठिकाना...मंज़िल इतनी दूर थी कि वो ऊहापोह में थी, मिलेगी उसे मंज़िल या नहीं। उस रात कई गाड़ियाँ आती और जाती रहीं। अंत में अपने भीतर हौसला पैदा करती हुई, खुद ही हौसले से डग भरती हुई वो एक ट्रेन में बैठ गई थी। यही वो टिकट था जिसने उसे वर्धा पहुँचाया था। हाथ में पकड़ा हुआ टिकट कड़कड़ाती सर्दी में भी पसीने से गीला हो गया था। उसे घबराहट-सी हो रही थी।

वर्तमान की धूप और अतीत का कोहरा...उसने आँखें मिचमिचाकर,

कस कर उन पर अपनी हथेलियाँ रख ली थीं...हथेलियों पर कुछ सर्द बूँदें चिपक गई थीं। हॉस्टल की कैंटीन में बजने वाली बेल से दिव्या की तंद्रा टूटी। रोज़ शाम चाय के टाइम पर यही बेल बजती है। कोहरे से डूबी शाम अब अँधेरे की काली चादर ओढ़ रही है। लॉन के लैंप-पोस्ट की मद्धिम रोशनी किलहटी के उस जोड़े पर झिलमिल कर रही है, जिसने अभी-अभी बसेरा लिया है...पक्षियों के झुंड पेड़ों की पत्तियों में छिप गये हैं...सोने से पहले का उनका समवेत गान बज रहा है और दिव्या के कान में नाटक के गीत का वो हिस्सा गूँज रहा है, जो उसे मंच पर गाना है। इस नाटक की वीडियो रिकॉर्डिंग कॉलेज की लाइब्रेरी में संग्रहीत की जाएगी और उसके कॅरियर में एक और सुनहरा पन्ना जुड़ जाएगा।

फ़ैमिली ट्री

दरवाज़े के पास पहुँचकर याद आया मनु की ड्रॉइंग-बुक ख़रीदना भूल गई। मनु को लेकर फिर जाना पड़ेगा। कौन जाए टेन्थ फ़्लोर से नीचे...अमन से कहूँगी, वही ले आयेंगे। हालाँकि मनु नाराज़ तो ज़रूर होगा...सोचते हुए श्रेया लिफ़्ट से बाहर आ गई। दरवाज़ा खुलते ही मनु परदे के पीछे छिप जाता है, श्रेया ढूँढ़ने का अभिनय करती है। मनु उसकी गोद में बैठता है, गले लगता है और फिर शुरू होता है श्रेया के सवालों का टेप-रिकॉर्डर–'बेटा, टिफ़िन फ़िनिश किया, स्कूल में आज टीचर ने क्या पढ़ाया, कौन-सी एक्टिविटी हुई, डांस या ड्रॉइंग।' फिर श्रेया लंबी साँसें भरती हुई किचन में चली जाती है। मशीन की तरह मनु का दूध तैयार करना, उसका होमवर्क करवाना, उसे पार्क में ले जाना और फिर डिनर तैयार करना, अमन के घर लौटते ही उन्हें दिन भर का ब्यौरा देना, जल्दी-जल्दी घर के सारे काम निपटाकर मनु को सुलाकर यंत्रवत बिस्तर पर पड़ जाना, पड़ते ही गहरी नींद में सो जाना और सुबह के लिए बचे हुए काम सपने में निपटाना...यही है श्रेया का रूटीन।

लेकिन आज का दिन काफ़ी उलट है। घर पर अमन पहले से मौजूद हैं, फिर भी मनु का 'मूड ऑफ़' है। अमन अपने काम में तल्लीन हैं। उनकी उँगलियाँ कंप्यूटर पर ऐसे चल रही हैं, जैसे कैसियो-की-बोर्ड पर किसी गाने की धुन बजा रहे हों और मनु सोफ़े पर चुपचाप बैठा है।

'क्या हुआ बेटा,' पूछते ही मोटे-मोटे आँसू झरने लगे। श्रेया ने मनु को गोद में लिया तो वो रोते हुए बोला—'कल से मैं काकी के यहाँ नहीं जाऊँगा। पापा से कहना, वो ऑफ़िस से जल्दी नहीं आयें, उन्होंने मुझे डाँटा, काकी ने भी डाँटा, सब लोग मुझे डाँटते हैं, यहाँ तक कि टीचर ने भी डाँटा।

आप रोज़ बोलती हो, ऑफ़िस से जल्दी आओगी, ख़ूब सारी छुट्टी लेकर दिन भर मेरे साथ रहोगी लेकिन आप झूठ बोलती हो। आप बार-बार अपना प्रॉमिस तोड़ती हो। आपने फ़ाइव डेज़ बोला कि आप जल्दी आओगी, पर आप नहीं आईं। पार्थ की मम्मा उसे रोज़ पार्क ले जाती है। आपने तो मुझे आज फ़ोन भी नहीं किया। जब मैं काकी के यहाँ रो रहा था, तो मैंने आपको बुलाया, मम्मा-मम्मा ...तो आपने क्यों नहीं सुना। आप आईं क्यों नहीं।' '...' बे...टा...मैं तो ऑफ़िस में थी। आपने काकी से फ़ोन करने के लिए बोला होता ना। कल से आ जाऊँगी जल्दी, प्रॉमिस।' मनु, श्रेया के सीने से चिपक कर देर तक सुबकता रहा। श्रेया की आँखों में सुरमई बादल छा गये और नन्ही-नन्ही बूँदें गालों पर ढुलक आईं। 'मेरा बेटा इतना बड़ा हो गया है, इतना जज़्बाती ?...बेटा, लेकिन हुआ क्या, जो आप मम्मा से इतने नाराज़ हो।'

'शिवाली ने मुझे मारा तो मैंने भी उसे मारा। वो मुझे रोज़ मारती है।'

'लेकिन वो तो आपकी बेस्ट फ्रैंड है ना।'

'हाँ, लेकिन वो मारती है, फिर खेलती है, आज मैंने भी उसे चटाक से मारा, फिर काकी ने भी मुझे मारा और डाँटा भी। शिवाली को मैं अपने सारे खिलौने दे देता हूँ, फिर भी वो मुझसे कट्टी करती है। और फिर डाँट भी खिलवाती है।'

'शिवाली को भी तो मार पड़ी होगी ना। कोई बात नहीं, काकी बड़ी हैं। धीरे से मार दिया होगा। प्यार भी तो करती हैं वो।'

'नहीं, वो मुझे ज़ीरो प्यार करती हैं। शिवाली को हंड्रेड करती हैं। वो मराठी है ना इसलिए।'

...'मराठी ? बेटा आप कैसी बात कर रहे हो।'

नन्हा मनु अभी से जाति-पाति की बातें सीख रहा है। श्रेया के गले में जैसे कुछ अटक गया हो।

'मनु, ये मराठी वाली बात आपने किससे सुनी और जानी।'

'वो राज भैया है ना, वो कह रहा था कि काकी मराठी हैं। इसलिए शिवाली और अदिति को ज़्यादा लाड़-प्यार करती हैं। दोनों मराठी में बोलते हैं ना इसलिए। मैं अब काकी के घर नहीं जाऊँगा। मुझे आप बेबी-सिटिंग में डाल दो।'

'काकी का घर ही तो बेबी-सिटिंग है बेटा।'

...'नहीं, बेबी-सिटिंग घर की तरह नहीं होता। वहाँ बहुत सारे बच्चे होते हैं। वहाँ खूब सारे खिलौने खेलने को मिलते हैं। वीडियो गेम्स होते हैं। मैंने काग़ज़ की इतनी सुंदर बोट बनायी थी, पहाड़-पौधे-फूल, छोटा-सा हाउस और प्ले-ग्राउंड बनाया था, पूरा ड्रॉइंग पेपर काकी ने कचरे में फेंक दिया।'

श्रेया बहुत देर तक बर्फ़ बनी बैठी रही। बच्चे के प्रति अपराधबोध से उसका मन भर आया था। अमन की आवाज़ ने तंद्रा तोड़ी। 'यूँ सिर पकड़कर क्यों बैठी हो, बच्चे की बातों को ज्यादा तूल मत दिया करो, ऐसे करोगी तो मुश्किलें और बढ़ जाएँगी। रिलैक्स।'

...'तुम्हें पता है, क्या हुआ?'

'हाँ, मैं सब सुन रहा था, तुम्हें क्या लगा, मैं अपने काम में बिज़ी हूँ? मेरा भी मन काम में नहीं लग रहा था ये सब सुनकर, लेकिन वर्किंग-कपल के लिए पैरेन्टिंग थोड़ा मुश्किल तो होता ही है ना डार्लिंग! बड़े शहरों के ज्यादातर बच्चे बेबी-सिटिंग में पलते हैं। मनु कोई अनोखा नहीं है। थोड़े दिन में आदत पड़ जाएगी, मनु की भी और तुम्हारी भी।'

अमन की आवाज़ घने जंगल में होती किसी बारिश की तरह लग रही थी। जैसे एक लय-सुर में गिरी जा रही हों बूँदें। जैसे पहाड़ों पर बसे घने जंगलों में तेज़ बारिश में, बोलने वाले की आवाज़ बहुत मद्धिम सुनाई पड़ती है। इसी तरह अस्फुट-सा लग रहा था अमन का बोलना। श्रेया के मन में इस समय चिंता के मेघ छाए हैं। ये जज़्बात की ऐसी घटाएँ हैं जो न बरस रही हैं, न छँट रही हैं, मन के आसमान से।

आज भोर से ही मूसलाधार बारिश हो रही है। श्रेया का मन हुआ, अमन का हाथ पकड़ दौड़कर जाए। सामने वाले बड़े-से ग्राउंड में खूब भीगे। खूब छपाक-छैंया खेले इस झमाझम बारिश में। लेकिन इस रूमानी ख़्याल के साथ ही ऑफ़िस याद आ गया। बॉस का ठूँठ जैसा सख्त चेहरा और साथ में कामिनी और मिसेज़ अडावटकर की तंज़ करती नज़रें। ...'देखा ये आज फिर लेट आई। और बॉस ने इसे न कुछ बोला, न मेमो थमाया। हम होते तो हमारा रेड मार्क ज़रूर हो जाता, क्या ऐश हैं इसके, अपने हुस्न से सबको रिझा लेती है ये। हुँह...।'

श्रेया के हाथ और फुर्ती से चलने लगे। जल्दी-जल्दी अमन और मनु का टिफ़िन तैयार किया। अपना टिफ़िन और पानी की बॉटल बैग में रखी। बहुत देर तक बस स्टॉप पर खड़ी रही, मनु की बस नहीं आई। ...'क्या बात है अभी तक बस नहीं आई', सोचते हुए पर्स से मोबाइल निकाला, एक घंटे पहले स्कूल से आया मैसेज था—'रेनी डे, स्कूल क्लोज्ड टुडे।' आज फिर मनु को काकी के यहाँ दिन भर रहना पड़ेगा। आज फिर शाम को उसकी तमाम शिकायतें सुननी होंगी।...'काकी खिलौने नहीं खेलने देतीं, ज़बर्दस्ती सुलाती हैं। कहती हैं,...''आवाज़ नहीं करने का, जास्ती मस्ती नहीं करने का।'' '...उफ़ मनु और घर की परेशानियाँ बढ़ती ही जा रही हैं। दोहरी-तिहरी ज़िम्मेदारियाँ निभाते-निभाते वो पस्त होने लगी है।

ऑफ़िस में आज बहुत काम है, लेकिन कुछ काम पेन्डिंग में डालकर श्रेया जल्दी निकल पड़ी और भी बहुत सारे लोग जल्दी निकले। बारिश आज क़हर ढा रही है। उफ़...इतनी डरावनी बारिश...सुनने में आया है कि कहीं बादल फट गये हैं। सेन्ट्रल और हार्बर लाइन की लोकल ट्रेन बंद हो गई हैं। वेस्टर्न की स्लो चल रही हैं। 'हे भगवान, स्लो लोकल चलती रहे बंद ना हो। मुझे 5:10 की लोकल किसी भी तरह मिल जाए। मेरा मनु इंतज़ार कर रहा होगा। आज अभी ही अँधेरा-सा छाने लगा है।

सड़कों पर घुटने तक पानी भरा है। एक भी खाली टैक्सी नहीं दिख रही। कुछ लोगों की कारें पानी में ठप्प हो गई हैं। लोग पानी में ही पैदल चल पड़े हैं। श्रेया ने पैदल चलने के लिए दुपट्टे को गले और कमर में कस लिया। सलवार थोड़ी ऊँची कर ली। देखा मिसेज़ अडावटकर, कामिनी और साथ में सुहाना भी चली जा रही थी। श्रेया ने सोचा, 'चलो सुहाना का साथ अच्छा रहेगा।' लेकिन उम्मीद के विपरीत कामिनी और मिसेज़ अडावटकर भी बड़ी आत्मीय रहीं। ऑफ़िस में तो जैसे खा जाने वाली नज़रों से देखती हैं पर दफ़्तर के बाहर इन लोगों का अलग ही रूप देखा...हैल्पिंग और सेन्सिटिव। तीनों महिलाएँ रास्ते भर कुछ-ना-कुछ बोलती रहीं। गंदले पानी में पैदल चलना श्रेया के लिए आसान हो गया। वरना इतनी उबकाई-सी आ रही थी कि वो शायद आधे रास्ते से ही लौट जाती। इनकी बातों के बावजूद उसकी आँखों के सामने मनु का बेसब्री से इंतज़ार करता चेहरा है। श्रेया इनकी बातें

सुन ज़रूर रही है लेकिन लगातार यही सोच रही है कि किसी तरह 5:10 की भाइंदर लोकल मिल जाए।

चर्चगेट स्टेशन पर इतनी भीड़, मानो पूरा शहर प्लेटफ़ॉर्म पर समाया हो। एनाउंसमेन्ट हो रही थी, ट्रैक पर जल-भराव के कारण फ़ास्ट गाड़ियाँ बंद हैं। पाँच बज रहे हैं, पर इंडीकेटर पर 4:20 की स्लो लोकल लगी है। प्लेटफ़ॉर्म नंबर पाँच से आउटर की ओर नज़र डाली तो देखा, एक के पीछे एक ट्रेनें खड़ी हैं। गाड़ियाँ रुकी हैं फिर भी लोग बैठे हैं। इस इंतज़ार में कि ट्रेन चलेगी और गंतव्य तक पहुँचेंगे। श्रेया चुपचाप उन महिलाओं के साथ तीन नंबर प्लेटफ़ॉर्म पर लगी विरार स्लो लोकल में बैठ गई। उसे मिली फ़ोर्थ सीट यानी लटककर बैठना।

एनाउंसमेन्ट हुई और ट्रेन चल पड़ी। औरतों ने 'गणपति बप्पा मोरिया' का जयकारा लगाया। इतनी भीड़ कि महिलाएँ एक-दूसरे पर गिरी जा रही हैं। नियमित रूप से ग्रुप में चलने वाली महिलाओं ने अंत्याक्षरी खेलना शुरू कर दिया है। बैठी हुई कुछ औरतें रोज़ की तरह ग्वारफली तोड़ने लगीं और मटर छीलने लगीं। भेल-सींगदाने बिकने लगे। ईयरिंग, हेयर क्लिप, रूमाल बेचनेवालियों ने अपनी बास्केट औरतों के हवाले कीं और इत्मीनान से बाहर की ओर बैठ गईं। 'पहिला पसंद कन्ने का, फिर मेरे को आवाज़ देने का, भोत (बहुत) गर्दी है।' ये मुंबई लोकल ट्रेन के लेडीज़ कंपार्टमेन्ट की खासियत है कि रसोई, खरीदारी, ऊँघना, बतियाना सब निपट जाता है।

क़हर ढाने वाली बारिश अभी भी जारी है। ट्रेन में सवार लोग गर्मी और उमस से बेहाल हैं। रेल की पटरियों के किनारे-किनारे पानी जमा हो गया है जो अब पटरियों पर आ रहा है। एनाउंसमेन्ट हुई कि आगे पटरियों पर पानी भर जाने से गाड़ियाँ नहीं चल पा रही हैं। श्रेया का मन बेचैन हो उठा। अब क्या होगा। मनु कैसे रहेगा। मोबाइल नेटवर्क जाम है। अमन से भी संपर्क नहीं हो पा रहा है। रोज़ की तरह व्हाट्सऐप पर दोनों ने एक-दूसरे को मैसेज किया था, 'ऑन द वे।' पर अब न नेट-कनेक्शन, न संपर्क।

'काकी मेरी मम्मा कब आएगी?'...

'आती होगी।'

'लेकिन अब तो रात हो गई, बारिश भी हो रही है, क्या भीग कर आएगी मेरी मम्मा? पापा भी नहीं आए। वो तो आज जल्दी आने वाले थे।'

'ये ले, अपनी गाड़ी ले और ये बिल्डिंग सेट। खेल थोड़ी देर। अभी आ जाएगी मम्मा।'

तभी मोबाइल बजा। काकी ने हैलो कहा, 'ट्रेन मुंबई सेन्ट्रल पर रुक गई है।' फ़ोन कट गया। उसके बाद इधर से काकी ने कई बार फ़ोन ट्राई किया, उधर से श्रेया ने। पर संपर्क नहीं हो पाया।

'बेटू तेरी मम्मा शायद नहीं आ पायेगी।'...

मनु रुआँसा चेहरा लिए अपने आँसुओं को ज़ब्त करता पूछ रहा था, 'क्यों नहीं आ पाएगी मम्मा।'

'पाउस पड़ला'...

'पाउस क्या होता है?'

'बारिश समझता है ना, पानी गिर रहा है। वो देख विन्डो से...बाहर कितना तेज़ बारिश है...बारिश के कारण गाड़ियाँ बंद हो गई हैं। वो गाड़ी में फँस गई है। मनु की आँखों के सामने चित्र कौंध गया जो उसने डीवीडी में देखा था। बहेलिये ने जाल बिछाया है, दाना डाला है और सारे कबूतर एक साथ फँस गये हैं। मनु सोचता है, ट्रेन में कोई जाल लेकर आया होगा और मम्मा का पैर उसमें फँस गया होगा। पर मेरी मम्मा तो बहुत हिम्मती है। बहुत स्ट्रॉन्ग है। वो जल्दी ही अपना पैर जाल से निकालकर आ जाएगी।

'काकी, मम्मा ट्रेन में से निकल गई कि अभी भी फँसी होगी? फ़ोन आया मम्मा का?'

'बेटू पटरी पर पानी भर गया है, तेरी मम्मा जिस गाड़ी में बैठी है, वो बंद हो गई है, इसलिए मम्मी नहीं आ पाएगी। बारिश बंद होगी, गाड़ी चलेगी, तभी आएगी वो।'

'तो क्या मम्मा आज ट्रेन में ही सो जाएगी?'

'अब मेरे कू क्या मालूम रे।'

'लेकिन काकी, मेरी मम्मा को मेरे बिना नींद नहीं आती, एक दिन वो पापा से बोल रही थी...और मैं कहाँ रहूँगा?'

'तू इधर ही रहेगा। काकी के पास।'

'लेकिन शिवाली तो चली गई। उसकी मम्मा की ट्रेन क्यों नहीं बंद हुई?'

'बेटू तू कोश्चन बहुत पूछता है। इतना नहीं पूछने का। काए माहिती,

लहान पोरगा आहे कि आज्ञोबा।' (क्या पता, ये बच्चा है या दादा)

मनु मायूस हो चुप हो गया। टिंग टॉन्ग। बेल बजी। मनु दरवाज़े की ओर दौड़ा। मम्मा आ गईं। पापा आ गये। सामने दूधवाला खड़ा था। 'काका, हे घ्या। उद्या दूध चा टैंकर नाहीं येणार। म्हणून उद्या दूध मिलणार नाहीं।' (ये लो, कल दूध का टैंकर नहीं आयेगा, इसलिए दूध नहीं मिलेगा)

'अजून एक पाकेट द्या।' (एक पैकेट और दे दो ना)

'नहीं काका, सबको देने का है।'

'समझ गया। अब तू बाकी दूध जास्ती पैसे में बेचेगा। स्साला...।'

मुंबई पूरी रात जागती है। रात के किसी भी प्रहर खिड़की खोली जाए तो गाड़ियों की पीं-पों ज़रूर सुनायी देती है। लेकिन आज बिजली कड़कने और अनवरत ज़ोरदार बारिश की आवाज़ के अलावा कोई आवाज़ नहीं। न्यूज़ चैनल सिर्फ़ बरसात की खबरों से भरे पड़े हैं। पूरी मुंबई जलमग्न है। बहुत सारी कारें, टैक्सियाँ, बसें और बाइक पानी में डूबी पड़ी हैं। कुछ लोग जिन्होंने पैदल चलकर घर पहुँचने का जोखिम उठाया, उनमें से कुछ तो रास्ते में हैं, कुछ लोगों ने कहीं पड़ाव डाल लिया और कुछ लोग नाले में पैर पड़ने से तेज़ बहाव में बह गये। टी.वी. की ये खबरें मनु भी देख रहा है और काकी से सवालों की बौछार कर रहा है। मासूम मन में डर की लहरें भी उठ रही हैं। कहीं इसी प्रॉब्लम में मेरे मम्मा-पापा भी फँस गये तो क्या होगा। कहीं 'बैड-मैन' न आ जाए। इतनी रात...मेरी मम्मा अकेली होगी। मम्मा कहती है, रात में अकेले घर से निकलो तो 'बैड-मैन' पकड़ लेता है। बाप रे, मम्मा को ठंड लग रही होगी। भूख भी तो लग रही होगी। मम्मा को कैसे फ़ोन करूँ। काकी तो देगी नहीं अपना मोबाइल। पापा-मम्मा अगर दोनों साथ में रहें तो मुझे टेन्शन नहीं होगा बाबा। मनु के मासूम मन में तूफ़ान-सा मचा है। वो समझ नहीं पा रहा है कि क्या करे।

'बेटू तू सोचता भी बहुत है, बोलता भी बहुत है...सगड़े मूले झोपले, चल पटकन झोप।' (सब बच्चे सो गये, तू भी जल्दी सो जा)

मनु मन-ही-मन दोहराता है—'पटकन झोप' (जल्दी सो जा)। और खाना खाते वक्त बोलना है...'मांडी घलायचा' (पालथी मोड़कर बैठो)। पता नहीं काकी इस तरह क्यों बोलती हैं।

रात के ग्यारह बज गये हैं। काका टी.वी. चैनल बदल रहे हैं।—'काका लायन बहुत ताक़तवर होता है ना, आपको पता है लायन सौ किलोमीटर की स्पीड से दौड़ता है, '...काका ने कोई जवाब नहीं दिया। 'काका मेरी मम्मा कहती हैं मिल्क पीने से बॉडी में बहुत ताक़त आती है। मैं तो बोर्नवीटा डालकर एक गिलास मिल्क पीता हूँ। क्या लायन भी मिल्क पीता है?' कोई उत्तर न पाकर मनु ने सवाल दोहराया। काका के ख़र्राटों की आवाज़ आने लगी थी।

'बेटू तू अब सो जा। देख तेरे काका भी सो गये हैं।'

'काकी मेरी चादर सिकुड़कर बॉल बन गई है। और ज़मीन एकदम चिल्ड है। जैसे यहाँ पर आईस-वॉटर गिर गया हो।'

काकी ने चादर ठीक कर दी। मनु को बेड पर आराम से माँ के हाथ पर सिर रखकर सोने की आदत है। पर थके मनु की आँखें झपकने लगी हैं। बार-बार अपना पैर और हाथ उठाता है। अस्फुट स्वरों में 'म...म्मा... बेड पर सुलाओ ना, ठंड लग रही है। मम्मा, पैर दर्द हो रहा है। पैर में तेल से मसाज करो ना।' अपना पैर मम्मा के ऊपर रखने के लिए हवा में उठाता है और 'ठक' से ज़मीन पर। हल्की-सी आई झपकी टूट जाती है। नाइट-बल्ब की मद्धिम रोशनी कमरे में बिखरी है। टकटकी बाँधे छत की ओर मनु देखता है। पंखे की परछाई छत पर पड़ रही है। पंखे में उसे तरह-तरह की आकृतियाँ नज़र आ रही हैं। डर के मारे मनु कस के मुट्ठी भींच कर खुद को अपने भीतर सिकोड़ लेता है। ज़बर्दस्ती आँखें मूँदने की कोशिश कर रहा है। आँखें बंद करते ही सामने मम्मा-पापा का चेहरा। मम्मा ने एक दिन ग़ुस्से में कहा था, 'तुम बाप-बेटे इतना तंग करते हो, एक दिन तुम दोनों को छोड़कर मैं कहीं दूर चली जाऊँगी।' कहीं मम्मा सच में मुझे छोड़कर तो नहीं चली गई।...काकी कह रही थीं कि ट्रेन चलेगी और मम्मा आएगी। लेकिन कब चलेगी ट्रेन? कब आएगी मम्मा? हो सकता है कि मम्मा आकर बाहर खड़ी हो। कब आयेगी मम्मा। बेल ना बजा रही हो कि मेरी नींद खुल जाएगी क्योंकि खाने वाली आंटी को मम्मा बेल बजाने से मना करती है। 'बेल मत बजाना, मनु की नींद खुल जाएगी।' काकी (बेबी-सिटिंग) के घर में रहना मनु के लिए सज़ा जैसा है।

अचानक मनु उठा, धीरे से दरवाज़ा खोला, धीरे-धीरे बिल्डिंग के गेट

की ओर क़दम बढ़ाने लगा। 'अरे वाह, यहाँ तो बहुत सारा पानी है।'...छप-छपाक...छपाक। ठंडे पानी से भीतर तक सिहर गया मनु। लेकिन अगले ही पल सिहरन ख़त्म हो गई और उसे रोमांच होने लगा।...वाह...यहाँ तो स्विमिंग भी कर सकता हूँ। पत्थर की बनी बैंच पर वॉचमैन मस्त ख़र्राटे ले रहा है। कई अख़बारों को जोड़कर चादर की तरह बिछा रखा है। मनु ने लटकते हुए अख़बार का टुकड़ा धीरे-से फाड़ा और नाव बनाकर तैरा दी। उलट-पुलट होकर भीगकर नाव डूब गई।...अरे बाप रे, कीड़ा...अपने पैर को उसने जैसे हवा में उठा लिया। हाथ तलवे तक ले जाकर छूकर देखा, तो पाया कि पानी में तैरता पॉलीथीन उसके हाथ में फँस गया, जिसे वो कीड़ा समझ बैठा था। पॉलीथीन की बॉल बनाकर फेंकी, जो दीवार के पास जा गिरी। तभी ज़ोर से 'शू' आई। किनारे की ओर जाकर 'शू' की। 'शू' पानी में मिल गई। इतनी चिंता और फ़िक्र में भी नन्हे मुन्ने को ज़ोर से हँसी आई और गाना-गाने लगा 'वॉव, आज ब्लू है पानी-पानी।'

'कौन है'...वॉचमैन करवट बदलकर बुदबुदाया। 'लगता है फ़र्स्ट फ़्लोर वाला बच्चा है। रोज़ रात का नाटक है उसका। क्या मालूम क्यों रोता है स्साला। रात को सोने का। रोने-गाने का नईं।'

बारिश का शोर अब बूँदा-बाँदी में बदल चुका है। मनु के लिए सबसे ज़्यादा खुशी का मौक़ा है, नीचे भी पानी, ऊपर भी पानी। आज क्लाउड का सारा पानी नीचे आ गया है, फिर भी लगता है क्लाउड में पानी ख़त्म नहीं हो रहा है। क्लाउड ने इत्ता सारा पानी कहाँ रखा होगा। आने दो मम्मा को, उनसे कहूँगा, एक दिन मुझे क्लाउड में ले चलो। मुझे देखना है, वहाँ पर कितना पानी है। खूब खेलूँगा, मज्ज़ा आयेगा। तभी ज़ोर से बिजली कड़की, रोशनी से पूरी सड़क और बिल्डिंगें जगमगा उठीं। मनु के मुँह से ज़ोरदार चीख़ निकली। मारे डर के उसका बैलेन्स बिगड़ा और पानी में ही गिर गया। नाक में पानी जाते ही उसे घुटन सी महसूस हुई। बिजली ग़ायब, फिर अँधेरा। लैंप-पोस्ट की मद्धिम रोशनी में दूर परछाईं सी दिखी। मनु घबरा कर रोने लगा। उसे समझ नहीं आ रहा है कि पानी में खेलते-खेलते वो कहाँ चला आया है।

चिड़ियों की चहचहाहट बेरंग फ़िज़ा में रंग घोलने लगी है। जैसे मनहूस रात के बाद खूबसूरत भोर हो रही हो। एक चिड़िया बादलों को चीरती हुई उड़

गई जैसे कोई रॉकेट। बारिश थम चुकी है। सड़क पर पानी भी अब कम हो चुका है। एकाध सफ़ाई-कर्मचारी साफ़-सफ़ाई कर रहा है। पेड़ों की फुनगियों पर चिड़ियों का फुदकना शुरू हो गया है। रात की उदासी ढल रही है। भोर के उजास में चिड़ियों का गान फ़िज़ा में शहनाई के सुर घोल रहा है। चिड़ियों का एक जोड़ा मुँडेर पर आ बैठा है। चूँ-चूँ करती ये चिड़ियाँ जैसे मनु से कुछ कह रही हों। मनु दौड़ पड़ा उनके पीछे। 'ओ स्पैरो, ज़रा रुको तो...मेरी मम्मा को कहीं देखा है क्या? अभी तक वो आई नहीं। वही मम्मा, जो सुबह-सुबह रोज़ तुम्हें दाना खिलाती हैं। ओफ़्फ़ो, तुम लोग मेरी मम्मा को पहचानती हो ना? आज तुम्हें दाना खिलाया क्या?'

भोर के उजास के साथ काकी की नींद खुली, हॉल में आई तो देखा, मनु बिस्तर से नदारद। टॉयलेट-बाथरूम में देखा...मनु, मनु...किधर है। सुबह-सुबह छिपा-छिपी खेल रहा है। उफ़ लड़का है या मुसीबत। एक धपाका लगाने का उसको। काकी की नज़र दरवाज़े की तरफ़ गई। दरवाज़े की कुंडी खुली है। काकी सकते में आ गईं। बाहर की ओर भागीं। बिल्डिंग के गेट तक देख आईं। कम्पाउंड में पानी उतर चुका है। सड़कें भी अब नज़र आने लगी हैं। बिल्डिंग के चारों ओर ढूँढ आईं, गेट के बाहर निकलीं। इधर-उधर नज़र दौड़ाई, मनु कहीं नज़र नहीं आया। 'हे मुलगा कुठे गेला। हे गणपति बप्पा। मैं इसकी मम्मी को क्या जवाब दूँगी।' काँपते हाथों से काकी ने श्रेया को फ़ोन लगाया।—'काकी ऑटो में हूँ, दस मिनट में पहुँचूंगी, गाड़ियाँ चल पड़ी हैं।'

मनु नहीं मिल रहा है, ये ख़बर सुनते ही श्रेया जैसे ग़श खाकर गिर जाएगी। आँखों के सामने अँधेरा सा छा गया। उसने फ़ौरन अमन को फ़ोन किया। अमन, श्रेया, काकी, काका, अड़ोसी-पड़ोसी...सब इकट्ठे हो गये। मनु का कहीं पता नहीं चल रहा है। श्रेया ने पर्स से फ़ोटो निकाली। थाने में लंबी लाइन है। लोग खोए हुए अपनों की रिपोर्ट लिखवाने की जल्दी में हैं।

श्रेया-अमन के जितने जान-पहचान के लोग थे, सबको फ़ोन किया गया, एसएमएस किए। व्हाट्सऐप पर मैसेज किया। श्रेया और अमन भूखे-प्यासे, पपड़ाए होंठ लिए, बारिश की चिपचिपाती-उमस भरी दुपहरिया में इधर-उधर भागते रहे। कोई अंदाज़ा नहीं लगा पा रहा है कि मनु कहाँ ग़ायब हुआ है। श्रेया का मन कुविचारों का बीहड़ जंगल बन गया है। किसी ने किडनैप तो

नहीं कर लिया। कहीं वो दरवाज़ा खोलकर निकला हो, हमें ढूँढ़ने। चलते-चलते कहीं मेनहोल में तो नहीं गिर गया। सिहर उठी श्रेया। श्रेया के मन में और भी तरह-तरह के बुरे ख़याल आ रहे हैं। रो-रोकर पागल सी हुई जा रही है। अमन ऊपर-ऊपर उसे धीरज बँधा रहे हैं, पर अंदर से ख़ुद टूट रहे हैं। इधर-उधर भटकते हुए ये छठी-सातवीं बार हुआ कि किसी बच्चे के पीछे श्रेया भागी और चिल्लायी, 'मनु-मनु।' नज़दीक जाकर देखा तो वो बच्चा कोई और निकला। हर आते-जाते राहगीर से दोनों पूछ चुके हैं, आस-पास जान-पहचान के जितने डॉक्टर, अस्पताल, नर्सिंग-होम थे, सब जगह छानबीन कर ली। काकी और काका भी अपने जान-पहचान वालों से फ़ोन करके पूछ रहे हैं। काकी लगातार इस गिल्ट में हैं कि उनके घर से मनु ग़ायब हुआ है और श्रेया कहीं उन पर कोई इल्ज़ाम न लगा दे। मेरे बेबी-सिटिंग की कितनी बदनामी होगी।

'काकी रात को बेल बजी थी? आपने कुंडी ठीक से लगायी थी? क्या आपका दरवाज़ा खुला रह गया था? इतना छोटा बच्चा दरवाज़ा खोलकर कैसे जा सकता है? आपके घर की चाभी किसी और के पास भी रहती है क्या? आपसे किसी की कोई दुश्मनी तो नहीं?' ...इस तरह के अनगिनत सवाल अनगिनत बार श्रेया, काकी से पूछ चुकी है। श्रेया सवाल करती है। मोबाइल उठाकर देखती है, अमन से पूछती है, कोई फ़ोन तो नहीं है कि कोई फिरौती माँगे मनु के बदले। मोबाइल की आवाज़ बढ़ाए रखना। इस तरह की तमाम बातें श्रेया कहती है और ख़ामोश होते ही रोना शुरू कर देती है। उसकी आँखों से मनु का चेहरा हटता ही नहीं है। मनु पीछे से दौड़कर आया और बाँहों में लटक गया। 'मम्मा-मम्मा' की आवाज़ से जैसे वो पागल हुई जा रही है। कभी उसे मनु का नवजात रूप दिख रहा है, उसकी गोद में सीने से लगा मनु। कभी बकैयाँ चलता हुआ, कभी ठुमक-ठुमक कर चलता साल भर का मनु, तो कभी बैग टाँगकर स्कूल जाता मनु, कभी दौड़ता हुआ मनु, कभी मॉल के शोरूम में छिपा-छिपी खेलता मनु, कभी हँसता हुआ, तो कभी रोता हुआ मनु, अनगिनत रूपों में पूरी सड़क पर मनु ही मनु नज़र आ रहा है।

'मम्मा किसको एसएमएस कर रही हो।'

'बेटा, मेरी एक फ्रेंड है।'

'क्या नाम है उन आंटी का?'

'अं रीना।'

'कितनी बड़ी हैं, उनके घर में भी मेरे जैसा बच्चा है?'

'नहीं बेटा। भगवान ने उसे नहीं दिया बच्चा।'

'क्यों, लेकिन। मम्मा मैं आपके पास कैसे आया?'

'बेटा भगवान ने मुझे मनु गिफ़्ट दिया,' मुस्कुरा पड़ी श्रेया।

'अच्छा। कैसे दिया?'

'एक दिन मैं हॉस्पिटल गई और आप मेरे पास आ गये।'

'तो क्या मैं स्मॉल बाबू जैसा था?'

'हाँ बेटा बहुत स्मॉल।' ...गोद में मनु को लेते हुए श्रेया बोली, 'छोटा-सा, रूई के फ़ाहे जैसा। कोमल-नाज़ुक।'

'तो आपने मुझे प्यार किया था?'

'हाँ बेटा। बहुत।'

'आप अभी भी वैसे ही प्यार करती हो मुझसे?'

'हाँ बेटा।'

'और पापा?'

'वो भी।'

'फिर मुझे आप काकी के यहाँ रोज़-रोज़ क्यों भेजती हो। बचपन में जब आप छोटी थीं, आपके मम्मी-पापा आपको प्यार करते थे, आपके साथ खेलते थे?'

...'हाँ बेटा।'

'क्या' वो भी आपको काकी के यहाँ छोड़ते थे? और काकी आपको डाँटती थीं, मारती थीं, खेलने नहीं देती थीं?'

'उफ़ दादा बेटा!'

मनु को कैसे समझाएँ कि हमारे बचपन के दिनों में नौकरी मजबूरी नहीं थी। उन दिनों सपने छोटे, वक्त और ज़िन्दगी सरल हुआ करती थी। अपने शहरों में भरे-पूरे परिवार और पास-पड़ोस में बच्चे कब बड़े होते थे, पता ही नहीं चलता था। तब 'बेबी सिटिंग' का चलन नहीं था। अब स्कूल में रिश्तों को समझाने के लिए 'फ़ैमिली ट्री' बनवाया जाता है। हमने 'फ़ैमिली

ट्री' की ज़िंदा शाखाओं को जिया है। श्रेया कई बार जज़्बात की रौ में नौकरी से त्यागपत्र लिखकर फाड़ चुकी है। कहीं हमारी नौकरियों की वजह से मनु का बचपन तो नहीं छिन रहा है।

'चलो श्रेया घर चलते हैं।' अमन की इस आवाज़ ने श्रेया को विचारों के बियाबान से वापस लौटाया। 'कुछ खा लो। अपनी बिल्डिंग के लोगों से भी कहते हैं। उन्हें भी बताते हैं। शायद वो मदद करें।' बिल्डिंग के गेट पर पहुँचते ही कार का दरवाज़ा खुलते ही मनु ज़ोर से भागता है और लिफ़्ट का बटन दबाने की होड़ लगती है। अगर पापा या मम्मा ने लिफ़्ट का बटन दबा दिया, तो मनु नाराज़। कान पकड़कर सॉरी बोलना पड़ता है, तब मनु लिफ़्ट में घुसता है। आज श्रेया ने अपने हाथों से लिफ़्ट का बटन प्रेस किया। 'मनु तू कहाँ है। अगर तू मुझे न मिला तो मैं ज़िंदा नहीं रहूँगी' ...बिल्डिंग की दसवीं मंज़िल पर बोझिल मन से दोनों लिफ़्ट से बाहर आए। सामने सीढ़ियों पर कुछ दिखाई दिया। एक सीढ़ी पर बैठकर, दूसरी सीढ़ी से सिर टिकाकर अधलेटा बच्चा...उसे क्या पता, उसके मम्मी-पापा उसके लिए कितने हैरान-परेशान हैं। उफ़-दसवें माले की वीरानी। किसी ने मनु को देखा होता, तो आज उनकी ये हालत नहीं होती। वाह रे माया नगरी मुंबई। महीनों हो जाते हैं बिल्डिंग के लोगों से मिले। श्रेया के मुँह से ज़ोरदार चीख़ निकली—'मनु...मेरा मनु।'

मनु को आधे-आधे अपनी बाँहों में लिए, वो तीनों जैसे एक काया बन गये थे। मनु की देह बुख़ार में तप रही थी। गालों पर आँसू की धाराएँ सूखकर सफ़ेद लकीरें बन गई थीं। नाक बहकर होंठों तक आई हुई थी। हाथ-पैर एकदम निढाल। श्रेया के हाथों का स्पर्श पाकर वो जग गया। सिहर गया। 'नहीं मम्मा, नहीं, मत जाओ। मुझे छोड़कर कहीं मत जाना, मुझे नहीं जाना काकी के घर। वो मुझे डाँटती हैं। मुझे डर लगता है। मुझे बैड-मैन पकड़ लेगा।' श्रेया पागलों की तरह मनु को प्यार करने लगी। श्रेया का रोना-हँसना, खुशी-ग़म, बोलना-बुदबुदाना सब एक हो गये थे। 'मेरे मनु, तूने ये क्या किया? काकी के घर से कैसे निकला? यहाँ कैसे आये बेटा। कौन था मसीहा, जिसने तुझे किडनैप किया और घर के सामने छोड़ गया। देखा अमन, भगवान ने मेरी सुन ली ना। ये भगवान ही है, जो इसे यहाँ रख गये।' श्रेया की इस तरह की तमाम बातें हवा में कहीं गुम हो गई थीं। सिर्फ़ मनु का नींद और बुख़ार की

अवस्था में बड़बड़ाना ही घर में गूँज रहा था। 'मम्मा अब मुझे छोड़कर कहीं मत जाना। मुझे बहुत डर लग रहा था जब मैं अकेले आ रहा था। रास्ते में कोई बैड-मैन नहीं मिला, नहीं तो वो मुझे पकड़ लेता और मुझे घर ही नहीं आने देता। मैं तो काकी से बिना बताए चला आया, अगर पूछता तो आने ही नहीं देतीं। मैं बहुत ब्रेव हूँ। आप मुझे डाँटोगी तो नहीं ना? मैं इसलिए अकेले बिना बताए आया, क्योंकि आप ऑफ़िस से घर आतीं और फिर वापस ऑफ़िस चली जातीं...और फिर आपकी ट्रेन बंद हो जाती...और रात हो जाती, अँधेरा हो जाता, आप फिर नहीं आतीं...इसलिए मैंने सोचा कि यहाँ दरवाज़े पर बैठ जाऊँगा और जब आप आओगी तो मैं आपको जाने ही नहीं दूँगा फिर आप कैसे छोड़ोगी काकी के यहाँ। मम्मा प्लीज़, आज से आप ऑफ़िस नहीं जाना।'

श्रेया ने मनु को सीने से चिपका लिया था। अमन मनु का सिर सहला रहे थे...'मेरा बातूनी मनु, तू इतना साहसी है, मुझे आज पता चला। मेरा बच्चा, बुखार में भी तू इतना बोल रहा है, आ गये हैं तेरे मम्मी-पापा। तू अब घर में है मेरे बच्चे।' बाहर फिर तेज़ बारिश शुरू हो गई है, पर श्रेया को अब ये बारिश सुखद लग रही है।

आवाज़ में पड़ गईं दरारें

सच के पीछे भी एक सच होता है। मन की भीतरी सतह में एक दुनिया होती है। तुम बहता हुआ पानी हो, मैं ठहरी हुई झील...। तेज़ रोशनी की ओर भागते हुए रास्ता गुम हो जाने का खतरा रहता है।

इतने समय तक यह मैसेज उसने सेव करके रखा इनबॉक्स में, डिलीट नहीं किया...हैरान है सनोबर। मतलब रिश्तों में आँच अभी बाक़ी है। फिर तो उसे सारी बातें याद होंगी, सारी घटनाएँ, सारे लम्हे...तो फिर उसने अब तक मेरे मैसेज का कभी जवाब क्यों नहीं दिया। कभी फ़ोन नहीं किया। कई बार खोना भी पाना होता है और कई बार पाकर भी ख़ाली होना होता है। जो कुछ वक्त पर हासिल न हो तो उस हासिल के मायने नहीं होते।

स्टूडियो से बाहर वो मोबाइल हाथ में लिए सोफ़े पर स्तब्ध बैठी है। टेबल पर रखी कॉफ़ी ठंडी हो गई। हैंगिंग स्पीकर पर उद्घोषणा हुई, 'यू आर लिसनिंग टू रेडियो सनराइज़ लंदन' और एक मशहूर अंग्रेज़ी गाना बजने लगा। ब्लाइंड हो गई मोबाइल स्क्रीन को कोड डालकर उसने खोला, फिर वही मैसेज देखा।

'...मैसेज तो शारव का ही है। कहीं फिर कोई खूबसूरत सपना तो नहीं...क्योंकि बीती रात फिर से वापस नहीं आती।'

...अब तक उसकी ज़िन्दगी में सच से ज़्यादा खूबसूरत सपने ही रहे हैं। चाहे वो नींद में देखे गये हों या जागती आँखों से।

उसका दिल धौंकनी की तरह धड़का था उस दिन, वो मायावी मृग छौने-सी दौड़ रही थी कुलाँचें भरती हुई। मन पंछी बन गया था, मन के आँगन में खुशियों की बौछार हुई थी, यूँ जैसे तपती धरती पर पड़ी हो बारिश की

बूँदें...इंतज़ार के पल लंबे हो गए थे। डायरी उठा लिखने बैठी थी कि कलम रुक गई एक ही सफ़े पर। शब्द खो गए थे।'

चंदन की अगरबत्ती पूरी फ़िज़ा में महक उठी थी जब वह मिला था पहली बार—'कुछ अजनबी से हम कुछ अजनबी से तुम'...मुबारक बेगम की आवाज़ में यही गीत पहाड़ी झरने की तरह उसके होंठों से झर रहा था। आसमान से नूर बरसा था और फिर वह एहसास की तरह 24 घंटे उसके साथ रहने लगा था।

जब शारव ऑनलाइन होता, वह जैसे मोबाइल की स्क्रीन में तब्दील हो जाता, उसके बेहद क़रीब।

'...तस्वीर में तुम मधुबाला जैसी लगती हो, सचमुच वैसी ही हो क्या?'

'वैसी ही से मतलब?'

'मतलब वैसी ही मासूम सी पुराने ख़यालों वाली।'

...खिल गई थी सनोबर।

'दूधिया मुस्कान लिए तुम अक्सर ही मेरे ख़्वाबों में आती हो जैसे कोई ख़्वाबों की शहज़ादी।'

'बस-बस रहने दो, डांस सिखाते वक्त न जाने कितनी हसीनाओं से यही डायलॉग तुम बोलते होगे।'

'अरे क्या मैं कॉलेज-गोइंग बॉय हूँ, मैं तो, मैन हूँ मैन।'

'उम्र दराज़ मर्दों पर इश्क़ का नशा ज्यादा तारी होता है।'

'ज़रा देख चाँद की पत्तियों ने बिखर-बिखर के तमाम शब
तेरा नाम लिखा है रेत पर कोई लहर आकर मिटा न दे'

'छायागीत... ?'

'हाँ तुम्हारे उस प्रिय रेडियो जॉकी ने छायागीत में क़तील शिफ़ाई का यही शे'र अर्ज़ किया था।'

'फिर गाना कौन सा बजा'—चहक उठी थी सनोबर।

'आप की नरम बाँहों में सो जाएँ हम आप यूँ फ़ासलों से गुज़रते रहे...'

'कुछ कहूँ तुमसे...'

'कह तो रहे ही हो...'

'रात को ख़्वाबों में अक्सर तुम्हें पाता हूँ अपने पास। रुई के फ़ाहे-सी लगती हो नर्म नाज़ुक।' '...तुम्हारे ख़्वाबों के साथ अब सोने चला, गुड नाइट'

रात के निर्जन सन्नाटे और एकाकीपन में भी सनोबर ने अपनी किलक खिली मुस्कान को सीपी में बंद मोती की तरह छुपा लिया था। शारव कहीं उसका रक्ताभ चेहरा देख न ले। उसके बदन पर जैसे बीरबहूटी रेंग गई हो। ऑफ़लाइन होकर उसने चारों तरफ़ की खिड़कियाँ बंद कर दीं। जैसे शारव वेब-कैम से कूदकर उसके पीछे आकर उसकी आँखें भींच लेगा और फिर वह अपने भीतर के सन्नाटे के जंगल में विचरने लगती।

एक दिन वीराने जंगल में भी पलाश खिले। उस दिन सनोबर के पैर ज़मीन पर नहीं थे। पंछी बन गई थी। लेडीज़ कंपार्टमेंट में बैठी खिड़की से बाहर रेलवे ट्रैक के किनारे बसी...तेज़ गति से भागती झोपड़ियों, ऊँची अट्टालिकाओं को देखते हुए सनोबर का मन उससे भी द्रुत गति से भाग रहा था। उसका वश चलता तो दुनिया की सारी घड़ियों को अपने कब्ज़े में कर लेती। सामने की सीट पर बैठी स्त्री ने समझा कि सनोबर ने उसे स्माइल दी है और उसने बदले में मुस्कुराकर 'हाय' कह दिया। सनोबर चौंक गई। उसके पारदर्शी चेहरे पर कमल खिला था। उस दिन कक्षा में कालिदास को पढ़ाते हुए उसने देखा, उस छात्रा का चेहरा ललछौंह हो गया था। शायद वह प्रेम में होगी।...माँ कहती थी...

खैर, खून, खाँसी, खुसी, बैर, प्रीत, मदपान, मधुपान।

रहिमन दाबे ना दबे, जानत सकल जहान।

आखिर घड़ी की सूई सुरमई शाम पर पहुँची, जहाँ उसकी खुशियों की मंज़िल थी। अरनाला बीच की रेत पर उँगलियों से सनोबर ने शारव का नाम लिखा था...समंदर की लहरें आ-आकर भिगोती रहीं।...नारियल के घने जंगलों से आती हवाओं में गूँजा था मुहब्बत का राग। एक ही थाट के दो राग। ज़िन्दगी के सफ़े पर सुरीला सप्तक। अस्ताचल को जाता सूरज, समंदर में डुबकियाँ लगा रहा था और फेनिल पानी में घुल गया था नारंगी रंग। सनोबर का साँवला चेहरा सिंदूरी हो गया था।

'सनोबर!!!'

...'कुछ कहा तुमने?'

...'हम्मऽऽऽ।'

'क्या?'

'वही जो तुमने सुना।'

सनोबर ने अपनी पलकें उठाईं और झपकाईं।

लहरों के इस शोर में तुम्हारी बातें बारिश की ठंडी फुहार-सी सुकून दे रही हैं। सनोबर की लंबे बालों वाली सर्प-सी बल खाती चोटी को शारव अपनी लंबी उँगलियों में रस्सी की तरह गूँथने लगा...। और समंदर की नम हवा में भी सनोबर का चेहरा तपने लगा था। भीतर नमक-सा कुछ घुल गया था।

...'क्या देख रहे हो शारव?'

'समंदर...'

'समंदर इधर नहीं उधर सामने है।'

'तुम्हारी आँखों में हरहराता समंदर है। लहरों का ज्वार है। जो मुझे तुम्हारे पास आने को कह रहा है।'

...'नहीं'...

'अब हमें मैं और तुम का फ़ासला मिटा देना चाहिए। अब हम साझा करेंगे सुख-दुख अपने। अब तुम दूर से फ़ोन पर नहीं गुनगुनाओगी...तुम अपने रंजो-गम अपनी परेशानी मुझे दे दो।'

'अरे वह देखो दू...र...'

साइकिल के हैंडल पर रेडियो टाँगे एक मछुआरा चला जा रहा था। सनोबर साइकिलवाले के पीछे भागी। मछुआरा दूर जा चुका था। दूर हवाओं से छन-छनकर महीन आवाज़ में यह गाना सुनाई दे रहा था...'आ चल के तुझे मैं लेके चलूँ इक ऐसे गगन के तले।' साइकिलवाले के रेडियो पर विविध भारती बज रही थी।

'यह लो सनोबर...'

'क्या है?'

'तुम्हारे लिए कई छायागीत मैंने कंप्यूटर पर रिकॉर्ड किए थे। सारे इस पेन ड्राइव में हैं।'

'शारव, तुम्हारी और मेरी पसंद पहाड़ और झरने की तरह एक है। हम दो दीवाने दूर देश से आकर एक जगह कैसे मिल गए।' सनोबर की आँखों के आगे 'मुग़ल-ए-आज़म' फ़िल्म का वह दृश्य घूम गया जब बगीचे में दिलीप कुमार मधुबाला को मोर पंखा झल रहे थे। और फ़्लैश-बैक में उस्ताद बड़े

गुलाम अली खाँ का गाना बज रहा था—'प्रेम जोगन बन के...' अपनी आँखें शारव पर टिका दी थीं सनोबर ने।

'थका हुआ दिन जब बदलता है करवट/मेरे सीने पे बिखर जाती हैं क्लान्त किरणें/रात भर तुम्हारे सूर्य की ऊष्मा में पलते हैं स्वप्न मेरे...'

'तुम तो कवितायें भी रच लेते हो...'

'हाँ रात में जब नींद बेवफ़ाई करती है तब...'

प्यार के पल छंद ही होते हैं...इसलिए तो ये ज़िन्दगी के सबसे खूबसूरत लम्हे हैं।'

'अब चलो हम भी मिल जाएँ एक-दूसरे में...मेरे घर चलो साथ रहेंगे।'

'...मतलब लिव-इन रिलेशन...? बगैर शादी के घर...एक साथ...ना बाबा ना।' 'कमाल है, तुम तो विचारों से एक सदी पीछे हो।'

'पीछे नहीं, अपनी जड़ों से जुड़ी हूँ।'

एक पुरुष के लिए स्त्री रूपी नदी में डूब जाना अमूमन प्यार की गहराई है। उसी में वो अपनी संपूर्णता समझता है। जबकि एक स्त्री के लिए मन की सीपी के भीतर जो छिपा हुआ मन होता है, उस मन से अपने मन के तार को जोड़ना। स्वेटर के फंदों की महीन-गझिन बुनावट की तरह रफ़्ता-रफ़्ता बुनती है अपना प्यार।

लिव-इन रिश्तों की सीवन जब उधड़ती है तो बहुत कुछ बदरंग और बेजान हो जाता है। डर के मारे क़दम ठिठक जाते हैं—कहीं इस चमक के पार अँधेरे और टूटन की सीलन भरी कोठरी न हो।

'प्रेम की मद्धिम-मद्धिम फुहारों से भीगना ज्यादा सुखद होता है, धूप की तरह प्रेम का रंग तेज़ चमके तो संध्या की तरह जल्दी ढल जाता है। हम यूँ ही सात जन्मों तक चमकते रहें।'

'मेरा पूर्व जन्म पर कोई भरोसा नहीं है, यह धर्म के कारोबार के लिए रचा गया एक छल है। टेक्नोलॉजी के इस युग में भी पुनर्जन्म के खाँचों में फँसे रहना अपने दकियानूसी विचारों को पनाह देना है।'

'पिछले जन्म का नाता नहीं, तो हम इतनी दूर से आकर एक जगह पर कैसे मिले...'

'ओह सनोबर, विविध भारती से त्रिवेणी सुनना बंद कर दो। सिर्फ़ छायागीत सुना करो।'

'और तुम कुछ खास रेडियो-जॉकी का रूमानी छायागीत सुनना बंद कर दो।'

'हम दोनों जैसे एक रूह हों।'

चूड़ी की खनक की तरह दोनों की खिलखिलाहट फ़िज़ाओं में गूँजी थी।

उस रात सनोबर ख़्वाबों में ही सही शारव के साथ रही। खिड़की खुली थी, फ़ायर ब्रिगेड के सायरन से नींद टूट गई...सुनहरा ख़्वाब बिखर गया।

उसने अपना लैपटॉप ओपन किया तो याद आया कि डांस के लिए अलग-अलग म्यूज़िक ट्रैक बनाना आसान नहीं है। एक कामयाब नृत्यांगना मीनाक्षी की बिना बजट के हामी बड़ी बात थी। शारव की डांस एकेडमी का यह पहला बड़ा स्टेज शो था। आयोजन सिर पर और एक भी स्पॉन्सरशिप नहीं मिली। लोगों से चंदे उगाहना शारव के उसूल के ख़िलाफ़ था। दर्शक आएँ तो 'पास' के पैसों से हॉल का खर्चा पूरा हो जाएगा।

रेडियो पर चैनल बदला तो अन्नू कपूर हाज़िर थे, अपना कार्यक्रम लेकर। सनोबर से मिलने के बाद शारव का रेडियो के प्रति लगाव बढ़ गया था। सनोबर विविध भारती की गज़ब की दीवानी थी। हर प्रोग्राम की डिटेलिंग उसे मुँह-ज़बानी याद रहती थी।

हर प्रेमी युगल की प्रेम कहानी हीर-रांझा, लैला मजनूं या फिर धर्मवीर भारती के 'गुनाहों का देवता' या देवदास और पारो की तरह परवान चढ़ी। हौले-हौले प्यार के बेला, चमेली महके। पर अक्सर ही प्रेमी जोड़ों के बीच ज़माना आड़े आ गया। लेकिन शारव की प्रेम कहानी में ज़माने की दीवार नहीं बल्कि उसका खुद का सपना ही खाई बन रहा था। वह कैसे सनोबर के सपनों में रंग भरेगा, जब उसके जीवन की नैया खुद ही डगमगा रही है।

वह दर्द की स्याही से ज़िन्दगी के सफ़े लिखता है। एक छोटे-से गाँव से आकर माया-नगरी में बस कर बड़ा फलक रचना...अपने ख़्वाबों को परवाज़ देना...किस क़दर मुश्किल है, यह वही समझ सकता है जिसने भूखे पेट, अनिद्रा में रात गुज़ारी हो। हर संघर्षशील व्यक्ति कमालिस्तान स्टूडियो की बैंच पर बैठकर, रात गुज़ार कर जावेद अख़्तर बन जाये, ज़रूरी तो नहीं। समंदर को

देखकर कसमें खाने वाला हर इंसान शाहरुख़ खान बन जाये, ज़रूरी तो नहीं।

उस रोज़ दर्शकों के हुजूम से हॉल खचाखच भरा था। शारव की खूब हौसला-अफ़जाई हुई थी। लाल रंग का लिबास पहने जब मीनाक्षी स्टेज पर आई तो कुछ मिनट दर्शकों की तालियों की गड़गड़ाहट ही गूँजती रही। स्टेज पर लेज़र रोशनी की बरसात में मीनाक्षी के पाँव यूँ थिरक रहे थे जैसे रोशनियों की बारिश हो रही हो। सनोबर, मीनाक्षी में खुद को देख रही थी। और कच्चे नारियल सी दूधिया आँखों वाली वैजयंती माला बन गई थी। उस वक्त शारव बन गया था मोहक दिलीप कुमार।

मीनाक्षी ने बेहतरीन प्रस्तुति दी। उसने शारव को कस कर गले लगाया, जैसे बरसों बिछड़ी कोई पुरानी सहेली। शारव की निगाहें मीनाक्षी के सीने पर चमक रहे लॉकेट और बदन से चिपकी सलमा-सितारों वाली झीनी पोशाक पर थीं। सनोबर और शारव की निगाहें मिलीं तो एकदम असहज हो गया शारव। झट टेबल की ओर मुड़ा, वहीं सॉफ़्ट-ड्रिंक से भरे गिलास से टकरा गया। गिलास छन-छन-छन करता हुआ सीढ़ियों पर जा गिरा। उसके नारंगी छींटे मीनाक्षी की पोशाक पर पड़ गए।

'...सॉरी ...'

'नो–नो इट्स ओके शारव। यू आर अ जीनियस कोरियोग्राफ़र। तुम्हें फ़िल्मों में जाना चाहिए।'

आज अगर थोड़ी प्रतिभा किसी में है तो झट इंसान को फ़िल्मों का चौखट खुला नज़र आता है।

शारव के सपनों का एक अंकुर तो अँखुवाया। पर सनोबर के ख़्वाब के मयूर पंख को जगह ही नहीं मिली। काश वो रेडियो के उस पार माइक्रोफ़ोन के सामने हो। उसका ये ख़याली-पुलाव अक्सर ही पकता रेडियो सुनते हुए।

रेडियो की कम्पेरिंग और गीतों के साथ मुस्कुराना, कल्पनाओं में जीना और है, हकीकत की झुलसती रेत पर पानी तलाश कर प्यास बुझाना और है। चॉल के किराये के छोटे से कमरे में, सुबह के इंतज़ार में...उमस भरी ज़िन्दगी काटना कैसा होता है, यह वही समझ सकता है जिसने इसे भोगा हो। हर 11 महीने में कमरा बदल जाता, कई बार साथ भी बदल जाता। भीड़ के महासागर में हर पल वह खुद को एकाकी पाती। एक ही कमरे में तीन लड़कियाँ...एक

तो अपने गाँव वापस लौट गई, दूसरी सुबह सात बजे जाती तो रात 12 बजे वापस लौटती। यह सपनों का शहर कम, संघर्ष और थपेड़ों का शहर ज्यादा है। बड़े-से ख़्वाब की ताबीर का झोला लिए वह भी तमाम थपेड़े सह रही थी। शारव का साथ उसे ठंडी छाँव ज़रूर देता लेकिन ख़्वाबों की आग जलती ही रहती। देव के माफ़त एक प्राइवेट स्कूल में टीचर बन जाना ही क्या उसका सपना है...? सिर्फ़ शारव के ख़्वाबों के पैरहन पहन झूठी उड़ान भरने ही आई है वह इस माया नगरी में...इस ख़्याल से ही उसके मन का आसमान पिघलता और बरस जातीं उसकी आँखें पहुँच जातीं अतीत की घाटियों में।

'जानते हो शारव हमारे घर में अभी भी पुराना टू-इन-वन है, उससे गुलाम अली के कैसेट को अनगिनत बार रिवाइंड करके सुना है। चूँ-चूँ की आवाज़ करके रिवाइंड-फ़ॉरवर्ड का जमाना भी कितनी जल्दी बदल गया ना।' काश कोई ऐसी मशीन होती, जो चूँ-चूँ की आवाज़ के साथ वक्त को भी रिवाइंड कर देती...'

'...कई बार तो रिवाइंड-फ़ॉरवर्ड करते हुए कैसेट ही टूट जाती थी। मैं भी ऐसे ही ग़ज़लें सुनता था। दूरदर्शन से प्रसारित होने वाले मुशायरे को टेपरिकॉर्डर में टेप कर लेता था और मोहब्बत की शायरी को बार-बार सुनता और डायरी में नोट करता था...'

डांस एकेडमी में मीनाक्षी का जुड़ना शारव के लिए काफ़ी पॉज़िटिव रहा। मीनाक्षी की सलाहों से उसकी कोरियोग्राफ़ी में काफ़ी बदलाव आए। कुछ नए ट्रेनर जुड़े और डांस सीखने वाले छात्रों की संख्या बढ़ी। नेहरू सेंटर में 'डांस फ़ेस्टिवल' था। उस दिन शारव की टीम की तीन प्रस्तुतियाँ थीं। ग्रुप 'ए' के छात्रों ने जुम्बा और मीनाक्षी ने फ़्यूज़न परफ़ॉर्म किया था। इस बार भी शारव की टीम को 'बेस्ट परफ़ॉर्मेंस' का खिताब उसी की वजह से मिला था। स्टेज पर मीनाक्षी स्वर्ग से उतरी अप्सरा सी लग रही थी और डांस के बाद उसने मेनका बनकर तमाम विश्वामित्रों का दृढ़संकल्प डिगाया था।

शारव उसके परफ़ॉर्मेंस से इतना अभिभूत था कि 'धन्यवाद ज्ञापन' के समय अपनी टीम के छात्रों का नाम लेना ही भूल गया। न ही दर्शकों का शुक्रिया अदा किया। काफ़ी देर तक मीनाक्षी के गुणगान करता रहा। स्टेज के कोने वाली नीली लाइट और एसी बंद कर दिया गया। दर्शक जा चुके थे,

कुछ दर्शक, जिन्हें कलाकारों से मिलने का शौक था, वही रुके थे। पर मीनाक्षी की तारीफ़ों के लिए शारव के शब्द जैसे ख़त्म होने का नाम ही नहीं ले रहे थे। शारव यह भी भूल गया कि सनोबर नेहरू सेंटर के गेट पर खड़ी उसका इंतज़ार कर रही है। देर रात जब उसे होश आया, मीनाक्षी का नशा उतरा तो हड़बड़ा कर फ़ोन लगाया।

सनोबर फ़ोन स्विच-ऑफ़ करके नींद से जद्दोजहद कर रही थी। नींद ने साथ नहीं निभाया, लेकिन रेडियो ने निभाया। बेगम अख़्तर की ग़ज़ल 'ऐ मुहब्बत तेरे अंजाम पे रोना आया' की तर्ज़ पर उसे खुद पर और अपने मुंबई आने के फ़ैसले पर रोना आया।

ग़ज़ल ख़त्म हुई। लड़की रेडियो जॉकी अपनी नशीली आवाज़ में बोली—'आओ आसमान को छू लें हम, अपनी मुट्ठी में थोड़ी-सी चाँदनी भर लें'...

एक लंबे गैप के बाद सनोबर और शारव हैंगिंग-गार्डन की बैंच पर बैठे थे। बाक़ी जगहों पर सारी मुंबई आपके सिर के ऊपर तनी नज़र आती है और हर वक्त इंसान को अपने बौनेपन का एहसास होता है। हैंगिंग गार्डन ऐसी जगह है जहाँ नज़रें नीची करके शहर को देखने का मौक़ा मिलता है। शहर के शोर को वहाँ से ख़ामोश होकर देखने का अलग ही लुत्फ़ होता है। लोगों का भागता हुआ हुजूम मन के भीतर गहरा सन्नाटा भर देता है। ऐसे में किसी का नरम स्पर्श मन को हरा कर देता है।

शारव ने सनोबर की हथेलियों को अपने हाथ में लेकर उँगली से लिखा... 'घर।' सनोबर ने अपना हाथ हटाते हुए कहा था—'कैसा घर... ?'

'हमारे सपनों का घर।'

'बिना ईंट का... ?'

'...नहीं, नींव की ईंट का।'

'सनोबर, मीनाक्षी रास्ता है मंज़िल नहीं है।

'पर दो रास्तों पर एक साथ नहीं चला जा सकता।'

'रास्ता कोई भी हो मंज़िल तुम हो सनोबर।'

'शारव, कभी-कभी सपने देखती हूँ जैसे बहुत ऊँची पहाड़ी पर खड़ी हूँ, नीचे गहरी खाई है, दूसरी तरफ़ धुआँधार झरना बह रहा है और मैं गिर रही हूँ। गिरने से पहले की चीख घुट कर रह जाती है, नींद टूट जाती है। फिर

कई दिनों तक हरहराते झरने की महीन-महीन बूँदें मेरी आँखों में बरसती हैं। पूरी दुनिया उदास...मायूस लगती है। बेहद एकाकी हो जाती हूँ, एकाकीपन का यह साया कहीं तुम्हारे साथ रहने के बाद भी न कायम रहे।'

...'बेवजह है तुम्हारी ये उदासी।'

...'तुम भला क्या समझोगे...तुम्हारे लिए ही तो महानगर की इस भीड़ में शामिल हुई हूँ। वहाँ मैं अकेली भली थी, कम-से-कम दोस्त-मित्र, रिश्तेदार तो थे...यहाँ तो पड़ोसी तुम्हें लेकर सवालिया और आत्मीय हो जाते हैं।'

...अचानक शारव का मोबाइल वाइब्रेट हुआ।

मीनाक्षी का मैसेज देखकर ज़बरदस्ती होंठों पर क़ब्जा करती अपनी मुस्कान छिपाने के लिए वो अपना चेहरा सख़्त और गंभीर बनाने की भरसक कोशिश करता रहा। लेकिन मनोविज्ञान पढ़ी हुई पारखी सनोबर के सामने वह फ़ेल हो गया।

' ''म'' से ''मादक'' ''म'' से ''मीनाक्षी''।'

' ''म'' से ''मतलब''?'

'अपना चेहरा आईने में जाकर देखो, अचानक तुम्हारे मन का मौसम बदल गया है। तुम ज़रूरत से ज़्यादा पज़ेसिव हो।'

इसके बाद दोनों के बीच देर तक ख़ामोशी बोलती रही।

...'तुम इन रेडियो जॉकीज़ की ऐसी मिमिक्री करती हो, तुम्हें तो सच में रेडियो में ही काम करना चाहिए था।'

'...हाँ तो अभी कौन सी देर हुई है।'

'मेरी एकेडमी एक दिन इतनी बड़ी हो जाएगी, तुम्हें कुछ करने की ज़रूरत नहीं होगी।'

'नहीं शारव, मेरे सपनों का भी तो एक फलक होगा,' जहाँ में खुद उड़ूँगी ...कहते हुए अपनी बोझिल-उदास पलकों के भीतर चमकता सजल मोती छुपा लिया और कॉफ़ी से उठती हुई भाप में बनती-बिगड़ती लकीरों को अपनी उँगली से चीरती रही।

'मीनाक्षी हमें फंड्स में मदद कर रही है, उसकी मदद के बिना डिपॉज़िट कहाँ से लाऊँगा एकेडमी के लिए?'

मीनाक्षी के प्रति अपने आकर्षण को छिपाने के लिए अक्सर ही वो इस

तरह की सफ़ाई पेश करता। अपनी परेशानियों का गट्टर सनोबर के सामने खोल उसकी उदास नज़रों में फिर से भरोसे के बीज बो देता।

उस रात पार्टी में काफ़ी देर हो गयी था।

घर लौट कर सनोबर ने अपना पर्स तिपाई पर पटका, चप्पल शू रैक में रखकर बिस्तर पर औंधे मुँह लेट गई। बहुत देर तक तकिया भिगोती रही। रेडियो-ऑन किया। —शब्द धुँधले पड़ जाते हैं, पर मिटते नहीं निशान...कुछ शब्दों की आँच कभी मद्धिम नहीं पड़ती... और फिर गाना बजा था—'आवाज़ देकर मुझे तुम बुलाओ...'

नींद से जूझती हुई सनोबर वॉल साइज़ विंडो खोलती है। खूब दूर अँधेरे के पास बत्तियों का एक अलग शहर हो जैसे। आसमान में एक रॉकेट उड़ा। तालाब के पानी पर रोशनी जगमगा उठी। सनोबर की आँखों में पार्टी की रोशनी झिलमिला उठी। मीनाक्षी ने उस रात ड्रिंक ज्यादा ले ली थी। शारव उसे आईस मिलाकर कैसे सर्व कर रहा था। मीनाक्षी ने उसे अपनी बाँहों के घेरे में कैद कर लिया था। म्यूज़िक बदलते ही वह शारव की हथेली से अपनी हथेली मिला...एक हाथ उसके कंधे पर रख...एक कदम आगे एक कदम पीछे...चल-चल कर बॉल-डांस कर रही थी। तिर्यक आँखों से शारव ने सनोबर को देखा था। वो थोड़ा असहज भी हुआ। उसके चेहरे पर द्वंद्व का भाव सनोबर ने पढ़ा। डांस के स्टेप मिलाते हुए शारव के विराट हृदय में जैसे प्रेम का बाज़ार हो और मीनाक्षी महज़ उपभोक्ता। सनोबर का दिल किरच-किरच हो रहा था, जैसे सुनसान झील के खूबसूरत शिकारे में बैठी चाँद की परछाई को पकड़ने का प्रयास कर रही हो। अपने आप से वादा करती है अब नहीं भागेगी परछाई के पीछे।

प्यार के मौसम में फूलों की खुशबू तो ज़रा देर की होती है, पर काँटों की चुभन ज्यादा...उस रात सनोबर का दिल दर्द की तपिश में गीली लकड़ी की तरह सुलग रहा था। कभी-कभी देव की बातें सच लगती हैं—'ज़िन्दगी में किसी को किसी से प्यार-व्यार नहीं होता। ये सब दो लोगों के बीच की ज़रूरतें हैं, बंधन हैं।'

...कहीं मैं भी शारव के लिए महज़ ज़रूरत तो नहीं...

उस दोपहर भी जब सनोबर और शारव मल्टीप्लेक्स में बैठे सिनेमा देख रहे थे,

'शारव तुम्हारा मोबाइल वाइब्रेट हो रहा है।'

मोबाइल की फुल स्क्रीन पर मीनाक्षी का झबरीले बालों से ढँका आधा चेहरा चमक उठा था। ऐसा लगा जैसे वह मोबाइल स्क्रीन से बाहर आकर प्रेम की नदी में बहती हुई कश्ती से उसे उतारकर मझधार में फेंक खुद सवार हो जाएगी। और शारव उसी नाव में बैठा हुआ सिर्फ़ देखता रह जाएगा।

...'शायद उसे इन्ट्यूशन हो गया होगा। वह कभी चैन से बैठने ही नहीं देती...' मन-ही-मन बुदबुदाई थी सनोबर।

'सनोबर तुम बहुत सोचती हो।'

'हाँ, सच में...घर में होती हूँ तो दो पहाड़ों के इको पॉइंट की तरह तुम्हारी आवाज़ घर की दीवारों से टकराकर गूँजती रहती है। लेकिन क्या करूँ उसी आवाज़ में धीरे से मीनाक्षी का सुर भी मिल जाता है...बस उसके बाद डरता है जी कि हमारे प्यार का ये रेशम-सा महीन धागा मीनाक्षी तोड़ न दे।'

'विचारों के इतने धागे मत बुनो कि खुद से ही दूर हो जाओ।'

'दिल का शीशा जो देख सको तो जानो कि वो सिर्फ़ तुम्हारे लिए ही धड़कता है।'

'हाँ, लेकिन भावों और शब्दों के तीर इतने तल्ख़ न हों कि बाहर की आहट न सुनायी दे।'

'शारव, दो दिलों का इक़रारनामा हो जाए तो देह जैसी चीज़ सीमा-रेखा से परे हो जाती है। लोग तो इसे ध्यान-संकेन्द्रण भी मानते हैं। पर न जाने क्यों जिस परिवेश में मैं पली-बढ़ी हूँ, मुझे बग़ैर शादी की मुहर के अपनी सीमाओं को तोड़ना नामुमकिन-सा लगता है।'

सनोबर की इन विचारशील बातों का शारव पर असर नहीं हुआ।

'तुम समंदर हो जहाँ मैं डूब जाना चाहता हूँ।' वह भरम है, तलछट है। 'तुम हो गहरी नदी।'

...'कभी मीनाक्षी ने कही हैं ये बातें?'

'तुम्हें समझना चाहिए कि वह मेरी सिर्फ़ प्रोफ़ेशनल फ्रेंड है...'

'अगर कभी मेरा भी कोई साझीदार दोस्त हो तो...?'

...सनोबर 'सनराइज़ रेडियो चैनल' के स्टूडियो से निकलकर गेट पर आ गई थी। काले-कजरारे बादल बूँद-बूँद ज़मीन पर उतरने लगे थे।

सड़क पर दूर तक कोई टैक्सी नज़र नहीं आई। पैदल ही तफ़रीह करती चल पड़ी वह। आज भी उसे आसमान की ओर निहारकर आँखों में बारिश की बूँदों को रोपकर...फिर गालों पर ढुलकाना, इकट्ठे हुए बारिश के पानी में छपाक से पैर डालकर भीग जाना, गिरते हुए ओलों को हथेली में इकट्ठा कर गिनना...खूब सुहाता है।

वह भी भीगी-भीगी शाम थी। जब सनोबर शारव के साथ सूनी सड़क के किनारे-किनारे चल रही थी। उस रोज़ उसका मन बहुत बेचैन था। सात समंदर पार एक नई दुनिया थी, जिसके बारे में सोच खुशी से मन बल्लियों उछल रहा था। लेकिन साथ ही अनजाना भय, साए की तरह पीछा कर रहा था।

'शारव, तुम्हें याद है ''सनराइज़ रेडियो'' के लिए मैंने एक इंटरव्यू दिया था, वहाँ से कॉल लैटर आ गया है।'

'... ?'

शारव की भृकुटि तन गई थी, उसने अजीब निगाहों से देखा था।

'रेडियो लंदन सनराइज़ से 2 साल का कॉन्ट्रैक्ट।'

'और इस नौकरी का क्या होगा... ?'

'एडहॉक पर प्राइमरी स्कूल की मास्टरनी ही तो हूँ।'

'फिर दो साल बाद क्या करोगी ?'

'वो तो पता नहीं, लेकिन हाँ, वहाँ से लौटूँगी तो मुझे कोई भी प्राइवेट चैनल जॉब देकर सिर आँखों पर बिठायेगा।'

'लेकिन इतना बड़ा फ़ैसला...कैसे मैनेज करोगी अकेले ?'

'फ़िक्र न करो, देव भी जा रहा है। वहाँ पहुँचकर वह अपने घर चला जाएगा और मैं विमेंस हॉस्टल।'

शारव के चेहरे पर मायूसी और चिढ़ के बादल छा गए थे।

'देव के साथ जाने की ख़ास वजह ?'

'कोई वजह नहीं, महज़ एक इत्तेफ़ाक।'

'कुछ इत्तेफ़ाक जीवन में तूफ़ान लाते हैं।'

'इनसिक्योर मत हो यार, मैं और तुम दोनों उसे जानते हैं।'

'नहीं, मुझे वह इंसान नहीं पसंद। आर्टिफ़िशियल है।'

'शारव, पसंद तो मुझे मीनाक्षी भी नहीं।'

'मीनाक्षी का तुमने अफ़साना बना दिया है, हर वह बात जैसी दिखती है वैसी नहीं होती सनोबर।'

'माने...?'

'मुझे लगा, मैं यही मानता रहा कि तुम इस शहर में मेरे लिए आई थीं। हम इंतज़ार कर रहे हैं उस वक्त का...जब हम-तुम संग-संग होंगे।'

'हाँ, यही सच है। इस शहर में मैं तुम्हारे लिए आई थी, लेकिन अपनी कुछ ख़्वाहिशें भी साथ लाई थी। सबसे अज़ीज़ ख़्वाहिश का विराट पेड़ छतनार हुआ है। तुम उसे काटना चाहते हो'...

'अब मेरे संघर्ष के दिन फिर रहे हैं। अब मेरी डांस एकेडमी स्थापित हो रही है, ऐसे में तुम्हारा विदेश जाना, वह भी उस मायावी दुनिया में जहाँ आवाज़ का जादू सर चढ़ कर बोलता है...जहाँ तिलस्म ही तिलस्म हैं।'

'डांस के फ़ील्ड में तिलस्म नहीं है क्या, सिर्फ़ 2 बरस का ही तो कॉन्ट्रैक्ट है। वापस आकर हमारी ज़िन्दगी में शहनाई गूँजेगी...तब तक तुम भी अपनी एकेडमी को ऊँचाई पर ले जा सकोगे।'

'हैरत हो रही है मुझे'...

'हमारा तुम्हारा आसमान अलग कब हो गया, तुम मुझे छोड़ कर जा रही हो।'

'जा रही हूँ लौटकर आने के लिए।'

'सात समंदर पार से कौन आता है लौटकर?'

'मैंने तुम्हारा पाँच साल बिना किसी उम्मीद, बिना शिकवा-शिकायत के इंतज़ार किया। तुम दो बरस नहीं कर सकते। या फिर चाहते नहीं हो मेरी कामयाबी।'

सनोबर हैरान थी। उसने सोचा था कि वह हौसला बढ़ाएगा। उसके बगैर उदास होगा...। लेकिन जैसे आसमान में एक चिड़िया परवाज़ के लिए अपने पंख फड़फड़ाए और उसका हमसफ़र पंख कतरने के लिए तत्पर हो। सनोबर उस दिन पंख वाली सुनहरी चिड़िया बनकर, तड़पकर फड़फड़ाई थी। पर शारव एक बहेलिया बन गया था।

उस रोज़ नीले फूल कढ़े दुपट्टे वाला सूट पहनकर वह बहुत जल्द तैयार हो गई थी। यह सूट शारव ने उपहार में दिया था। निगाहें घड़ी की ओर टिका

दीं। शारव को फ़ोन किया, व्हाट्सऐप मैसेज किया। उसका कोई जवाब नहीं आया। फ़ोन की हर घरघराहट पर उठाकर चेक कर रही थी कि शायद इस बार उसी का फ़ोन होगा।

बहुत सारी मुश्किलों का गट्टर सूटकेस में भर कर वह निकल पड़ी थी। एयरपोर्ट के लाउंज में हर आता-जाता व्यक्ति उसे शारव ही नज़र आ रहा था। दिमाग़ को पता था, वो नहीं आएगा। क्योंकि अब तक यही होता रहा था उन दोनों के बीच। शारव की कही बात पत्थर की लकीर होती, जबकि सनोबर हर बात पर पिघल जाती। बेक़रारी में वो कभी अपनी उँगलियों के नाखून कुतरती, कभी फ़ोन पर कोड डालती, कभी रीसेन्ट कॉल्स की लिस्ट देखती और खलिश से भर जाती। मोबाइल उठाकर कई बार उसने अपने घरवालों को फ़ोन करने की कोशिश की, लेकिन मन मसोस कर रह गई, जानती थी कि वो कभी इतनी दूर जाने के लिए 'हाँ' नहीं करेंगे, मुश्किलें और पैदा कर देंगे।

उसने बहुत पहले चेक-इन करके अपने आप को 'फ्री' कर लिया। बचे हुए समय में शारव के सामने अपनी बातों का पिटारा खोल देगी।

सनोबर ने नोटबुक निकालने के लिए पर्स में हाथ डाला तो साथ में ये पन्ना भी चिपका चला आया।

आओ सपने में देखें/ढेर सारे फूल मुस्कुराते हुए/
आओ फुदकें शाख़ पर नाचती गौरैया की तरह/
चलो आज आसमान को छू लें हम/
बस इतना काफ़ी है सपनों में रंग भरने के लिए...
ज़िन्दगी के लिए।

शारव ने संग-संग बातें करते हुए लिखी थीं ये पंक्तियाँ। उसी पन्ने पर सनोबर ने आगे लिखा था—'बहुत ज़ालिम हो तुम, तुमसे डोर क्या जुड़ी, नींद भी छीन ली, चैन भी चुरा लिया। सोने की लाख कोशिश के बाद नींद नहीं आई, तो एक चिट्ठी लिखी तुम्हारे नाम।'

ई-मेल और व्हाट्सऐप के ज़माने में भी न जाने कितने पत्र, डायरी के कितने पन्ने दोनों ने एक-दूसरे के नाम लिखे थे। रेडियो-कॉन्ट्रैक्ट के काग़ज़ के सामने वो सारे काग़ज़ात जिनमें इतनी सारी भावनाएँ भीतर-भीतर गुँथी थीं, वो सब हवा के झोंके में बिखर गए...। सनोबर अपनी कठिनाइयों के

साथ जब निपट अकेली होती तो शारव अक्सर ही मज़बूत स्तंभ की तरह उसे सहारा देता। आज जब अथाह सागर पार कर क्षितिज के उस पार जा बसने वाली है, शारव उसे विदा करने भी नहीं आया...। सनोबर अपनी आँखों में उमड़ते बादलों को रोक नहीं पायी थी।

कुछ पलों के लिए आकर देव ने उसे तसल्ली दी, पर कुछ मौक़ों पर तसल्ली बेअसर हो जाती है। रूम पार्टनर भी एयरपोर्ट तक छोड़ने आई, पर वह नहीं आया, जिसका उसे इंतज़ार था।

कहते हैं आँसू दर्द के गवाह होते हैं, पर दर्द का हद से गुज़रना भी दवा हो जाना होता है। 'रुख़सत के वक़्त तुमने जो आँसू हमें दिये, उन आँसुओं से हमने फसाने बना दिए'...आँसुओं में अपने दर्द को जैसे उसने फ़ना कर दिया और अपने भीतर एक ऐसी स्त्री को पल्लवित और पुष्पित किया जो अमर-बेल की बजाय एक सख्त दरख्त में तब्दील हो गई। वो एक ऐसी चट्टान बन गई, जिस पर आँधी-तूफ़ान-बारिश-बाढ़ किसी का असर न हो...वह अब हर तूफान का मुकाबला खुद करेगी,...'प्यार से भी ज़रूरी कई काम हैं/ प्यार सब कुछ नहीं ज़िन्दगी के लिए...'

लौटेगी नहीं लंदन से, शारव की ख़ातिर भी नहीं। शारव के साथ बिताए हर लम्हे को इत्र की शीशी की तरह बैग में रखकर 'सिक्युरिटी चेक' के लिए चल पड़ी। आँखों में छाए बादल धीरे-धीरे छँट गये थे। निढाल चाल में फुर्ती और जोश आ गया था। लंदन की उड़ान की एनाउंसमेन्ट हो चुकी थी। रनवे पर एयर-बस में घुसने से पहले सनोबर ने मुड़कर देखा, हवा में हाथ हिलाया, बाय कहा उन लम्हों से, जो बीते शारव के साथ।

अब यादों की भूल-भुलैया से बाहर आकर उसने आसमान की ओर देखा... बारिश थम चुकी थी, आसमान नीला और साफ़ हो गया था। मोबाइल निकाला और विविध-भारती के ऐप को क्लिक कर दिया। गाना बज रहा था—'तुम्हें ये ज़िद थी कि हम बुलाते/हमें ये उम्मीद वो पुकारें/है नाम होंठों पर अब भी लेकिन/आवाज़ में पड़ गईं दरारें।'...सनोबर ने गालों पर ढुलक आये अपने आँसू पोंछे, फ़ोन बुक खोली और शारव का नंबर ब्लॉक कर दिया।

धुँध

क्षिप्रा रात भर सो नहीं पाई थी, रात भर आँखों के सामने पार्टी की तैयारियों के दृश्य घूम रहे थे। तड़के उठकर घर को साफ़-सुथरा कर सारी चीज़ें करीने से लगाकर, तैयार हुई। वहाँ तक पहुँचने में लगभग दो घंटे लग गये। यह तो अच्छा हुआ कि ट्रैफ़िक नहीं था वरना और लेट हो जाता। पहाड़ों को काटकर बनाई हुई पतली सड़कें लेकिन साफ़-सुथरी... सड़कों के किनारे पेड़ों की क़तार। पेड़ों से सटकर थोड़ी-थोड़ी दूर पर रखे गमलों में खिले हुए फूल...और एक तरफ़ बना हुआ सुंदर-सा सन-बीम रिज़ॉर्ट। है छोटा-सा, मगर बड़ा ख़ूबसूरत। दो गेट हैं...एक अंदर की ओर जाता है, जिसमें सुंदर झूले, वॉटर-पार्क, अम्यूज़मेन्ट पार्क और जाने क्या-क्या है वहाँ। दूसरा गेट खुलता है पार्टी-हॉल की ओर। हॉल के सामने सुंदर क्यारियाँ बनी हुई हैं। क्यारियों में मुस्कुराते हुए गुलाब, चमेली, रात की रानी, गेंदा, डहेलिया, बोगनविलिया...दोनों रास्तों के बीच गोल-सा फुहारा। मौसम भी आज ठंडा है। सोच रही है क्षिप्रा—आज पार्टी की तैयारियों में कोई कमी न रह जाये। शादी की अड़तीसवीं सालगिरह है। अनय की बड़ी इच्छा है कि इस बार अम्मा-बाबूजी के साथ जी-भर के मौज-मस्ती की जाये। पाँच बरस बाद वो मुंबई आ रहे हैं। चुमकी के पैदा होने पर आए थे। उसके बाद अब पूरे परिवार के साथ इकट्ठे यहाँ आ रहे हैं। इस बार के आयोजन में कोई कमी न रह जाये, इसलिए फूँक-फूँक के क़दम रख रही है क्षिप्रा।

चुमकी की 'बरही' के दिन जब घर पर ही छोटा-सा 'गेट-टुगेदर' रखा था, तो दीपा कैसे नाक-भौंह सिकोड़ रही थी। एक तो देर से आई थी, ऊपर से हमेशा की तरह नसीहतों की पोटली लाई थी। 'भाभी, आपने घर पर खाना

क्यों मँगवाया। किसी पॉश रेस्तराँ से ऑर्डर देकर मँगवा लेतीं। आजकल तो लोग 'मैक्डोनाल्ड' की चीज़ें बहुत पसंद करते हैं।' दीपा सामान्य बातचीत में भी बड़े प्यार से कोई न कोई चुभने वाली बात ज़रूर कह देती। हमेशा वो ये दिखाती है कि वो बड़े घर से आई है। दफ्तर में बड़े ओहदे पर है। हमेशा अपनी अच्छाई, बड़े-पॉश घर और अपने स्टेट्स का बखान करती रहती है। इतने सहज ढंग से ये बड़ी बातें करती है कि लगता ही नहीं, वो दिखावा कर रही है। कई मौक़े आए, जब अनय से भी बहस में पीछे नहीं रही और उस पर तुर्रा ये कि उनसे बातचीत भी बंद कर दी। जबकि घर में बड़े बेटे की हैसियत से अम्मा-बाऊजी उन्हें बहुत सम्मान देते हैं। वेस्टर्न कल्चर को अपनाना ही बड़प्पन समझती है वो और धीरे-धीरे उसने अद्वैत जिन्हें घर में सभी प्यार से 'आदी' कहते हैं, को भी अपने कल्चर में ढाल लिया है। चार भाई-बहनों का सुखद परिवार है। दो भाई-बहनों की शादी हो चुकी है। तीनों के एक-एक बच्चा है। छोटे भाई अनुज की शादी नहीं हुई है। दीपा मज़ाक में अक्सर कहती है, 'अनुज के लिए तो मैं भाभी जैसी नहीं बल्कि अपने जैसी दुल्हन लाऊँगी।' अम्मा तपाक से कहती हैं,—'दोनों भाई अपनी पसंद की बीवी लाये हैं, तो ये भी ले आयेगा।'

'कोई भी ढूँढ़े दुल्हन, खाना वो अच्छा बनाती हो। अनुज अच्छा खाने के कितने शौक़ीन हैं, कम-से-कम स्वीट-डिश तो अच्छी बनाती हो। फिर तो तीज-त्यौहार पर हम दोनों बहुएँ आराम से बैठके बतियाएँगे और अनुज की बीवी खाना सर्व करेगी। भई हम तो इस घर की बड़ी बहू हैं...क्यों अम्मा ?'

'अरे भाभी, खाना बनाने की क्या ज़रूरत है, कुक रहेगा, वो बनायेगा ना। कोई टेन्शन नहीं...'

'दीपा, जब कुक छुट्टी पर जायेगा, तो खाने की भी छुट्टी हो जायेगी क्या।'

'अरे भई, बड़े-बड़े रेस्तराँ किसलिए हैं, चलकर वहीं खा लेंगे सब लोग।'

बाऊजी किसी की बातचीत सुने बिना ही अपना वक्तव्य दे देते हैं—'बेटा खाने-पीने की चिंता तुम लोग मत किया करो, अम्मा हैं ना, बना लेंगी, ये तो तीस-पैंतीस लोगों का खाना अकेले ही बना लेती हैं। रखा क्या है खाना बनाने में। बस तुम लोग हर होली-दीवाली पर इकट्ठे हो जाया करो, यही मौक़े होते हैं परिवार में मेलजोल के, बोलने-बतियाने के। इकट्ठा होने के। हमारे पिताजी

के पिताजी पाँच भाई थे। पाँचों इकट्ठे ही रहते थे। कभी अलग चूल्हा नहीं जला। हम अंतर ही नहीं कर पाते थे कि हमारे दादा कौन से हैं और दादा के भाई कौन से। तुम लोग भी तीन-भाई बहन हो, मिल-जुलकर रहो।'

बाऊजी जब बोलना शुरू करते हैं तो उनकी बातों का अंत जल्दी नहीं होता...लेकिन बाऊजी स्वभाव के बड़े अच्छे हैं। बड़े नरमदिल और भावुक। बातें करते हैं तो लगता है, अनय बाऊजी की कॉपी हैं। बाऊजी जितने बातूनी हैं, अम्मा बातों की उतनी ही कंजूस। कई बार तो वो सिर हिलाकर इशारों में काम चला लेती हैं। बच्चों की चिंता वो बहुत करती हैं। लाड़ भी खूब लड़ाती हैं। लेकिन ज़ाहिर कुछ भी नहीं होने देतीं।

क्षिप्रा ने घड़ी देखी, वेटर को बुलाया, शाम का मीनू समझाया और ताकीद की कि कहीं कोई कमी न रह जाये। सजावट के लिए दूसरे वेटर को बुलवाया, बड़ी-सी टेबल लगवाकर फूलों से लिखवाया—'हैपी वेडिंग एनीवर्सरी।' दीवार पर सुंदर पेंटिंग टँगवाई, बैठने की कुर्सियाँ लगवाईं। गमले सजवाये। दरवाज़ों की सजावट तोरण और वंदनवार से की। फुरसत पाकर अनय को फ़ोन लगाया...

'हाँ, हम लोग ज़रा लेट हो गये हैं, अब महालक्ष्मी मन्दिर पहुँच रहे हैं। रिज़ॉर्ट तक पहुँचते तो शाम हो जायेगी।'

लंबी क़तार के बाद महालक्ष्मी मन्दिर में सबने दर्शन किये, प्रसाद चढ़ाया और थोड़ी देर वहीं रुककर बाहर आए। सबको बड़ी भूख लगी थी। तीनों बच्चों की इच्छा थी कि कुछ फ़ास्ट-फ़ूड मिल जाये तो मज़ा आ जाए। तीनों में रिशू सबसे ज़्यादा महत्त्वपूर्ण था। एक तो अम्माँ-बाऊजी की लाड़ली बेटी की संतान...ऊपर से वंश चलाने वाला बेटा...रिशू से पहले दो बच्चे रिया के पेट में ही ख़त्म हो गये थे। सो बड़े तप के बाद रिशू हुआ। बड़ा सँभाल-सँभालकर उसका लालन-पालन हो रहा है। ओम के लिए तो वो ज़िन्दगी का सौभाग्य बनकर आया है। वो ओम की आँखों का तारा इसलिए है कि उसके पैदा होते ही उनका प्रमोशन हुआ, इम्तिहान पास किया और बैंक मैनेजर बन गए। अब रिशू को भूख लगी हो तो सब परेशान होंगे ही ना। ओम की राय थी कि यहीं कुछ खा लिया जाए तब आगे बढ़ा जाये। रिशू की देखा-देखी चुमकी और सिम्मी को भी भूख लग आई। सिम्मी का भूखे रहना दीपा से

सहन नहीं हुआ। भई वो उसकी माँ जो ठहरी। देखते-देखते दीपा, आदी, रिया, अम्मा सबका मत एक हो गया। 'हाँ भई...यहीं कुछ खाकर मरीन-ड्राइव चलेंगे। वहाँ थोड़ी देर समंदर किनारे बैठेंगे और फिर आगे बढ़ेंगे।'

अनय ने इसके उलट अपना फ़रमान जारी किया—'अरे भई, ये कोई जगह है खाने-पीने की। यहाँ ठेले की चाट के सिवा कुछ नहीं मिलेगा। हाइजीन के बारे में तो सोचो। आगे चलते हैं, किसी ठिकाने की जगह पर बैठेंगे और मज़े से खायेंगे।' बाऊजी ने भी इसका समर्थन किया। पैर पटकते हुए बच्चे कुनमुनाने लगे। अनय इन सबसे अनजान फटाफट गाड़ी में बैठे और सबको चलने का इशारा किया। आदी ने अपनी गाड़ी स्टार्ट की। अम्मा—बाऊजी अनय के साथ और बाक़ी पूरा कुनबा आदी की गाड़ी में सवार हुआ...गाड़ी चलते ही बाऊजी की चिंता शुरू—'बेटा देखना ज़रा, आदी आ रहा है कि नहीं। आदी से बोलो, साथ-साथ चले। बच्चे भी बैठे हैं उसके साथ। ज़रा बोलो सेफ़-ड्राइविंग करे।' अनय ने फ़ोन उठाया और मैसेज कर दिया। आदी का जवाब भी आ गया—'ओके।' तीनों बच्चों को वेफ़र्स का एक-एक पैकेट पकड़ा दिया गया। तीनों खाने में मगन हो गये। लेकिन रिया और दीपा का ग़ुस्सा सातवें आसमान पर पहुँच गया। दीपा को 'हाजी-अली जूस सेन्टर' पर फालूदा खाना था और रिया को खानी थी भेलपूरी। ताकि वो इलाहाबाद जाकर अपनी फ्रेंड्स और पड़ोसियों के बीच मुंबइया भेल-पूरी के गुण गा सकें। आदी और ओम को भी भूख लग आई थी। सोचा, कुछ बर्गर या वड़ा-पाव जैसा मिल जाये तो मज़ा आ जाए। दीपा ने खाने के कई अड्डे बताये। लेकिन आदी ने हर बार यह कहकर टाल दिया, 'भैया आगे कहीं गाड़ी रोकेंगे। साथ ही हम लोग कुछ खायेंगे। वैसे भी इस इलाक़े के बारे में वो ज़्यादा जानते हैं।'

'आदी, तुम तो ऐसे भैया-भैया कर रहे हो, जैसे तुम कुछ जानते ही नहीं हो और भैया उँगली पकड़ाकर तुम्हें मुंबई-दर्शन करा रहे हैं। भैया को भूख नहीं लगी तो क्या हम भी भूखे रहें, भैया प्यासे रहें तो हम भी प्यासे रहें। रिया दी और ओम जीजू का भी तो कुछ ख़्याल रखना है हमें या हर बात भैया की ही मानी जायेगी। ये हमारे मेहमान हैं, घूमने आये हैं, एंजॉय करने आये हैं। तो हम इन्हें क्यों भूखे-प्यासे रखें। भैया से कहो, हम 'एट्रिया' मॉल में रुकेंगे,

पहले लंच लेंगे, शॉपिंग करेंगे उसके बाद आगे चलेंगे। इस तरह मन मारकर पिकनिक करने का क्या फ़ायदा।'

बातें करते-करते बिस्किट के दो-तीन पैकेट ख़ाली हो चुके थे। अनुज जो बहुत देर से चुप बैठा था, अचानक गाने लगा—'मैं क्या जानूँ क्या जादू है, इन दो मतवाले नैनों में।' दीपा-रिया एक साथ बोल पड़ीं—'क्या हुआ, भैया की काया प्रवेश कर गई है क्या। या भैया वेश बदल कर आ गये हैं अनुज में।' आदी ने सिग्नल पर गाड़ी रोकते हुए कहा... 'सचमुच कमाल के हैं भैया भी...आज भी वो सहगल और पंकज मलिक के गाने पसंद करते हैं। अभी भी वो पुराने ज़माने की ब्लैक-एंड-व्हाइट...और स्लो-फ़िल्में बड़े धीरज के साथ देखते हैं। वैसे दीपा, यू नो...बचपन में मैं और भैया साथ-साथ ये सैड-सॉन्ग, रोतले गाने और ये धीमी-धीमी फ़िल्में देखा करते थे और ख़ूब दर्द भरी कविताएँ और शायरी किया करते थे। लेकिन देखो ना, वक्त बदला, मैं इंजीनियरिंग में आ गया, तो मेरी थिंकिंग भी बदल गई और काफ़ी कुछ मिज़ाज भी...।' हँसते हुए—'और तुमसे मिलने के बाद तो डार्लिंग मैं पूरा ही बदल गया।' गाड़ी में ज़ोरदार ठहाका गूँजा...

'और मैं तो शादी के बाद पूरी तरह रंग गया रिया के रंग में'...ओम के इस जुमले से एक बार फिर हँसी का झरना फूट पड़ा।

'अनुज आप मत बदलना, वरना अम्मा कहेंगी, तीनों भाई जोरू के ग़ुलाम हो गये,' ये दीपा का स्वर था।

'लेकिन भैया बदले कहाँ, वो तो वैसे ही ग़ुस्सैल, ज़िद्दी और पुरातन-पंथी हैं।'

'हाँ तो भाभी कौन-सी मॉडर्न हैं, वो भी तो जैसे सीता-मैया...ही-ही-ही।'

'लेकिन समझ में नहीं आता कि भैया की प्रॉब्लम क्या है, हर वक्त अपना बड़प्पन क्यों दिखाते हैं, उनकी सोच कितनी सीमित और छोटी है। भाभी, चुमकी और अपनी शोहरत से आगे कोई बात ही नहीं करते।' अचानक आदी को ख़याल आया कि चुमकी बैठी है और सारी बातें सुन रही है।

'अरे दीपा...! मैसेज...।' तब तक सिग्नल आ चुका था, उसने फ़ौरन पीछे की सीट पर बैठी दीपा को मैसेज किया—'चुमकी हमारी बातें सुन रही है, भैया को बतायेगी, उन्हें बुरा लगेगा।'

'ओके। आयडिया। चलो गिरगाँव चौपाटी पर रुक जाएँ। मैं भैया को फ़ोन करती हूँ रुकने के लिए।'

अनय और अम्मा के आते ही दीपा कहने लगी, 'अम्मा, बैठने में दिक्कत हो रही है और ये लोग आपस में लड़ रहे हैं। चुमकी को इस गाड़ी में बैठा देते हैं और आप इधर आ जाइये।' अनुज भी लपककर भैया की गाड़ी में आ गये। अम्मा दूसरी गाड़ी में आ गईं, यह कहती हुई कि ज़रा थोड़ी देर दूसरे बेटे के साथ भी बैठ लें। चुमकी और रिशू की ज्यादा जमती थी, तो रिशू भी चुमकी के साथ अनय की गाड़ी में बैठ गया। चुमकी अपने पापा की गाड़ी में बैठते ही रुतबा दिखाने लगी। हाथ मटका-मटका कर बाऊजी से बतियाने लगी। बाऊजी को भी बच्चों से बड़ा लगाव है, वो भी बच्चा बनकर चुमकी और रिशू से बराबर से रास्ते भर बातचीत करते रहे। चुमकी गाड़ी में एक स्टोरी-बुक ज़रूर रखती थी। उसने बड़े गर्व से निकाली और इतरा-इतरा कर रिशू को पढ़कर सुनाने लगी। रिशू को भी बड़ी पसंद आई, रंगे सियार और चालाक लोमड़ी वाली कहानी।

क्षिप्रा ने रिज़ॉर्ट के रूम का पर्दा सरका दिया है। एसी बंद कर विन्डो खोल दी है। वॉल-साइज़ विन्डो खोलते ही हवा का तेज़ झोंका अंदर आ गया।—'इस उमस भरी दोपहर में भी हवा ठंडी है। लगता है समंदर में ज्वार आया है। कहते हैं कि ज्वार के वक्त हवा तेज़ और ठंडी हो जाती है।' खिड़की के एक कोने से रिज़ॉर्ट का वॉटर पार्क और कुछ राइड्स दिखायी पड़ रहे हैं। वॉटरपार्क में महिला-पुरुष और बच्चे स्विम-कॉस्ट्यूम पहनकर धमाचौकड़ी मचा रहे हैं। आज मौसम कुछ नरम-गरम है। कभी ठंडा तो कभी एकदम उमस भरा। कुछ मौसम अतीत की याद दिलाते हैं। आज मुंबई का मौसम बार-बार क्षिप्रा को इलाहाबाद की उन गलियों में ले जा रहा है, जहाँ सड़क के किनारे-किनारे लाइन से दुकानें होती थीं। दुकानों के सामने छोटा-सा स्टॉल लगाकर बैठा हुआ फूल बेचने वाला। थोड़ी दूर पर रीटा आइसक्रीमवाला। उधर नज़र फेरें तो लाल कपड़े से ढँका बड़ा-सा मटका ठेले पर लादे जलजीरेवाला...और वहीं कहीं ठेले पर कटी हुई ककड़ियाँ बेचने वाला। दूर से जामुन बेचने वाले की बांग—'काली है कल्लो है, काली जमुनिया है।' ऐसे सुरीले अंदाज़ में वो जामुन बेचता था कि न चाहते हुए भी हम ख़रीदने को आतुर हो उठते थे। अनय

के साथ गर्मी के दिनों में स्कूटर पर पीछे बैठकर खूब खाई हैं ऐसी जामुनें। स्कूटर रोककर रीटा आइसक्रीम कुछ इस तरह छिपाकर खाते थे, एक हाथ से सिर का पल्लू पकड़े उसी से थोड़ा आड़ करके...कहीं कोई जान-पहचान का न देख ले। गली के नुक्कड़ पर छनती हुई गरमागरम जलेबियाँ...लोकनाथ के ढलान पर लस्सी वाली दुकान के अंदर लगी बैंच पर बैठकर लस्सी ज़रूर पीते थे। इतना बचा-बचाकर ये सब खाते-पीते थे, लेकिन पता नहीं कैसे ये बात अम्मा-बाऊजी तक पहुँच जाती थी। उन दिनों दुकानों में इस तरह खड़े होकर या बैठकर बहुओं का खाना-पीना बड़ा अशोभनीय माना जाता था। बाऊजी तो कुछ नहीं बोलते पर अम्मा तो आसमान सिर पर उठा लेती थीं। उन्हें तो जैसे 'लव-मैरिज-बहू' को कोसने का मौक़ा मिल जाता—'इतनी लंबी जीभ एक औरत की हो सकती है, लानत है।' हाँ रिया को लेकर अम्मा से पूछकर जब कभी बाहर खाने-पीने या घूमने जाते तो अम्मा को न तो कभी कोई तकलीफ़ होती थी न ही गुस्सा आता था।

क्षिप्रा को लेकर अम्मा के मन में एक गाँठ सी थी। उन्हें लगता था कि क्षिप्रा ने उनके बेटे को छीन लिया है। कोई जादू-टोना या वशीकरण मंत्र का जाप किया, जिससे अनय का मन क्षिप्रा में लग गया। वरना ऐसा मातृ-भक्त श्रवण कुमार जैसा लड़का किसी के प्रेम-जाल में फँसता...!! दरअसल अम्मा ने अपनी दूर के रिश्ते की भतीजी से अनय का ब्याह बचपन में ही तय कर दिया था। अब लड़का जवान हुआ तो उसे भा गई क्षिप्रा। लाख मना करने पर भी अनय न माना, तो हारकर क्षिप्रा को ही अपनी बहू बनाना पड़ा। हालाँकि अम्मा के अनुमानित बहू लायक़ गुणों में क्षिप्रा खरी उतरती थी। अपनी जान-पहचान नाते-रिश्तेदारों में अम्मा क्षिप्रा की तारीफ़ भी करती थीं। लेकिन जब भी क्षिप्रा को अपने इर्द-गिर्द अकेले में पातीं...बस शुरू हो जातीं।

'मैंने वचन दिया था उसे, सगी भतीजी से भी ज्यादा मानती थी। कितने अरमान थे अनय के ब्याह के। लेकिन क्या बतायें। आनन-फानन में हो गई शादी। अब तो आदी ने भी खोज ली है अपनी दुल्हन। दुल्हन क्या, वो तो दुल्हन जैसी है ही नहीं। वो तो सिर पर पल्लू तक नहीं लेती। हमसे मिलने आई थी—घाघरा और टीशर्ट पहनकर।'

'घाघरा और टीशर्ट...?'

'अरे वही जो सोनिया मिरजा पहनती है।'

क्षिप्रा अपनी हँसी को दबाती हुई बोली—'सानिया मिर्ज़ा, ओह स्कर्ट-टॉप। अम्मा हम दीपा से मिल चुके हैं। देखने में थोड़ी मॉडर्न और लटक-झटक वाली है, लेकिन है काफ़ी घरेलू किस्म की।'

'खाक है घरेलू। मैं अंदर आई थी चाय बनाने, लौटी तो देखा दोनों चोंच लड़ा रहे थे। मैं आई, तो दोनों दूर-दूर बैठ गये। छि: शादी के पहले... ।' कहते-कहते अम्मा की आँखों से आँसू ढुलक पड़े, आँसू पोंछती हुई कहने लगीं—'हमने सोचा था हमारी पसंद की दोनों बहुएँ आयेंगी, हमारे साथ घर में रहेंगी, हमारा हाथ बँटायेंगी। भरा-पूरा परिवार होगा। संयोग से रिया भी पास में ही ब्याही है। लेकिन सब उल्टा-पुल्टा हो गया। बेटे परदेसी हो गये। बहुएँ भी परदेस से ही खोज लाए।'

अम्मा के भीतर पता नहीं कितनी पीड़ा थी कि इस मौक्रे पर अम्मा के आँसू थमते ही नहीं थे। लेकिन अनय के सामने आते ही एकदम संयत। जैसे कुछ हुआ ही नहीं। बस एक ही शर्त बार-बार रखतीं। पसंद की बहू ब्याह ली, तो ठीक है। पर हमेशा माँ-बाप का ख़्याल रखना।'...शायद ये बात वो किसी असुरक्षा के तहत कहती थीं। वे ये मानती थीं कि आदी बड़ा चुप्पा और ज़िद्दी है। ब्याह के बाद अपनी बीवी के सिवा किसी का नहीं होगा।

इंसान के बारे में कोई कितना भी आकलन कर ले, वो पूरी तरह किसी भी इंसान को नहीं समझ सकता। इंसान को बदलते देर नहीं लगती। वक्त ने कुछ ऐसी करवट ली कि अम्मां भी बहुत बदल गईं। आदी के ब्याह के बाद अम्मा जो पहले एकदम रूढ़िवादी थीं, काफ़ी मॉडर्न हो गईं...बोलचाल, खान-पान...यहाँ तक कि पहनावे-पोशाक में भी। जो अम्मा दीपा की शिकायत करते नहीं थकती थीं, वही अब दीपा से सखी की तरह बतियाती थीं। उनकी ज़बान पर हर वक्त 'आदी की दुल्हन' रहता था। दीपा न कभी सिर पर पल्लू लेती थी, न कभी पैर दबाती, न कभी सबके जूठे बर्तन उठाती, न कभी बड़ों के आने पर तहज़ीब से खड़ी होती। शिष्टाचार का ख़्याल नहीं था उसे। फिर भी अम्मा उसे कभी न टोकतीं। लेकिन अगर यही क्षिप्रा कर दे, तो तपाक से अम्मा बोल पड़तीं,—'बड़े घर के संस्कार अलग ही होते हैं। ग़रीब घरों के रहन-सहन भी ग़रीब ही होते हैं।'

दीपा के विवाह के बाद इस घर की परिस्थितियाँ काफ़ी बदल गई थीं।

चुपचाप रहने वाली रिया चुहलबाज़ हो गई थी। 'भाभी-भाभी' कहकर हमेशा दीपा के साथ चिपकी रहती और तो और रिशू भी मामी, ये खिलौने चाहिए, मामी वो खिलौने चाहिए की रट लगाए रहता। अक्सर जब घर के सारे लोग इकट्ठे होते तो ऐसा लगता कि क्षिप्रा और अनय पराये घर के हैं, और बाक़ी सब एक हैं। क्षिप्रा सोचती, 'आखिर उससे कौन-सी चूक हुई है, जिससे ये लोग अजनबियों जैसा बर्ताव करते हैं। यहाँ तक कि अनय से भी।' दरअसल रिश्तों के जोड़-घटाव में दीपा काफ़ी माहिर है। किससे कितना, कब-कहाँ-क्या बोलना है, किसे कितना सम्मान देना है, किसे नहीं, इसका हिसाब-किताब वो बख़ूबी कर लेती है। शायद इसलिए वो सबको खुश कर लेती है। इसके विपरीत क्षिप्रा अपने किये का दिखावा कभी नहीं करती। 'जिसे जो समझना है, वो समझे'...वाले हिसाब से चलती रहती है। और बड़ी सहजता से हर बात हर किसी के सामने कहने की बेवकूफ़ी करती रहती है। शायद इसलिए कई बार लोग उसकी बात का बुरा भी मान जाते हैं।

पिछली दफ़ा जब इलाहाबाद गये थे, तो तीनों भाई कहीं एक साथ घूमने गए थे। घर में क्षिप्रा, अम्मा और दीपा थीं। गर्मी बहुत थी, उमस से निजात पाने के लिए नहाने जा रही क्षिप्रा ने अम्मा से कहा, 'ज़रा अम्मा चुमकी को देखना। मैं अभी आई।' पाँच मिनट बाद ही चुमकी के ज़ोर-ज़ोर से रोने की आवाज़ आने लगी। क्षिप्रा ने सोचा कि शायद चुमकी ज़िद कर रही होगी और वो लोग बहला रहे होंगे। नल बंद करके टोह लेने की कोशिश की, पर कुछ समझ नहीं आया कि मामला क्या है। बाथरूम से बाहर आई तो देखा—बेडरूम में पिछले दरवाज़े को पकड़कर चुमकी ज़ोर-ज़ोर से रो रही है। कमरे में अँधेरा छाया है। हॉल की थोड़ी रोशनी छन-छनकर आ रही है। बग़लवाले कमरे का दरवाज़ा बंद है। क्षिप्रा घबराई हुई ज़ोर से बोली—'अरे चुमकी क्या हुआ। वो दौड़कर कमरे में गई। चुमकी को गोद में उठा लिया। चुमकी कस के लिपट गई और रोने का स्वर ऊँचा कर दिया। घबराकर क्षिप्रा ने पूछा—'अरे दादी और चाची कहाँ हैं बेटा?' डेढ़ साल की चुमकी भला क्या जवाब देती। वो तो सिर्फ़ रोए जा रही थी।...'अरे कहाँ गये ये लोग?' घबराकर बग़लवाले कमरे का दरवाज़ा ज़ोर से ठेला तो खुल गया। अम्मा और

दीपा के बीच कुछ खुसुर-फुसुर चल रही थी। हाथ में नए कपड़ों के कुछ पैकेट थे। शायद लेन-देन का विचार-विमर्श चल रहा था।

'अरे चुमकी यहाँ अकेली रो रही थी, आप लोगों ने देखा नहीं'...

'बस अभी तो हम लोग आए हैं। अभी तक तो खेल रही थी।'

क्षिप्रा की आँखें गीली हो गईं। बिना कुछ कहे कमरे से बाहर आ गई। चुमकी को फिर से गोद में उठाया। दुलारती हुई ले गई।

क्षिप्रा विचारों के बियाबान में भटक रही थी। अचानक बेल बजी और उसकी तंद्रा टूटी। सामने वेटर खाना लिये खड़ा था। टेबल पर खाना लगाने लगी। खाने के साथ देखा, बिलकुल देसी किस्म का अचार और पापड़ भी था। अचार देखकर क्षिप्रा मुस्कुरा पड़ी। चुमकी पैदा होने वाली थी, तो उसे अचार खाने की कितनी तीव्र इच्छ होती थी। इस बार अम्मा अचार लाई तो दीपा के घर। अचार, सत्तू, बादाम के लड्डू...सब दीपा के घर आए। हमारे यहाँ सिर्फ बाज़ार की मिठाई आई, पैक डिब्बे में। आदी के घर खाने पर गए थे तो अचार देखकर क्षिप्रा ने कहा, 'अरे वाह लगता है ये तो इलाहाबाद वाला अचार है। अम्मा के हाथ की भरवाँ-मिर्च की तो बात ही निराली है। पिछली बार जब हम लोग इलाहाबाद से लौटे थे तो चुमकी ने घी-नमक-रोटी खाना ही छोड़ दिया था, कहती थी—मुझे तो दादी के घरवाला घी ही चाहिए रोटी में। यहाँ के घी में बदबू है।'

आज क्षिप्रा जितना खुद को रोकना चाह रही है, उतनी ही ख़यालों की दुनिया में गुम होती जा रही है। पिछली दफ़ा जब दीवाली पर इलाहाबाद गये थे, तो अम्मा प्रदोष का निर्जला व्रत थीं। पहुँचे तो अम्मा मन्दिर से लौटी थीं। एकदम सुस्त, मुरझाया चेहरा लिए हुए। बहुत पूछने पर भी उन्होंने अपनी उदासी का कोई कारण नहीं बताया। बाऊजी तपाक से मिले। चुमकी को हाथों-हाथ लिया। चुमकी के साथ खुद बच्चा बनकर खेले। ऑफ़िस जाते वक्त रिया रिशू को बाऊजी के पास छोड़ गई। वैसे भी रिटायर होने के बाद बाऊजी का वक्त रिशू के साथ अच्छी तरह बीत जाता है। रिशू और चुमकी आपस में खूब खेले। लेकिन क्षिप्रा और अनय के लिए दिन बड़ा बोझिल हो गया था। अम्मा ने जैसे मौन व्रत धारण कर लिया हो। कुछ पूछने पर सिर्फ हाँ-न में जवाब देती थीं। बाऊजी लगातार बोलते रहे—'बहू ये बना लो। बहू

वो बना लो।' बाज़ार से मिठाइयों-सब्ज़ियों और फलों के अंबार लगा दिये। दो दिन से घर में इतना सन्नाटा पसरा था जैसे घर में कोई है ही नहीं। बस बीच-बीच में चुमकी की तोतली बोली ही गूँजती थी। तीसरे दिन तड़के ही घर के वातावरण में जैसे रौनक आ गई। आदी, दीपा और सिम्मी के आते ही अम्मा का चेहरा ऐसा खिल गया, जैसे शाम को जलाये जाने वाले दीये अभी ही झिलमिला उठे हों। बिना बात के हँस-हँस के दोहरी हुई जा रही थीं अम्मा।

बर्तनवाली बाई ने आख़िर कह ही दिया, 'छोटी बहू के आने से अम्मा जी जादा खुस हो गई हैं। एत्ती हँसी त हम अम्मा जी के चेहरे पर कबहूँ नहीं देखे।'

अचानक फ़ोन बजा, अनय को क्षिप्रा ने बताया, 'बस केक के अलावा पूरी तैयारी हो चुकी है।'

'हम भी बस गेटवे से निकल रहे हैं।'

भीड़-भाड़ भरा गेटवे का समुद्री किनारा। सामने है 'ताजमहल होटल'...आतंकवादियों के हमले का शिकार होने के बाद हाल ही में इसका रेनोवेशन पूरा हुआ है। किनारे पर लॉन्च और स्टीमर का जमावड़ा है, कंडक्टर 'एलीफेन्टा-एलीफेन्टा' का शोर मचाकर ग्राहक हथिया रहे हैं। डूबते सूरज ने लहरों में लाली घोल दी है। दूर क्षितिज पर खड़ा जहाज़ किसी ध्यानमग्न योगी की तरह लग रहा है। आसमान और समंदर जैसे एक हो गये हैं।

बहुत देर से अनय को आदी की गाड़ी नहीं दिखी। पापा फिर परेशान— 'बेटा ज़रा गाड़ी साइड में ले लो, कहाँ रह गये सब। ज़रा फ़ोन तो लगाओ।' आज्ञाकारी बेटे की तरह अनय ने फ़ोन लगाया तो पता चला कि वो लोग क्रॉफर्ड मार्केट की तरफ़ चले गये हैं। रिया को पर्स ख़रीदना था।

'अरे भई धारावी में लैदर-मार्केट है, वहाँ पर अच्छे पर्स मिलते हैं। यहाँ रुकने की क्या ज़रूरत थी।'

मोबाइल पर बात चल रही थी। स्पीकर ऑन था। पीछे से दीपा की आवाज़ आई—'हम लोगों को एलीट पर्स लेना था, धारावी वाला नहीं। अनय को जैसे किसी ने ज़ोरदार तमाचा मार दिया हो। कब उनकी उँगली डिस्कनेक्ट, बटन पर गई, उन्हें खुद ही पता नहीं चला। थोड़ी देर बाद दोनों गाड़ियाँ इकट्ठी हुई और इस बार साथ-साथ चलने लगीं। एक सिगनल पार हुआ कि अचानक आदी की गाड़ी दिखनी बंद हो गई। पापा फिर परेशान... 'कहाँ रह गये... ?'

इस बार पता चला कि वो लोग गाड़ी में पेट्रोल भराने के लिए रुक गये हैं। अनय ने सवालों की झड़ी लगा दी।

'इस इलाक़े में कौन-सा पेट्रोल पंप है?'

'अरे वो है ना...वहाँ पर, लेफ़्ट साइड में। लोहा-बाज़ार की तरफ़।'

अनय ने गाड़ी फिर रोकी। इस बार चुमकी और रिशू दोनों बोल पड़े, 'दादाजी चलिए ना। वेट मत कीजिए। गाड़ी रुकती है तो मज़ा नहीं आता।'

रिशू घर की हर बात हर किसी के सामने बाल-सुलभ तरीक़े से कहने में माहिर है। सो उसने 'रनिंग कमेन्ट्री' शुरू कर दी। 'वो क्या है ना कि मम्मी को चाट या भेल-पूरी खानी होगी। वो कह भी रही थीं कि हम लोग कहीं रुककर खा लेंगे। बड़े वाले मामा को बतायेंगे ना तो वो नाराज़ हो जायेंगे। मामी ने भी यही बोला था। वैसे भी पापा, मामी को ट्रीट देने वाले थे। वो लोग पक्का कहीं पर रुककर कुछ खा रहे होंगे।'

अनय के सामने चित्र स्पष्ट हो चुका था। बाऊजी सब जानते हुए भी अनजान बन रहे थे। उनकी ओर से सफ़ाई दे रहे थे। 'ऐसा नहीं है बेटा, उन्हें सचमुच पेट्रोल भराना होगा। क्या है ना, परिवार को एक सूत्र में बाँधे रखने के लिए छोटी-मोटी बातों को नज़रअंदाज़ करना चाहिए।'

'हुँह, ये हिदायत सिर्फ़ एक को ही दी जानी चाहिए। दूसरे भाई-बहन को भी तो ये सब सोचना चाहिए। साथ में अम्मा भी बैठी हैं, उन्हें तो कम-से-कम कहना चाहिए ना कि अनय को भी साथ ले लो।' अनय ने स्टीयरिंग व्हील से हाथ हटाया, चश्मा उतारा। हथेलियों से आँखों को ढँककर पोंछते हुए जैसे उसने रिश्तों पर जमी हुई धूल को साफ़ करने की कोशिश की। लेकिन गर्द की परत इतनी मोटी होती जा रही है कि उसे वक़्त रहते साफ़ न किया तो रिश्तों में ऐसी गाँठ पड़ेगी जिसे कभी ठीक नहीं किया जा सकेगा।

काफ़ी देर के इंतज़ार के बाद दूसरी गाड़ी आई। आदी ने इशारे से चलने को कहा। इस बार अनय की गाड़ी पीछे चल रही थी। आदी की गाड़ी आगे।

गिरगाँव चौपाटी में एक तरफ़ मालाबार हिल्स की ऊँची इमारतें नज़र आ रही हैं, तो दूसरी तरफ़ आसमान पर तनी वानखेड़े स्टेडियम की फ़्लड-लाइट। समंदर के इसी दायरे को 'क्वीन्स नेकलेस' कहते हैं। जब शाम घिरती है तो किनारे की जगमगाती बत्तियाँ मिलकर एक नेकलेस बनाती हैं। एक तरफ़ है

समुद्र का किनारा...तो दूसरी तरफ़ बेतहाशा भागता ट्रैफ़िक। किनारे की लहरों पर कुछ युवा जोड़े अठखेलियाँ कर रहे हैं, तो कुछ चोंच लड़ा रहे हैं। एक कोने में तरह-तरह की खाने-पीने की चीज़ों के स्टॉल हैं। कुछ विदेशी पर्यटक इस नज़ारे को कैमरे में क़ैद कर रहे हैं और कुछ हवलदार ऊबे हुए से यह सब देख रहे हैं। फुटपाथ से सटी बाउंड्री तक पहुँचते ही मैले-कुचैले कपड़ों वाले कुछ भिखमंगों ने घेर लिया। चुमकी ने वेफ़र्स का अपना पैकेट उन्हें दे दिया। देखा-देखी रिशू ने बिस्किट दे दिये। दीपा दौड़ी—'अरे-अरे क्या कर रहे हो तुम लोग, ये क्यों दे दिया उन्हें। कोई बात नहीं।'

'रिया दी इससे पहले कि भैया आकर मना करें, चलो फटाफट हम भेल-पूरी खा लेते हैं।' जैसे ही अनय आए, अम्मा बोलीं—'बच्चे ज़िद कर रहे थे, तो हमने भेल-पूरी खा ली, तुम्हें भूख लगी है क्या, खा लो कुछ।' अनय ने देखा कि सब लोग चटख़ारे लेकर भेल-पूरी खा रहे हैं, यहाँ तक कि पापा भी शामिल हैं।

'कम-से-कम मेरा इंतज़ार कर लिया होता,' अनय ने सोचा।

'जब खाना-पीना हो जाये तो बताना, आगे बढ़ेंगे, क्योंकि हमें रिज़ॉर्ट पहुँचने तक बहुत देर हो जायेगी। हम जहाँ जाने वाले हैं, पहुँचने में वक़्त लगेगा। ऐसे ही जगह-जगह रुकते रहे तो रात हो जाएगी। हमें वहाँ से लौटना भी तो है।'

'लेकिन हम लोग चल कहाँ रहे हैं और क्यों।'

'यही तो सरप्राइज़ है। आज का दिन ख़ास है तो ख़ास अंदाज़ में मनायेंगे इसे।'

काफ़ी इंतज़ार के बाद आदी का फ़ोन आया—'भैया यहाँ सन्मान रेस्टोरेन्ट में आ जाइये।...ज़रा वो...सन्मान में...'

'लेकिन हम लोग तो रिज़ॉर्ट चल रहे हैं ना।'

'हाँ भैया वो तो पता है लेकिन...'

तब तक फ़ोन कट चुका था।

अनय, बाऊजी, अनुज, चुमकी और रिशू गाड़ी से उतरे। बड़ा-सा रेस्टोरेन्ट था। सीढ़ियों से ऊपर की ओर जायें तो बड़ा-सा एसी.हॉल। अम्मा, दीपा और रिया आपस में हँसी-ठिठोली कर रही हैं। तीन सीटें रिज़र्व की जा

चुकी हैं। ओम और आदी पैसेज में खड़े बाऊजी ग्रुप का इंतज़ार कर रहे हैं। टेबल पर तीन मंज़िला केक सजा है। दो वेटर ऑर्डर की ताक में हैं। अनय आश्चर्यचकित, 'अरे ये सब क्या ?'

'भैया शाम हो गई है। अम्मा-बाऊजी की एनिवर्सरी यहीं सेलिब्रेट कर लेते हैं। फिर वहाँ चलते हैं जहाँ आप बोल रहे हैं। बच्चों को भूख भी लगी है और सिमू तो अड़ ही गई थी केक के लिए।'

अनय सन्न रह गया...'जो सरप्राइज़ मैंने प्लान किया है वहाँ भी यही सब है। हम लोग कोई रिज़ॉर्ट की धूल फाँकने नहीं जा रहे हैं। वहाँ क्षिप्रा ने बाक़ायदा पार्टी अरेन्ज की है। सारी बुकिंग और सजावट हो चुकी है। सुबह से वहाँ पहुँचकर तैयारियाँ करवा रही है।'

'ओह! तो आपने पहले क्यों नहीं बताया। हमें लगा कि हम यूँ ही तफ़रीह करने जा रहे हैं,'...दीपा बोली।

'मैंने सोचा था, अम्मा-बाऊजी को सरप्राइज़ दूँगा। और तुम लोग जगह-जगह रुक-रुक कर टाइम बेकार कर रहे हो। इसलिए मैं मना कर रहा था।'

'लेकिन भैया यहाँ तो डील हो चुकी है। ये देखिए केक...बलून...गिफ्ट... सब तैयार है। आप भाभी से बोल दीजिए ना, अपनी पार्टी कल के लिए पोस्टपोन कर दें।'

अनय को जैसे ज़ोरदार थप्पड़ किसी ने मारा हो। अचानक बहुत तेज घुटन सी होने लगी। आँखों के सामने अँधेरा-सा छाने लगा। लगा बस चक्कर खाकर गिर ही जायेंगे। छोटे भाई की पत्नी, पूरे घर की संचालक। छोटा भाई एक मिनट के लिए जैसे प्रतिद्वंद्वी बन गया है। रिश्तों में इतनी प्रतिस्पर्धा। उफ़...। कमाल की बात तो यह कि आदी मूक-दर्शक बना खड़ा है। सारे सदस्य पत्थर बन गये हैं। दिखावे की चकाचौंध ने आँखों के आगे पर्दा डाल दिया है। चोटिल अनय की ओर से किसी को सोचने की ज़रूरत महसूस नहीं हो रही है।

बाऊजी को जैसे अचानक बड़ा अच्छ उपाय सूझा। 'एक काम करते हैं। बेटा अब लेट तो हो ही गये हैं। क्षिप्रा को भी यहीं बुला लो। वहाँ की पार्टी कैंसल कर लो। पूरा परिवार एक साथ डिनर कर लेगा।'

'लेकिन बाऊजी क्षिप्रा हर्ट होगी। उसने बड़े मन से ये योजना बनाई है। बेसब्री से इंतज़ार कर रही है।'

'वो क्या है ना, आदी की तड़के बेंगलूरु की फ़्लाइट है। और फिर इतनी दूर कहाँ परेशान होंगे हम सब। बच्चे थक गये हैं।'

अनय के हाथ ठंडे, चेहरा बर्फ़ हो गया है, आँखें आर्द्र। उन्हें लगा, वो समंदर वाले इस शहर से अचानक अरब सागर के बीच किसी टापू पर पहुँच गये हैं। जहाँ चारों ओर बस शून्य है। समंदर की ऊँची लहरों के बीच सारे रिश्ते तिरोहित हो गये हैं। क्षिप्रा के गालों पर ढुलक आये आँसुओं को अनय ने हथेली पर रोप लिया और वो नमकीन बूँद समंदर में बदल गई।

आसमानी काग़ज़...

बड़े दिनों बाद डायरी लिखने का मन हुआ है। पहले अक्सर ही बल्कि रोज़ ही डायरी लिखा करता था...नया-नया इस शहर में आया था, तो अपनी सारी तकलीफ़ें डायरी के पन्नों के हवाले करता था। डायरी लिखकर ऐसा लगता, जैसे मेरे मन की व्यथा किसी ने सुन ली हो। क्लांत मन ज़रा शांत होता, तो वक्त को इधर-उधर से चुरा कर 'नाइट शो' मूवी देखने चल पड़ता। तब फ़िल्में इतनी महँगी नहीं थीं। स्टार-कास्ट के हिसाब से नहीं बिकती थीं। तब मल्टीप्लेक्स भी नहीं आए थे। फ़िल्मों के गिने-चुने नियत समय थे। जैसे शाम का शो छह से नौ का होता था और आखिरी शो नौ से बारह का। डायरी लिखना मेरे लिए किसी ख़ास काम करने से कम नहीं होता है...बड़ी तैयारी से लिखने बैठता हूँ। कॉफ़ी की तलब लग आई है, किचन में जाता हूँ, कॉफ़ी बनाता हूँ, खिड़की का पर्दा सरकाकर आसमान की ओर देखता हूँ। बारिश का मौसम है, बादल छाए हैं लेकिन पानी नहीं बरस रहा है। आसमान में बादल थोड़ी-थोड़ी दूरी पर धुनी हुई रूई की तरह बिखरे हैं। बारिश का मौसम आता है कि गुलमोहर की विदाई होने लगती है। ये मेरे लिए उदासी का सबब बनता है। खिड़की के सामने दूर लगी गुलमोहर की क़तार में कुछ पौधे अभी-भी बारिश के पानी से जूझ रहे हैं और बारिश की बूँदों को अपने दहकते, ख़ूबसूरत अंगारों से तपा रहे हैं।

मैं अक्सर ही गुलमोहर के इन पौधों से बतियाता हूँ। ख़ासतौर पर तब जब मैं कुछ लिखना चाहता हूँ। आज ख़ूब सारे गुलमोहर ज़मीन पर बिखरे हैं। जैसे गाँव में गेहूँ और चावल के सुखवन फैलाए जाते हैं ठीक वैसे ही, गुलमोहर के फूलों की रेशमी लाल चादर सी बिछी हुई है। अब मैं डायरी में

लिख रहा हूँ—'आज अभी फ़िल्म-फ़ेस्टिवल से लौटा हूँ, तन थककर चूर है, मन में जोश तारी है। मुंबई की लोकल-ट्रेन और बस की त्रासद यात्रा के बाद इतनी ताक़त कहाँ बचती है कि कुछ और किया जा सके।...हाँ, लेकिन फ़िल्मों का मुझे इतना शौक़ है कि दिन-रात फ़िल्में देखूँ तो भी न थकूँ। आज भी नेहरू सेन्टर में फ़िल्म-फ़ेस्टिवल में आख़िरकार चार फ़िल्में देख डालीं। अरे भई पैसे ख़र्च करके फ़िल्म-फ़ेस्टिवल का पास बनवाया है। वरना लोग पत्रकार कोटे में, मीडिया कोटे में मुफ़्तिया पास बनवा कर फ्री में मनचाही फ़िल्में देखते हैं। मेज़ पर रखी कॉफ़ी ठंडी हो रही है। कंपनी का नया प्रोजेक्ट तैयार करना है। ये प्रोजेक्ट मेरे लिए बड़ी चुनौती है।'

शाम गहराती हुई अब रात में ढलने लगी है। हवा में ठंडक घुल रही है। हवा तीखी भी हो रही है। झींगुरों का समवेत-गान स्पष्ट सुनायी दे रहा है। मैं उठकर खिड़की बंद कर देता हूँ। पंखा चलाता हूँ। डायरी के पन्ने फड़फड़ाकर पलटने लगते हैं। अपनी कलम हाथ में लेता हूँ, जो पन्ना लिख रहा था, वो तो हवा से कब का पीछे पलट गया। पीछे का एक पन्ना हाथ में आया और नज़र उसी पर आकर ठहर गई।

16 नवंबर, रात एक बजे

आज ऑफ़िस का पहला दिन, दो साल में तीसरी जॉब। पहली दोनों नौकरियाँ रास नहीं आईं। मेरे लिए नया दफ़्तर। घुसते ही गलियारा। गलियारे से लगा हॉल...हॉल में बने कई केबिन...दरवाज़ा खोलकर अंदर पहुँचा तो एसी. की ठंडक ने बड़ा सुकून दिया। सबसे पहले वाले केबिन में बैठी युवती से मेरा परिचय हुआ। युवती क्या थी, जैसे बर्फ़ीले पहाड़ों के किनारे-किनारे उगे हुए पौधों में से एक लाल रंग का पौधा...लाल सेब की तरह गाल...आँखों में गहरा काजल। कजरौटा जैसी आँखें। होंठों पर हल्की गुलाबी लिपस्टिक और माथे पर झूलती मोटी लट। मेरी तो आँखें ठहर गईं उस पर। मन हुआ हाथ बढ़ाकर उसकी लट को ऊपर कर दूँ। ताकि उसका पूरा चेहरा दिख जाए। हिम्मत करके हिचकिचाते हुए मैंने उससे पूछा—'मिस्टर उंडाले कहाँ बैठते हैं।' उसने हाथ के इशारे से बताया, उधर...।

कुछ व्यक्तियों से कुछ पलों या कुछ घंटों के लिए मिलना, ज़िन्दगी भर

की मुलाक़ात की तरह हो जाता है। ऐसा ही मेरे साथ हुआ। उससे कुछ पलों की मुलाक़ात मेरे ज़ेहन में बस गई। उसके अगले दिन से जैसे ही मैं ऑफ़िस पहुँचता, मेरी आँखें उसे ही खोजतीं। अगर वो सामने दिख जाए, तो निर्विकार भाव में मैं उसे देखता रह जाता। यह बात उसने बहुत जल्दी ही ताड़ ली। और दो-चार रोज़ बाद ही उसने कहा...'मेरा नाम तनीषा है, अगर आपको किसी तरह की कोई प्रॉब्लम हो तो मुझसे कह सकते हैं। मैं भी यहाँ नई हूँ लेकिन आपसे थोड़ी सीनियर।'...और एक अजब सी मुस्कुराहट छोड़कर वो ग़ायब हो गई। बस उसी मुस्कुराहट में मेरे संघर्ष और इस महानगर के तमाम दुख विलीन हो गए।

मेरे दुखों की लंबी कहानी है। जीवन का सुनहरा बसंत, जब एक युवा के मन में सपनों के अंकुर फूटते हैं और प्यार की कलियाँ महकती हैं। मौज-मस्ती से लबरेज़ उजले दिन और शोख़ रातें होती हैं, तब मैं दिन-रात ज़िन्दगी की परेशानियों से जूझ रहा हूँ। अकेलेपन का पहाड़ ढो रहा हूँ। बचपन में ही माता-पिता का साथ छूट गया, जाना ही नहीं उनका प्यार, रिश्तेदारों के घर बोझ की तरह रहता रहा। ये न जाना कि सलोना बचपन क्या होता है। खेल-खिलौनों के दिन नौकरों की तरह काम करते बीते। अब जब युवावस्था आई है, तो खुद ही सपने बोता हूँ, उन्हें सींचता हूँ, खाद-पानी देता हूँ, अंकुर फूटने का इंतज़ार करता हूँ।

डायरी का अगला पन्ना
25 नवंबर...

आज जब घर लौटा तो तनीषा यादों में मेरे साथ रही, रसोई में जाकर रोज़ की तरह मैंने कॉफ़ी बनायी और दीवान पर बैठकर कॉफ़ी की चुस्कियाँ लेता रहा। बहुत देर तक अपने आप से गुफ़्तगू चलती रही। रह-रहकर होंठ मुस्कुराते रहे। तनीषा के क्यूबिकल में रखे कंप्यूटर में वायरस आ गया था। तनीषा परेशान थी। एक के बाद एक विन्डो खुलती जा रही थीं। डेटा करप्ट हो गया था। उसकी समझ में नहीं आ रहा था कि वो क्या करे। एक प्रोफ़ेशनल लड़की, सोलह साल की तरुणी में तब्दील हो गई थी और बिलकुल नासमझ लग रही थी। मैंने अपने हाथों से उसका हाथ कंप्यूटर के माउस से हटाया। सट के

बग़ल में खड़ा हो गया, कुछ यूँ कि न वो उठ सकती थी और न मैंने उसे खड़े होने की जगह दी थी। वो बैठी रही, पत्थर के बुत की तरह। बीच-बीच में वो कुछ बोल रही थी। लेकिन मुझे बंद एअरकंडीशंड केबिन में उसकी आवाज़ झरने की रवानी-सी लग रही थी। मैं कंप्यूटर को फ़ॉर्मेट करने की कोशिश कम कर रहा था, जान-बूझकर उसके बग़ल में खड़े होने का लुत्फ़ ज़्यादा ले रहा था। उसकी खुशबू को अपने भीतर भरने की कोशिश कर रहा था। उसके क़रीब खड़े होकर मैं दूसरी दुनिया में चला गया था। चिनार-देवदार के पेड़ों की क़तार...ऊँचे विशालकाय बर्फ़ीले पहाड़। सबसे ऊँची पहाड़ी पर मैं उसका हाथ थामे चला जा रहा हूँ। एक हाथ से उसका हाथ थामे हूँ और अपना दूसरा हाथ आसमान की तरफ़ उठा रहा हूँ कि बस अब बादलों को छू लूँगा। बादलों को छूते ही बाल्टी भर पानी आसमान से गिर पड़ा और मैं पूरी तरह भीग गया हूँ। सफ़ेद बर्फ़ के बीच हाथ ठंड से अकड़ गए हैं। इस ठिठुरन में तनीषा का साथ आँच की तरह लग रहा है। पहाड़ों को चीरता हुआ फेनिल तेज़ झरना अपनी रफ़्तार में बहता जा रहा है। मेरे अंदर भय पनपने लगा है। कहीं इस झरने में हम दोनों बह न जायें।...झरने, पहाड़, ठंडक सब ग़ायब हो गए, जब तनीषा ने ज़ोर से झटक कर अपना हाथ खींचा। 'क्या कर रहे हो।' मैंने कंप्यूटर के माउस की जगह उसका हाथ पकड़ रखा था। पल भर के लिए मैं भी सन्न हो गया था। झरने, पहाड़, नदियाँ सब कंप्यूटर की स्क्रीन में तब्दील हो गए। मैंने सिर झुका कर कहा—'सॉरी।' तनीषा दूर जाकर दूसरी चेयर पर तिरछी बैठ गई। उसने अपनी नज़रें झुका ली थीं। उसके घने-लंबे बालों की चोटी कुर्सी से लटक कर झूल रही थी। उसकी आँखों में शिकायत के बादल थे। मैं सहम गया था। अभी नई-नई मुलाक़ात...मेरी नई-नई नौकरी...। इसने मेरी शिकायत मैनेजमेंट को कर दी तो...ये ख़याल आते ही मेरे सिर पर चढ़ा इश्क़ का बुख़ार पल भर में उतर गया। मैंने उससे फ़ौरन माफ़ी माँगी।

डायरी का अगला पन्ना
20 दिसंबर...

कंपनी का प्रोजेक्ट पूरा करने के लिए तगड़ी रिसर्च चाहिए। इसी वजह से इन दिनों नौकरी और पढ़ाई दोनों साथ-साथ चल रही है। देर रात तक काम करता

हूँ। घर-दफ़्तर सब एक हो गया है। आखिर प्रोजेक्ट सिलेक्ट होगा, तभी तो मुझे प्रमोशन मिलेगा और जॉब भी तभी कन्फ़र्म होगी। वरना 'कॉफ़ी-बाइट' कंपनी की तरह मेरी भी यहाँ से छुट्टी या मैं छुट्टी पर। इतना सारा डेटा तैयार करना। उसका एनालिसिस...उफ़ ये सब बहुत माथापच्ची का काम है। पर इस कंपनी में अगर अपनी धाक जमानी है तो काम पूरी ताक़त से करना ही होगा।

डायरी का अगला पन्ना
5 जनवरी...

आज मैं अपने केबिन में बैठा कुछ काम कर रहा था, तभी दरवाज़े पर कुछ खट-खट हुई। तनीषा सामने खड़ी थी। तनीषा हिन्दी बहुत कम जानती है। अक्सर ग़लत शब्दों का इस्तेमाल कर बैठती है। उसने एक ऑफ़ीशियल लैटर अंग्रेज़ी से हिन्दी में अनुवाद किया था और मेरे पास करेक्शन करवाने आई थी। उसके आते ही पूरा केबिन मोगरे की खुशबू से भर गया। एक बार फिर मैं उन्हीं झरनों, पहाड़ों और नदियों में जा पहुँचा। उसे देर तक अपने केबिन में बैठाए रखने के लिए मैंने कहा, 'एक मिनट बैठो, देखता हूँ।' मैं जानबूझकर कंप्यूटर पर कुछ ज़रूरी लिखने का नाटक करने लगा। उसका सामने बैठना मेरे लिए ऐसा था, जैसे डल झील में कोई खूबसूरत शिकारा ठहरा-ठहरा सा हो। मन-ही-मन मैं गुनगुनाने लगा—'जैसे करीब आई नज़र, आरज़ू का चमन मिले न मिले।' गुनगुनाते हुए मैं उसे अपने भीतर महसूस करता रहा। वो मुझे अपलक देख रही थी। शायद इंतज़ार कर रही थी...

'क्या हुआ, क्या बना रहे हो।'

'बना नहीं लिख रहा हूँ।'

उसने कंप्यूटर की स्क्रीन को थोड़ा तिरछा कर दिया और मेरी नोटबुक की ओर देखते हुए बोली—'अरे, ये कॉपी। (हँसते हुए) ऐसा लग रहा है, कॉलेज का स्टूडेन्ट'...उसकी खिलखिलाहट मेरे दिल के साज़ पर गिटार के सुर सी झंकृत हुई थी।

' ''कॉलेज का'' नहीं...बल्कि ''कॉलेज स्टूडेन्ट।'' '

'अरे वही सेम। तुम तो मेरे को बताओ, इस नोटबुक में तुम इस वक्त क्या लिख रहे हो।'

'मन...'

'मन...?'

उसकी खिलखिलाहट का ज़ोरदार झरना फूटा था।

'मन मतलब माइंड जैसा कुछ?'

'यूँ ही समझ लो।'

'ये कैसे लिखा जाता है?'

'भावों से...'

'भाव मतलब इमोशन...?'

'हम्मऽऽ...'

'वैसे रोहित...एक बात कहूँ?'...

'यू लुक वेरी मिस्टीरियस'...

'क्यों...? लेकिन मैं हूँ नहीं मिस्टीरियस। मैं तो खुली किताब हूँ।'

'यस। यू आर लाइक अ बुक। आई वॉन्ट टू रीड यू...'

'लिख लिया मन यानी इमोशन?'

'नहीं। तनीषा तुम बड़ी मासूम हो, तुम्हारी बातें मुझे बड़ी अच्छी लगती हैं।'

'फिर इतनी देर से क्या लिख रहे हो।'

'मन को लिखने में पूरी ज़िन्दगी बीत जाती है। फिर भी लोग न लिख सकते हैं, न समझ सकते हैं।'

'तुम मोस्टली किसी बात में मन वर्ड को यूज़ करते हो। मन इज़ वेरी इंपॉर्टेन्ट फ़ॉर यू ना।'

आज न जाने क्यों तनीषा की नासमझी भरी बातें मुझे बार-बार याद आ रही हैं। जबकि हिन्दी की इतनी भाव-पूर्ण बातों में अंग्रेज़ी के शब्द थोप कर वो मेरी कविता का सत्यानाश कर रही थी। टिमटिमाते तारों की तरह उसका जल्दी-जल्दी पलकें झपकाना आज बहुत याद आ रहा है। आज डायरी के पन्ने पर वो ठहर गई है। अपनी डायरी में अब मैं अपनी बातें और घटनाएँ लिखना भूल गया हूँ। सिर्फ़ उसे ही लिख रहा हूँ।...सिर्फ़ तनीषा...इन दिनों वो मेरी आदत सी बन गई है। दिन में कई बार बहाने से मैं उसके क्यूबिकल में जाता हूँ और जब भी वो मेरे पास किसी काम से आती है, तो मैं उसे देर तक बैठाए रखता हूँ। उसकी बातें कभी-कभी मुझे अजीब लगती हैं। वो जब

मुझसे बातें करती है, तो लगता है वो कोई इंसान नहीं, कोई ख़्वाब है। किसी कहानी की नायिका जैसी लगती है। कई बार वो लंबे-लंबे अंग्रेज़ी के मिक्स वाक्य बोलती है—तो उन्हीं में जैसे उलझ सी जाती है। मैं उसकी हिन्दी सुधारते हुए कोई टिप्पणी कर दूँ तो तुरन्त सफ़ाई देती है। मैं 'यूँ' नहीं बल्कि 'ये' कह रही थी। ऐसे मौक़ों पर उसकी आँखें पनीली और उदास हो जातीं। मुझे लगता कि वो मुझसे कुछ छिपा रही है। दरअसल वो मेरे जितने क़रीब आती जा रही है, मेरे लिए उतनी बड़ी पहेली बनती जा रही है। बातें करते-करते कहीं उसका शून्य में खो जाना, हँसते-हँसते अचानक मायूस होकर उदास हो जाना, मेरे मन में बड़ा कौतूहल पैदा करता है। मैंने कई बार उससे पूछा भी, जानने की कोशिश की, लेकिन बड़ी कुशलता से वो टाल देती। मैं देर रात जब नींद का मनुहार कर रहा होता, तो उसकी ये बातें मुझे उलझन में डाल देतीं।

एक दिन अचानक बिना दस्तक दिये मैं उसके क्यूबिकल में घुस गया, वो टेबल पर सिर टिकाए हुए थी। उस दिन मैं शाम को देर तक रुक कर काम कर रहा था। मैं हैरान...'अरे ये क्या तनीषा, तुम ठीक तो हो'...तनीषा अपना सिर टेबल पर रख कर हाथ से अपना चेहरा ढँके सुबक रही थी। मेरा जी चाहा, मैं उसके सिर पर हाथ रखूँ और उसके सारे दर्द को सोख लूँ। मैंने अपना हाथ बढ़ाया भी, पर फिर वापस अपनी जेब में डालकर खड़ा हो गया। उस वक़्त उसके आँसुओं की नमी मैं अपनी आँखों में महसूस कर रहा था। उसकी तकलीफ़ मेरे सीने में टीस पैदा कर रही थी...अरे ये मुझे क्या हो रहा है। मुझे ये भी डर लग रहा था कि कहीं तनीषा को मेरी ज़्यादा हमदर्दी और दुखी न कर दे। साथ में ये डर भी कि अभी यहाँ तैनात कोई कर्मचारी देख लेगा और अफ़साना बनेगा...। मुझे देखकर तनीषा फ़ौरन उठ खड़ी हुई, संयत होकर अपने आँसू पोंछे और नज़रें चुराने लगी।

'रोहित कॉफ़ी पीनी है। अरे आज मेरा टिफ़िन भी यूँ ही रखा है। शेयर करोगे।'

'तनीषा तुम अपने ग़म छिपाने के लाख जतन कर लो, लेकिन ग़म की परछाई तुम्हारे चेहरे पर साफ़ झलक रही है। क्या बात है बताओ मुझे।'

'अरे नहीं कुछ भी नहीं। यूँ ही। लाइफ़ के कुछ मूमेन्ट्स याद करके हम इमोशनल हो जाते हैं। ऐसा ही कुछ...।'

पहली बार मैंने उससे पूछा—'अकेली हो घर में।'

'मैं वर्किंग वूमन हॉस्टल में रहती हूँ।'

'ओह। और मैं पेइंग गेस्ट हूँ। कितने मिलते हैं हमारे तुम्हारे हालात।

उस दिन हम दोनों साथ-साथ बाहर निकले। गार्डन के बीच झुरमुटों में चिड़ियों की आवाज़ें सुनीं। टहलते हुए फ्लोरा फ़ाउंटेन की ओर से गेटवे तक पहुँच गये। मैं और तनीषा जब भी साथ होते, अक्सर उसकी आँखें शून्य में भटकने लगतीं। वो मुझसे बात कर रही होती, लेकिन जैसे किसी और दुनिया में मसरूफ़ हो। मैं सोचता किसी-किसी का चेहरा ही उदास लगता है। उनमें से एक तनीषा है। उस दिन जब मैं घर लौटा तो एक दूसरी तनीषा मेरे साथ थी। मेरे मन में भावों का ज्वार था, जिसमें मैं खूब भीग रहा था। अपने लिए मेरे मन में तल्ख़ी भी थी। क्यों मैं तनीषा के फेर में पड़ा हूँ? इतनी पूछताछ करने पर भी वो ख़ुद मुझसे कुछ नहीं कहती। फिर मुझे उसकी निजी ज़िन्दगी में दख़ल देने की क्या ज़रूरत है। उस रात मन बेचैन था। नींद कुछ ज़्यादा ही लुका-छिपी कर रही थी। मुझे ख़ुद ही नहीं पता था कि मैं क्या चाहता हूँ। क्या मैं तनीषा से प्रेम करने लगा हूँ या फिर यूँ ही उसका साथ मुझे अच्छा लगता है। या सिर्फ़ वो मेरी एक दोस्त है। समझ में नहीं आता, उसकी उदासी से मैं इतना विचलित क्यों हो जाता हूँ। क्या वो भी मेरे लिए ऐसे ही परेशान होती होगी। हम दोनों एक-दूसरे को कितना कम जानते हैं। मैंने अपने कमरे की खिड़की खोली, आसमान की ओर देखा, तो चाँद आसमान से काफ़ी नीचे नज़र आया। खूबसूरत चाँद-सितारों की बतकही छिड़ी थी। एक टूटते हुए सितारे से मैंने अपने दिल की बात कह दी। उम्मीद भी की कि पूरी हो जाएगी मेरे मन की मुराद। उस दिन मैंने तय किया कि मैं अपने मन में चल रहे सैलाब को तनीषा को दिखा दूँगा। उसे ये गाना सुना दूँगा—'अगर मुझसे मुहब्बत है तो मुझे अपने सब ग़म दे दो।' या फिर 'तुम्हीं मेरे मीत हो/ तुम्हीं मेरी प्रीत हो।' फिर अचानक मेरे मन में ख़याल आया, उसे इस तरह गानों के ज़रिए प्यार का इज़हार ठीक नहीं होगा। ये बड़ा सतही लगेगा। बल्कि मैं तनीषा से कुछ कह भी नहीं सकता। क्योंकि मैं उससे बात करते हिचकिचाता हूँ। फटाफट आसमानी काग़ज़ वाला अपना लैटर-पैड उठाया। उसके दोनों कोनों पर गुलाब के फूल बने थे। मैं बच्चों की तरह खुश हो गया—'हाँ ये ठीक

रहेगा।' सुंदर काग़ज़ पर सुंदर लिखावट...मैं लिखने भी बैठ गया। अचानक मैं अपने आप से ही लजा भी गया। लेकिन पल भर में संकोच ग़ायब हो गया...मॉडर्न ज़माने का हूँ, आजकल के लोग एक मिनट में दोस्ती करते हैं, दस मिनट में प्रपोज़ कर देते हैं। मैं अपनी फ़ीलिंग्स का इज़हार कर रहा हूँ। मैं उसे यह बताना चाहता हूँ कि मैं एक नयी ज़िन्दगी शुरू करना चाहता हूँ, जिसमें उसका साथ चाहिए। इस मॉडर्न ज़माने में, जहाँ व्हाट्सऐप, फ़ेसबुक, ई-मेल के ज़रिये प्यार का इज़हार बड़ा आसान है, फिर भी न जाने क्यों मैं इतना ज्यादा सोच रहा हूँ। पुराने ज़माने के किसी दकियानूसी बुज़ुर्ग की तरह इतना मंथन कर रहा हूँ। अंदर से एक आवाज़ आई, दिन-रात व्हाट्सऐप, फ़ेसबुक संदेशों का आदान-प्रदान चलता रहता है, इनमें से किसी ग्रुप में जुड़ जाया जाए। कोई-न-कोई प्रेम-संदेश मिल ही जाएगा। वो मैं तनीषा को भेज दूँगा...। फिर एक तर्क मन में आया, लेकिन आजकल प्रेम के संदेश तो हर कोई हर रिश्ते में, हर किसी को भेजता है। रिश्तों के इस बाज़ार में आजकल बड़ा ही गाबड़-गिंजा चल रहा है। बहरहाल मैं इस बाज़ार में अपने आपको भटकाऊँगा नहीं। मैं तो सीधे-सीधे तनीषा से कहूँगा कि मैं तो तुमसे शादी करना चाहता हूँ। आर या पार। मुझे उसे जाँचना परखना भी नहीं है। उसमें थोड़ी-बहुत खामियाँ भी होंगी पर उसे स्वीकार कर लूँगा। और फिर वो प्यार ही क्या, जो कमियों को स्वीकार न कर ले।

डायरी का अगला पन्ना
7 फरवरी...

आज तनीषा ऑफ़िस के गेट पर ही मिल गई। 'हाय तनीषा कैसी हो'...फीकी स्माइल देकर वो आगे बढ़ गई। मैं भी उसके साथ उसके पीछे गया।

 ...'क्या हुआ तनु, तुम ठीक तो हो ?'

 ...'हाँ।'

 ...'कोई परेशानी ?'

 ...'नहीं तो।'

 ...'आज ऐसे अजनबियों जैसा क्यों बर्ताव कर रही हो ?'

 ...'कुछ नहीं, बस जरा कुछ घरेलू परेशानियाँ हैं।'

...'क्या परेशानी?'

...'आई विल टेल यू लेटर सम डे।'

...'ओह, ओके।'

मैं उसके इस बर्ताव से थोड़ा अचंभित था। हालाँकि वो अक्सर ऐसा बर्ताव करती थी। कभी ऐसे मिलती जैसे उसके मन में मेरे लिए बहुत प्यार है। कभी ऐसे दिखाती जैसे उसे मुझसे कोई सरोकार नहीं है। अक्सर एक हाथ से अपने कान में मोबाइल चिपकाए रहती और दूसरे हाथ से वो कंप्यूटर पर काम भी करती रहती। बात करते-करते अक्सर वो रुआँसी भी होती। कई बार मैंने उसकी पनीली आँखों में झाँकते हुए पूछा था, पर वो हमेशा हँसकर टाल देती। वो किसी जादूगरनी की तरह मुझे रुलाती भी थी और खिझाती भी थी। एक दिन जब मैंने उसको बताया कि जो प्रोजेक्ट हमें तैयार करना था, वो कल पूरी रात जागकर मैंने कर डाला। वो खुशी से नाच उठी। 'चलो अच्छा है, तुम्हारी जॉब कन्फर्म हो जाएगी। तुम्हें प्रमोशन मिल जाएगा और तुम मेरे बॉस बन जाओगे।'

...'इसमें इतना खुश होने की ज़रूरत नहीं है तनीषा। अभी अप्रूवल होना बाक़ी है। डिपेन्ड करता है कि उस दिन बॉस का मूड कैसा रहेगा। और यह प्रोजेक्ट सिर्फ़ मेरा ही नहीं तुम्हारा भी है। इसकी शुरुआत तुम्हीं ने की थी। इसमें तुम्हें भी पूरा क्रेडिट दिया जाएगा। कल रात ही मैंने इस पर तुम्हारा नाम लिखा है।'

...'ओह तो नाम लिखते हुए तुमने मुझे याद किया?'

...'सिर्फ़ याद नहीं, तुम्हारे साथ उन लम्हों को जिया। तुम्हारे एहसास के साथ रात से बातें कीं।'

...'ओह इसलिए कल रात मुझे नींद नहीं आई। और मून मेरी आँखों पर टॉर्च जलाता रहा।'

...'अरे...इस तरह की बातें तुम कर रही हो...तुम...इतनी पोएटिक बातें...!'

...'यस आई राइट सम टाइम्स बट इन इंग्लिश। तुम्हारे साथ रहकर मैं भी तुम्हारी तरह थिंक करने लगी हूँ। आजकल हॉस्टल में विन्डो से स्काई को देखती हूँ और उससे कनवर्सेशन करती हूँ।'

यूँ ही बातें करते-करते अचानक जैसे उसे कुछ याद आ गया और वो चुप हो गई। बड़ी सफ़ाई से उसने प्रसंग बदल दिया।

डायरी का अगला पन्ना
15 फरवरी...

बड़े इंतज़ार के बाद आज मेरा तनीषा से मिलना तय हुआ। वो भी इसलिए कि मैंने ढिठाई से कहा कि मैं तुमसे कुछ कहना चाहता हूँ। उसी ने कहा—'नरीमन पॉइंट।' मैं नियत समय पर नरीमन पॉइंट पहुँच गया। इस छोर से उस छोर तक टहलता रहा। फिर एक अच्छी-सी जगह बैठकर लहरों को देखने लगा। मैं सोच रहा था कि ये समंदर कितना विराट है और हम इंसान कितने छोटे हैं। हालाँकि बार-बार मेरी नज़र घड़ी पर भी जा टिकती थी। अभी तक आई नहीं तनीषा, लगता है ट्रैफ़िक में फँस गई है। इस बीच चने-भेल बेचने वाले इतनी बार पूछ चुके थे कि अब उन्हें भी मुझसे कोई उम्मीद नहीं थी। एक हिजड़ा आया, हाथ से निछावर करने की मुद्रा में पैसे माँगे—'पोपट तेरी मैना किधर है रे। ला मेरे पइशे दे, आ जायेगी तेरी मैना। उसी का राह देखता है ना तू।'

मैंने जेब से 21 रुपए निकाले और उसे थमा दिये। हिजड़ा आशीष देकर आगे बढ़ गया। अचानक बचपन में चाची की कही यह बात याद आ गई कि हिजड़े को जब भी पैसे दो और उससे एक रुपया वापस ले लो तो मन्नत पूरी हो जाती है। ये ख़याल आते ही मैं उसके पीछे दौड़कर गया और उससे एक रुपया माँग लिया...मैं पूरे मरीन ड्राइव को पैदल नाप चुका था। एक घंटे से ऊपर हो चुका था। मेरी मन्नत पूरी नहीं हुई। तनीषा नहीं आई। मैंने उसे अनगिनत फ़ोन किये। न उसने फ़ोन उठाया, न कोई मैसेज किया, न मेरे किसी मैसेज का जवाब दिया और अंत में उसका फ़ोन स्विच ऑफ़...

आज रात मैं सो नहीं पाया। बेचैनी से पूरी रात कमरे में टहलता रहा। देर रात उसका फ़ोन तो ऑन हो गया लेकिन उसने कोई जवाब नहीं दिया। अब मुझे उसकी चिंता के साथ-साथ उस पर गुस्सा भी आ रहा था कि इतनी निस्पृह वो कैसे हो सकती है। बार-बार मैं मोबाइल उठाकर देखता, कहीं उसका कोई मैसेज तो नहीं। बार-बार व्हाट्सऐप देख रहा था पर वो ऑफ़-लाइन दिखती रही। उसके फ़ोन के इंतज़ार में कब रात बीत गई, कब सुबह हो गई, पता ही नहीं चला।

डायरी का अगला पन्ना
20 फरवरी...

तनीषा आज भी दफ़्तर नहीं आई। अगले दिन सुबह उसका मैसेज आया था।

'आई एम सॉरी, नहीं आ सकी तुमसे मिलने...माफ़ कर देना प्लीज़। मैं बड़ी अजीब हूँ। कभी किसी को कोई खुशी नहीं दे पायी।'

डायरी का अगला पन्ना
25 फरवरी...

आज अचानक तनीषा मेरे केबिन में आकर खड़ी हो गई। कंप्यूटर की स्क्रीन से मेरी आँखें उस पर टिक गईं...हाथ माउस पर ही स्थिर हो गया...वो बीमार लग रही थी जैसे कई रातों से सोई न हो। सफ़ेद चेहरे पर आँखों के नीचे की झाँईं स्पष्ट नज़र आ रही थी। आसमानी और हल्के गुलाबी रंग का उसका सूट उसे और उदास बना रहा था। आँखों में उसने काजल भी नहीं लगाया था शायद इसीलिए उसकी आँखें आम की फाँक की तरह पीली दिख रही थीं।

...'मिलना है मुझे तुमसे। नाराज़ हो ना...?'

...'नहीं।'

...'क्यों?...मैंने देखा था तुम्हें बेचैन होते हुए...तुम्हें समंदर की लहरों को देखते देखा था...तुम बार-बार घड़ी देख रहे थे। बेचैन हो रहे थे। बार-बार मोबाइल चेक कर रहे थे। फ़ोन कर रहे थे।'

...'तो तुम वहाँ थीं। फिर मुझे मिली क्यों नहीं।'

'...!!'

तनीषा इस वक्त एक पहेली बन गई थी। पहले भी कई बार वो मुझे अजीब लगी थी। लेकिन न जाने क्या बात थी कि मैं उससे अपने को जितना दूर रखने की कोशिश करता, मेरे मन की डोर उसमें और भी उलझती जाती। तनीषा इस समय एक रहस्य बन गई है...अब मेरा उस पर चीख़ने का मन कर रहा था।

मैंने अपने ऊपर काबू रखते हुए पूछा था—'तनीषा तुम पहेली क्यों बनी हुई हो। साफ़-साफ़ बताओ ना उस दिन क्यों नहीं आई थीं और आज क्यों आई हो।'

...'क्योंकि मैं जान गई थी कि तुम मुझसे क्या बात करने वाले हो। मैंने तुम्हारा वो पन्ना पढ़ लिया था जो तुम मुझे देने वाले थे।'

...'तो फिर आज... ?'

...'आज मैं आई हूँ तुम्हें प्रपोज़ करने।'

...'मतलब ?'

...'जो तुम कहना चाहते थे वो मैं तुमसे कहना चाहती हूँ।'

मेरे भीतर का गुस्सा बर्फ़ हो गया था। खुशी से होंठ काँपे थे। कानों में माथेरान में देखे फेनिल झरने का सुर गूँजने लगा था। 'सारा प्यार तुम्हारा मैंने बाँध लिया है आँचल में'...यही गाना जैसे तनीषा ने अभी-अभी गाया। कुछ कहने के लिए मैंने मुँह खोला, लेकिन शब्द कंठ में ही अटक कर रह गये।

...'हाँ रोहित यू वर देयर। यू वॉन्टेड टू प्रपोज़ मी ना। आई नो यू लव मी। मैं तुम्हारे इमोशन समझती हूँ। एक्नुअली आई वॉज़ ऑलसो इन्वॉल्ड। बट...'

...'बट क्या, तनीषा कहो ना!'...मैं अधीर हो रहा था।...'तनीषा इन दिनों हर वक्त मैं तुम्हें अपने आस-पास पाता हूँ...तुम्हारे लिए मेरे भीतर जो जज़्बात हैं, प्रेम की जिस ऊँचाई से, जिस शिद्दत से मैंने तुम्हें चाहा है, उसे मैं चंद शब्दों में बाँधकर छोटा नहीं करना चाहता।'

...'रोहित तुम मुझसे शादी करना चाहते हो ना। लेकिन मेरा राज़ जानने के बाद भी ?'

...'कैसा राज़, कौन-सा राज़। तुम तो खुद ही मेरे लिए एक मिस्ट्री बनी हुई हो।'

...'आई एम मैरिड'...

...'व्हाट... ?'

...'लेकिन तुम तो हमेशा अपने नाम के साथ ''मिस'' लिखती हो।'

...'अगर मैं बता देती कि मैं मैरिड हूँ तो शायद मुझे ये जॉब न मिलती।'

...'सिर्फ़ इतनी-सी बात के लिए इतना बड़ा झूठ... ? छल... ?'

...'नहीं रोहित मैंने झूठ नहीं लिखा। न ये सच है न झूठ है। बल्कि ये अजीब बात है। मेरी शादी हुई थी, व्हेन आई वॉज़ वेरी यंग...मुश्किल से दो साल मैं उसके साथ रही...उसके बाद हमारा तलाक़ हो गया...लेकिन कहानी यहीं खत्म नहीं हुई रोहित। मैं अपनी ज़िन्दगी की जद्दोजहद में हालात के थपेड़े

खा रही थी कि वो अचानक एक दिन फिर आ धमका और अब वो लगातार मेरा पीछा करता है। कहता है चलो एक बार फिर हम साथ रहते हैं...मैं उसके साथ रहना तो नहीं चाहती हूँ, लेकिन मैं आज भी उसे मिस करती हूँ...आज भी उसकी यादों से भीगती हूँ...अपने अकेलेपन के लम्हों में मैं उसे अपने पास पाती हूँ...क्योंकि मैं उसे आज भी प्यार करती हूँ...।

'अब बताओ रोहित। ये सब जान लेने के बाद तुम मुझसे शादी करोगे। क्या तुम्हारे घरवाले, तुम्हारी सोसाइटी मुझे एक्सेप्ट करेगी। एक तलाक़शुदा औरत को ब्याहकर अपने घर ले जाओगे तो क्या वो रिस्पेक्ट मुझे मिलेगी। सबसे अहम सवाल यह कि यह सब जानने के बाद भी क्या तुम मुझसे प्यार करोगे...?'

कॉफ़ी ठंडी हो चुकी थी, मैंने कॉफ़ी का मग हाथ में उठा लिया...

...जवाब सुने बग़ैर ही तो तुम चली गईं तनीषा। तुम में वो धीरज कहाँ था...मैं तो चाहता था कि तुम्हारे सवाल का जवाब शब्दों से न दूँ बल्कि तुम्हें अपनी ज़िन्दगी के आँगन में ले आऊँ और फिर तुम खुद पा लो अपने सवाल का जवाब। लेकिन मेरे तबादले के बाद तुमने तो खुद ही मुँह मोड़ लिया। क्यों वापस भेजा था मेरा वो पार्सल...? वो चूड़ियों का सेट आज भी मेरे पास सुरक्षित रखा है। मैंने उसे इस तरह संजोया है अपने पास कि उन चूड़ियों में तुम्हारे होने का एहसास छिपा है। सोशल नेटवर्किंग के इस युग में भी तुम इस तरह गुम हो गईं, आखिर क्यों? कम-से-कम मुझे वजह तो बता जातीं। कुछ ही दिनों के लिए तो मैं गया था, धीरे-धीरे तुम्हीं ने तो खुद को मुझसे अलग कर लिया और फिर सारे संवाद भी तो बंद कर दिये। कहाँ हो तुम, कैसी हो तुम, मुझे आज भी तुम्हारी उतनी ही फ़िक्र होती है...मिलोगी तो ज़रूर माँगूँगा अपने सवाल का जवाब।

सुरमई

नींद खुलते ही प्रज्ञा का हाथ रोज़ की तरह तिपाई पर रखे रेडियो के स्विच की ओर गया। गाना बज उठा—'हम तुम्हें चाहते हैं ऐसे'...वो झट उठकर बैठ गई। मुस्कुराहट के साथ बुदबुदा उठी—'ओफ़, तो आ गए जनाब रेडियो पर। ये गाना तो मेरे लिए बजाया जाता है।' साँस रोके गाना ख़त्म होने और उसकी आवाज़ सुनने का इंतज़ार करने लगी। ऐसा अक्सर होता है कि प्रज्ञा रेडियो गाने सुनने के लिए नहीं लगाती, बल्कि अभय की आवाज़ सुनने के लिए लगाती है। इस मायने में वो रेडियो की सबसे अनूठी श्रोता है। ज़माना गाने सुनने के लिए रेडियो के साए में जाता है और इधर प्रज्ञा अपनी सबसे प्रिय आवाज़ के साए में जाने के लिए रेडियो का सहारा लेती है। आवाज़ के उतार-चढ़ाव से, साँसों की लय से और शब्दों की अदायगी से वो समझ जाती है कि आज अभय का मूड कैसा है। सेहत कैसी है। एक बार अभय बहुत गुस्से में था, शायद किसी से झगड़ कर आया था और शो के दौरान उसकी पेशकश से पहचान गई थी कि समथिंग इज़ रॉन्ग देयर। प्रोग्राम में किसी मुद्दे पर एसएमएस मँगवाये जा रहे थे। मुद्दे को नज़रअंदाज़ करते हुए उसने फ़ौरन लिख दिया था—'आप गुस्से में लग रहे हैं, बात क्या है।' शायद उस दिन वो जज़्बाती था। अपने मोबाइल से जवाब दिया—'ओह, कैसे पता चला प्रज्ञा।' और फिर पर्सनल मैसेज की धारा चल पड़ी...।

'मैं तुम्हारी आवाज़ से तुम्हारे दिल को पढ़ लेती हूँ।'

'चेहरे से दिल पढ़ते तो सुना था, ये कोई नई साइंस है क्या?'

'मैं लिफ़ाफ़ा देखकर ख़त का मजमून भांप लेती हूँ,'...और प्रज्ञा ने एक बड़ा-सा स्माइली भेजा था।

'मरने वाला कोई ज़िन्दगी चाहता हो जैसे'...गाना खत्म और आवाज़ आई—'हैलो गुड मॉर्निंग, आज मैं हूँ आपकी दोस्त प्रिया। मेलोडियस गाने सुनते रहिए एफ.एम. डायमंड पर।'

उफ़ आज भी अभय नहीं आया रेडियो पर। आखिर उसे हुआ क्या है। कल ही तो रेडियो स्टेशन फ़ोन किया था। पर रिसेप्शनिस्ट ने उसके सामने सवालों की झड़ी लगा दी थी। 'आप कौन हैं, क्यों बात करना चाहती हैं,' वग़ैरह। ये रेडियो स्टेशन के लोग भी बड़े अजीब हैं। किसी भी रेडियो-जॉकी से बात कराने से पहले इतनी जासूसी करते हैं, जैसे फ़ोन करने वाला कोई माफ़िया-डॉन हो।

प्रज्ञा ने आँखों तक बिखरे बालों को पीछे की ओर सरकाते हुए रबर-बैंड लगाया, तभी कॉल-बेल बज उठी। सामने सीमा खड़ी थी। कमरे में घुसते ही बोल पड़ी—'ओह लगता है लैला के मजनूं रेडियो पर वापस नहीं आए। प्रज्ञा आईने में देख तूने अपना क्या हुलिया बना रखा है, रात सोई नहीं ना।'

'हम्मऽऽ। दो-तीन बजे तक कुछ पढ़ती रही।'

'किताबों के साथ रही या रेडियो के साथ। अरे बाबा जब अभय की आवाज़ नहीं मिली तो रेडियो बंद करके सो जाती, सिंपल। क्यों झूठा इंतज़ार करती रही।'

'सोने की बहुत कोशिश की पर नींद नहीं आई। क्या करूँ। आई थिंक अभय इज़ इन सम ट्रबल। व्हाट्सऐप और फ़ेसबुक सब चेक कर रही हूँ। वो वहाँ से भी ग़ायब है।'

'मोबाइल पर मैसेज किया क्या।'

'किया। फ़ोन भी किया। स्विच-ऑफ़ है। वैसे फ़ोन पर तो वो बात ही कहाँ करता है। फ़ोन करो तो फ़ौरन मैसेज आता है—कान्ट स्पीक, लीव मैसेज ऑन व्हाट्सऐप।'

'कल तू क्लास में उसी की वजह से अपसेट थी ना, लेक्चर में तेरा ध्यान नहीं था। कम ऑन प्रज्ञा, आई एम योर बेस्ट फ्रैंड, इसलिए कह रही हूँ—छोड़ ये रेडियो-वेडियो सुनना। पढ़ाई में ध्यान लगा, लास्ट सेमिस्टर है। और हाँ एक बात तू कान खोलकर सुन ले। ये फ़ेसबुक और व्हाट्सऐप की दुनिया एक ऐसा मायाजाल है जिसमें एक बार घुसें तो बाहर निकलना मुश्किल

होता है। ये एक सतही दुनिया है, जो चेहरा हमें दिखता है कई बार वो होता नहीं है। जब हम आमने-सामने उससे मिलते हैं तो जो इमेज हमारे मन में होती है, वो अक्सर उससे उलट होता है। इसलिए डियर पता नहीं असलियत में तुम्हारा ये रेडियो-जॉकी कैसा निकले।'

'बस कर सीमा, ये काउंसलिंग अपने पास रख। वो ऐसा नहीं है, उसके मैसेजेस दिखाऊँ तो तू भी पागल हो जायेगी। कितनी गहराई है उसमें। उसकी बातों में जैसे जादू है। उसके अल्फ़ाज़ जैसे सीने को चीर देंगे। जब वो ''सुहानी रात के नग्मे'' प्रोग्राम पेश करता है, तो यूँ लगता है जैसे वक़्त थम जाए। प्रोग्राम कभी ख़त्म ही न हो, प्यार का ऐसा दरिया बहाता है वो।'

'वो तेरे लिए नहीं, सभी सुननेवालों के लिए ऐसा करता है। जाने कितनी लड़कियाँ तेरी तरह आहें भरती होंगी उसके नाम पर।'

प्रज्ञा अपना टैबलेट उठाती है और पुराने मैसेज पढ़ने लगती है।

'गुड मॉर्निंग!'

'अरे तुम भी इतनी सुबह जग गए।'

'हम्मऽऽ, तुमने ही तो जगाया।'

'मैंने?'

'नींद में ही खुशबू का एक झोंका आया। सामने तुम थीं।'

'कैसी लग रही थी मैं, बताओ मैंने क्या पहन रखा था।'

'नीली जींस, पिंक टी-शर्ट।'

'ओह गॉड...कल रात सचमुच मैंने यही कॉम्बिनेशन पहना था। अभय ऐसा कैसे होता है कि बिना मुझे देखे भी तुम सब कुछ देख लेते हो। यू नो, मुझे कभी-कभी डर लगता है। तुम कोई जादूगर तो नहीं। जो अपनी आवाज़ के जादू के साथ-साथ दिल से भी जादू करते हो। मुझे कभी ऐसा लगता नहीं कि मैं तुमसे मिली नहीं हूँ...अचानक कहाँ ग़ायब हो गये थे। मैं तो लगातार बक-बक किये जा रही हूँ।'

'हाँ, बीच में एक पर्सनल मैसेज आ गया था। इसलिए व्हाट्सऐप नहीं देख पाया।'

'क्या लिखा था।'

'कभी यूँ भी आ मेरी आँख में कि मेरी नज़र को ख़बर न हो/मुझे एक रात नवाज़ दे कि उसके बाद सहर न हो।'

'ये तो बशीर बद्र का शे'र है। मुहब्बत से लबरेज़। तो यूँ भी मरते हैं लोग तुम पर।'

'मुझ पे नहीं मेरी आवाज़ पे। मुझपे तो बस कोई एक ही है जो मरती है। मेरी बड़ी केयर करती है।'

'अच्छा कौन है वो।'

'उसकी आँखें हैं कजरारी। इतनी बड़ी-बड़ी कि व्हाट्सऐप से निकलकर बाहर आ जाएँ। यूँ कि जैसे...।'

'लेकिन उसका नाम क्या है।'

'सुरमई।'

'ये पुराने ज़माने के हीरो की तरह शायराना अंदाज़ में डायलॉगबाज़ी करना बंद करो। घड़ी की तरफ़ देखो, तुम्हारे चहेते रेडियो श्रोता अपने प्रिय रेडियो जॉकी का इंतज़ार कर रहे होंगे। जनाब तुम्हारे शो का टाइम हो रहा है।'

अभय और प्रज्ञा के बीच इस तरह की चैट अक्सर होती है। अभय के कार्यक्रमों की टाइमिंग के हिसाब से प्रज्ञा का सारा शेड्यूल निर्धारित होता है। अपनी दोस्त मंडली के साथ कहीं सैर-सपाटे पर हो या शॉपिंग में हो, अभय के शो के टाइम से पहले वो हॉस्टल के कमरे में दाखिल हो जाती है। कमरे की बिखरी चीज़ों को करीने से लगाती है। अपने लिए एक कप कॉफ़ी बनाती है। ट्रांजिस्टर को अपने बग़ल में दबाकर सोफ़े पर बैठकर वो सुकून से अभय के प्रोग्राम सुनती है। रेडियो सुनते हुए प्रज्ञा अभय को अपने पास महसूस करती है। उसका कोई रेडियो-शो खुदा-ना-खास्ता बी-टेक की क्लासेस की वजह से छूट जाए तो वो उदास हो जाती है। अभय से इसरार करती है कि वो उसकी रिकॉर्डिंग व्हाट्सऐप पर भेज दे। अभय भेजता नहीं, क्योंकि शो रेडियो पर लाइव प्रसारित होता है। प्रज्ञा भी यह बात जानती है।

इन दिनों तो आलम यह है कि प्रज्ञा कॉलेज में फ्री-पीरियड्स में भी मोबाइल पर अभय के कुछ रिकॉर्डेड प्रोग्राम सुनती रहती है। फ्रेंड-सर्किल में इसकी ख़ासी चर्चा है। लोग मखौल उड़ाते हैं। पर प्रज्ञा को इसकी ज़रा-भी परवाह नहीं है। बक़ौल कॉलेज के दोस्त, रेडियो सुनना मतलब बैकवर्ड होना।

'हम नये ज़माने के लोग हैं। कम-ऑन यार, हम बीती सदी में नहीं जी रहे। गाने और शायरी तो वेस्टेज ऑफ़ टाइम हैं।' और उसके बाद सीमा के लेक्चर की घुट्टी...कि माँ-बाप ने हॉस्टल में हमें पढ़ने के लिए भेजा है, इश्क़ फ़रमाने के लिए नहीं। प्रज्ञा नए ज़माने की लड़की है, लेकिन शायरी और पढ़ने का शौक़ उसे मानो पुराने ज़माने से विरासत में मिला है।

उफ़, हद हो गई। आज दस दिन हो गये, अभय की आवाज़ रेडियो पर नहीं आई। आखिर अभय ग़ायब कहाँ हो गया है। कहीं कोई एक्सीडेन्ट तो नहीं हो गया। तबियत तो ख़राब नहीं। ज़रूर कोई बड़ी वजह है। उसने फ़ैसला कर लिया कि अब वो और इंतज़ार नहीं कर सकती। प्रज्ञा जब कुछ ठान लेती है तो उसे कोई रोक नहीं सकता। अभय का पता इस वक्त मोबाइल के मैसेज बॉक्स में है। वो सुबह-सुबह निकल पड़ी है। बदली से भरा एक नर्म दिन। हवा में जैसे उदासी घुली है। एक छोटा-सा सुंदर बग़ीचा, मुस्कुराते फूलों से नज़रें मिलाती वो आगे बढ़ती है। आसमानी रंग से पुती हुई दीवारें। काले रंग का दरवाज़ा। जिस पर नेमप्लेट लगी है—अभय।

प्रज्ञा साँस रोके दरवाज़ा खुलने का इंतज़ार कर रही है। हथेलियों पर पसीना महसूस होता है। दिल ज़ोरों से धड़क रहा है। पुराने ज़माने का ढीला-ढाला कुरता पाजामा पहने एक बेहद ग्रामीण व्यक्ति दरवाज़ा खोलता है।

'आप कौन।'

'जी अभय है।'

'हैं तो मगर अंदर हैं।'

'ज़रा बुलाइये उन्हें।'

'अरे तो अपना नमवा नहीं बताइयेगा।'

'प्रज्ञा।'

'का काम है साहब से।'

'मिलना है।'

'समझ गवा हम।'

'क्या समझ गये।'

'इहै कि...लगता है आपौ उनकी फ़ैन हैं।'

'ओफ़्फ़ो। आप प्लीज़ अभय को बुलाइये ना।'

'कमाल है। हमरे ही घर में हम पर ही आदेस चला रही हैं।'

कार्टून जैसा वो आदमी बोला—'इधर आइये, बैठिये। हम बुलाता हूँ। चाय पीजियेगा कि सरबत।'

'शरबत ?'

'हाँ-हाँ सरबत...बेल का, नेंबू का, रसना भी है...चलेगा ?'

प्रज्ञा मन-ही-मन बुदबुदाई, 'अजीब देहाती आदमी से पाला पड़ा है।' जी चाहा ज़ोर से डाँट दे। लेकिन वो इतने मीठे अंदाज़ में अपने कार्टून कैरेक्टर को पेश कर रहा था कि हँसी भी आ रही थी। तरह-तरह के सॉफ़्ट ड्रिंक के ज़माने में बेल का 'सरबत' ऑफ़र कर रहा है।

'आप अभय जी से बताइये कि मैं आई हूँ।'

'प्रज्ञा जी ना। हाँ तो ऐसे कहिए। मैं का होता है। ऐसी ''मैं'' तो यहाँ रोज़ दो-चार टू आती हैं, अभय जी से मिलने।'

प्रज्ञा के कान खड़े हो गये, 'क्या मतलब।'

'मतलब अभी समझ जाइयेगा'—वो हँसता हुआ अंदर चला गया।

प्रज्ञा को बैठे हुए आधे घंटे से ऊपर हो गया। ऊबने लगी। खड़ी होकर कमरे का मुआयना करने लगी। काफ़ी इंतज़ार के बाद चूड़ीदार पाजामा और सिल्वर कलर का कुर्ता पहने एक लंबा नौजवान दाखिल हुआ। ओह तो ये हैं अभय।

'आप फ़ोटो से काफ़ी अलग दिख रहे हैं। फ़ोटो में आप काफ़ी स्मार्ट लगते हैं।'

'मतलब सामने बिलकुल बदसूरत दिख रहा हूँ,' प्रज्ञा की आँखों में आँखें डालते हुए अभय बोला। प्रज्ञा ने अपनी नज़रें नीचे झुका लीं। पहली बार प्रज्ञा किसी के सामने लजायी-सकुचायी।

'वैसे तुम भी फ़ोटो से अलग दिख रही हो। इस वक्त एकदम छोटी-सी बच्ची जैसी।'

'तो क्या आपको बड़ी उम्र वाली महिला चाहिए थी।'

'मतलब ?'

'मतलब-वतलब बाद में, पहले ये बताओ कि तुम अचानक रेडियो से

ग़ायब क्यों हो गये। कोई ख़बर नहीं। रेडियो पर तुम्हारी आवाज़ नहीं सुनी तो मैं जैसे मर ही गई थी।'

'ओह तो ज़िंदा कैसे हुईं?'

'मज़ाक छोड़ो अभय, आई एम सीरियस।'

'हम्मऽऽ। हो गया सीरियस। बताओ।'

'मैंने एक दिन रेडियो-स्टेशन फ़ोन लगाया था, वहाँ तो फ़ोन पर इतनी पूछताछ हुई कि मैंने परेशान होकर फ़ोन ही पटक दिया। तुम्हें कितना फ़ोन किया। स्विच-ऑफ़ आ रहा था। फ़ेसबुक और व्हाट्सऐप से भी ग़ायब हो। आख़िर हुआ क्या था तुम्हें।'

'ओह, तो तुम्हें मैंने अपना दूसरा नंबर नहीं दिया था क्या।'

'यू नो अभय, मैं तुम्हारे बग़ैर रहने के बारे में सोच भी नहीं सकती।' नए दौर की फ़िल्मों की नायिका की तरह प्रज्ञा बोले जा रही थी—'अभय, जब भी मैं तुम्हें रेडियो पर सुनती हूँ, तो मैं तुम्हें अपने क़रीब पाती हूँ। अपनी आगे की ज़िन्दगी के सुनहरे ख़्वाब बुनती हूँ। जैसे मैं पंख लगाकर उड़ रही हूँ और तुम मेरे संग-संग आसमान की सैर कर रहे हो।'

'प्रज्ञा, तुम कहना क्या चाह रही हो, मुझे समझ नहीं आ रहा।'

'अभय मैं तुम्हें अपने मॉम-डैड से मिलवाना चाहती हूँ एंड आई एम श्योर कि वो राज़ी हो जायेंगे। सेमिस्टर खत्म करके जॉब मिलते ही हम लोग शादी कर लेंगे। क्योंकि मैं अपना कॅरियर नहीं छोड़ सकती।' अभय कुछ कहना चाह रहा था लेकिन प्रज्ञा रिकॉर्डेड सीडी की तरह बजे जा रही थी। उसे पता भी नहीं चला कि कब लंबे बालों और पिंक साड़ी वाली एक ख़ूबसूरत महिला कमरे में दाखिल हुई। 'ओह तो तुम हो प्रज्ञा, जिससे ये घंटों चैट करते हैं व्हाट्सऐप पर।'

'प्रज्ञा ये हैं मेरी शरीके-हयात।'

'शरीके-हयात...?'

'हाँ प्रज्ञा, मतलब मेरी वाइफ़ मानसी।'

'तो तुम शादीशुदा हो,' यह वाक्य प्रज्ञा के हलक में अटक कर रह गया।

'तुमने कभी बताया नहीं कि तुम शादीशुदा हो?'

'तुमने कभी पूछा नहीं।'

'लेकिन तुम इस तरह मुझसे चैट करते थे वो सब प्यार-मुहब्बत की बातें...'

'प्रज्ञा मुझे लगता है तुम्हें कोई ग़लतफ़हमी हुई है। मैं जिस पेशे में हूँ, वहाँ इस तरह की बातें बहुत कॉमन हैं। मुझे तो अंदाज़ा भी नहीं था कि तुम्हारी फ़ीलिंग्स क्या हैं। अक्सर ही फ़ैंस मुझसे चैट करती हैं, वक्त मिलता है तो जवाब देता हूँ।'

'ओह तो ये सिर्फ़ चैट था और मैं सिर्फ़ फ़ैन...?'

...एक-एक क़दम प्रज्ञा को पहाड़ जैसा लग रहा है। वो बोझिल क़दमों से बाहर आई है। आँखों के सामने कुहासा-सा छा गया है। दिमाग़ में सीमा के शब्द हथौड़े की तरह पड़ रहे हैं—'ये एक सतही दुनिया है, जो चेहरा हमें दिखता है कई बार वो होता नहीं है।'...बस स्टॉप के क़रीब पान की दुकान पर रेडियो बज रहा है और कोई रेडियो-जॉकी सुननेवालों से फ़ोन-इन प्रोग्राम में अपने पहले प्यार की यादें बाँटने को कह रहा है।

विदाई

सौरभ के गुज़र जाने के बाद से ऋचा के लिए ज़िन्दगी पहाड़-सी हो गई है। उसने एक नयी दुनिया देखी है। नया समाज, समाज की त्रासद कड़वाहटें, वास्तविक संघर्ष। सौरभ के साथ जीवन जितना आसान और सुखद था, अब उतना ही कठिन और बेरंग लगता है। समाज में कैसे रहा जाता है, कैसे जिया जाता है, समाज का वास्तविक चेहरा तो उसने अब देखा है। वह भी पहली बार। समाज की, परिवार की, अपनों की कड़वी सच्चाई तो अब सामने आ रही है।

ऋचा जैसे अब अचानक बड़ी हो गई हो। सौरभ के जाने के बाद कई जगह छोटी-मोटी नौकरी की। लेकिन हर जगह शोषण और त्रासदी का साया साथ रहा। नौकरियाँ उसे किसी-न-किसी वजह से छोड़नी पड़ीं। और वो अपने आपको बेहद असहाय महसूस करती रही। लेकिन उसके सामने और कोई रास्ता नहीं था। उसने हर बार मायके का दरवाज़ा खटखटाया। भाई शायद ऋचा के दर्द को भलीभाँति समझ-बूझ रहा था। तभी तो एक दिन भाभी के न चाहते हुए भी भाई ने प्रस्ताव रखा—'दीदी, तुम इस घर को पराया क्यों समझती हो...हम लोग जैसे रूखा-सूखा खाकर रहते हैं तुम भी रह लेना। तुम यहीं रह जाओ। आस्था की पढ़ाई भी ठीक तरह से हो जाएगी और साकेत को भी बहन मिल जायेगी।

भाई की इसी बात से ऋचा को तसल्ली मिलती है। वो मायके को अब भी अपना घर समझती है। कहते हैं बेटी एक बार ब्याह दी जाती है, तो अपने ही बचपन का घर, माता-पिता का घर पराया हो जाता है। यह एहसास ऋचा को भी बार-बार होता है। लेकिन ऋचा क्या करे, उसके सामने पूरा जीवन

एक प्रश्न चिन्ह बन गया है। कहाँ जाए वो अकेली...उसे क्या पता था, एक दिन सौरभ उसे इस तरह अकेला छोड़ जाएँगे और वो निपट अकेली रह जाएगी। घर की एक-एक चीज़ में सौरभ का स्पर्श छिपा है। बिना सौरभ के वो अपने घर में कैसे रह पाएगी। तीन साल की आस्था को लेकर अपने ही घर में रहना ऋचा के लिए नामुमकिन हो गया है। इसलिए उसने फ़ैसला किया, साल-दो-साल जैसे-तैसे वो अपने भाई-भाभी के साथ ही रहेगी।

भाभी साकेत का स्कूल बैग तैयार कर रही थीं। कुछ पल के लिए ठिठकीं और कहने लगीं...'दी, दर-दर भटकने से क्या फ़ायदा, यहीं रह लीजिए। बाहर रहती हैं, मकान का किराया जो देती हैं, वो यहीं पर दे दिया करिएगा ताकि आपको यह न लगे कि आप हमारे ऊपर बोझ हैं। अ...वैसे आप ये मत समझिए कि मैं आपको कोई ग़ैर समझ रही हूँ। आखिर आप तो इनकी सगी बहन हैं और यह तो आप पर जान छिड़कते हैं। लेकिन आजकल महँगाई ऐसी बढ़ती जा रही है कि बस पूछिए मत। लगता है, वह दिन दूर नहीं जब घरों में एक ही जून खाना पकेगा, गिनकर रोटियाँ बनेंगी और उसी में गुज़ारा करना पड़ेगा।'

भाभी का प्यार जताने का यह तरीका बड़ा अद्भुत था। प्यार भी जतातीं... बातों-बातों में खरा-खरा सच भी कहती जातीं। ऋचा की आँखें नम हो गई थीं। आँखों में आए आँसुओं को रोकने की भरसक कोशिश कर रही थी। उसकी आँखों में आए आँसू भाई ने देख लिए थे। उसने भाभी को डाँटते हुए कहा था—'चलो निम्मी, बेकार की बातें मत करो, खाना लगाओ। मुझे ऑफ़िस के लिए देर हो रही है, और हाँ साथ में दीदी के लिए नाश्ता भी ले आना।'

भाई खाना खाकर ऑफ़िस चला गया। घर में भाभी, ऋचा और आस्था रह गए। भाभी अपने घर के कामकाज में लग गई। आस्था भी खेलने चली गई। ऋचा उठी, कमरे की खिड़की खोली। सर्दी की नर्म धूप छम से कूदकर कमरे के भीतर बिखर गई। गुनगुना-सा एहसास हुआ ऋचा को। सुकून मिला, सोचा...कोई किताब उठाकर पढ़ती हूँ। उन किताबों पर मोटी गर्द जमी हुई थी। साइड टेबल पर कुछ किताबें और जमी हुई थीं। साकेत की कुछ किताबें और कॉपियाँ बिखरी पड़ी थीं। कमरा देखकर ऐसा लग रहा था जैसे महीनों से साफ़-सफ़ाई नहीं हुई हो। टीवी के कवर पर भी धूल की मोटी परत चढ़ी

हुई थी। बचपन से ही उसकी आदत थी, घर गंदा हो तो उसे चैन नहीं मिलता था, जब तक कि उसे पूरा साफ़ न कर डाले। देखते-देखते उसने झाड़न उठाया और झाड़-पोंछ में जुट पड़ी। लेकिन घड़ी की ओर ध्यान गया तो पाया कि दोपहर के तीन बज गये थे। उसे अचानक याद आया कि आस्था को उसने अभी तक खाना नहीं खिलाया है। इन दिनों वो ऐसे ही बेसुध रहने लगी है। उसे किसी चीज़ की परवाह ही नहीं बची है। बस अपने दु:ख को सीने से लगाए बैठी रहती है।

साकेत को भी अब तक आ जाना चाहिए। वो स्कूल से आ चुका है। लगता है पीछे के दरवाज़े से आया है। वो सुस्ती से रसोई की ओर बढ़ती है। रसोई से लगे कमरे में साकेत इधर-उधर भाग रहा है और भाभी उसे ज़बरदस्ती पकड़-पकड़ कर बिठा रही हैं। पीछे-पीछे दौड़ रही हैं और दौड़-दौड़ कर उसे चम्मच से खाना खिला रही हैं। साकेत बार-बार कह रहा है, 'नहीं मम्मी अब नहीं खाऊँगा।' ...'बस बस, एक चम्मच और ले लो।' ये सब आस्था ड्रेसिंग टेबल का कोना पकड़कर खड़ी देख रही है। जैसे वह इंतज़ार कर रही है कि अब भाभी उसे भी ऐसे ही खिलाएँगी। लेकिन भाभी साकेत को खाना खिलाकर रसोई में चली गई। आस्था भी मुड़ कर पीछे-पीछे चल दी। आस्था को पीछे आते देख भाभी ने कहा, 'आस्था बेटे, तुम अपनी मम्मी के पास जाओ। देखो वो ड्रॉइंग रूम में क्या कर रही हैं। तुमने खाना नहीं खाया ना जाओ मम्मी तुम्हें खाना खिलाएँगी।'

'मामी मुझे भी साकेत की तरह ही दही में शक्कर डालकर चावल खाना है।'

'बेटा दही तो खत्म हो गया है। जाओ तुम्हारी मम्मी तुम्हें दाल-चावल खिला देंगी।'

''दाल-चावल मुझे नहीं खाना,' ठुनकती हुई आस्था ऋचा के पास आ गई। ऋचा ने उसे गोदी में प्यार से बिठा लिया।

...'हम अपने बच्चे को बाज़ार से दही लाकर खिलायेंगे। लेकिन तब तक मेरी बच्ची दाल-चावल खा लेगी। मेरी बच्ची के लिए मामी ने बढ़िया दाल-चावल बनाए हैं।'

...'नहीं, मामी ने मेरे लिए नहीं बनाए हैं। दाल-चावल तो साकेत के

लिए बने हैं। इसलिए उन्होंने मुझे ऑफ़र भी नहीं किया, खाने के लिए। उन्होंने मुझे चॉकलेट भी नहीं दिया।

...'कोई बात नहीं अपनी बेटी को मम्मी खिलायेगी अपने हाथों से।'

भाभी यह सब सुनकर बिफर पड़ीं...'कमाल है। इतनी छोटी-सी बच्ची...और इतनी बड़ी-बड़ी बातें। अरे मैंने खाना सबके लिए बनाया है, अलग से आस्था के लिए थोड़े ही बनाऊँगी।' ऋचा को किसी ने ज़ोरदार चाँटा मारा हो, अपने आँसुओं को जज़्ब करती हुई वो दूसरे कमरे में चली गई।

16 दिसंबर...साकेत का जन्मदिन। साकेत और आस्था सुबह से खेलने में मशगूल हैं। आस्था बड़े शौक़ से उसके लिए पेंटिंग बना रही है, उपहार में देने के लिए। ऋचा और निम्मी दोनों घर सजाने में जुटी हैं। ऋचा अपने आप पर पूरा नियंत्रण रखे हुए है। कहीं आज भी उसे किसी बात पर रोना न आ जाए। क्योंकि इन दिनों रोना जैसे उसकी नियति बन गई है। अगर आज उसके आँसू आए, तो भाभी को बहुत बुरा लगेगा और वो यही कहेंगी कि ये खुशी के मौक़े पर भी शोक मना रही है।

भाभी खाना बनाने में जुटी हैं। ऋचा गुलाब-जामुन बना रही है। साकेत आस्था से कह रहा है—'आज तुम वो लाल तितली वाली फ्रॉक पहनना आस्था। तुम उसमें गुड़िया जैसी लगती हो।'

'और तुम वो नीली वाली शर्ट पहनना, जो मेरी मम्मी लाई थीं तुम्हारे लिए।'

'नहीं आस्था बेटे, उसके पापा एक नया सूट लाये हैं, साकेत आज वो पहनेगा।'

आस्था मूक बनकर भाभी की ओर देखती रही। आस्था को इस तरह मासूमियत से देखते हुए भाभी जैसे सकपका गईं और ऋचा की ओर देखने लगीं। अपने को सँभालते हुए बोलीं—'हाँ बेटे, तुम्हारे जन्मदिन पर तुम्हारे लिए भी हम नयी फ्रॉक लायेंगे।' आस्था ने असमंजस की स्थिति में 'हाँ' में सिर हिला दिया।

ऋचा एक बार फिर आहत हुई। उसे महसूस हुआ, उसके लाए गए कपड़े भाभी किसी शुभ अवसर पर नहीं पहनातीं। ये उसका वहम भी हो सकता है। अपने को समझाती हुई, वो फिर गुलाब जामुन तलने में तल्लीन हो गई।

मेहमानों से कमरा भरा हुआ था। लाल झालरें चारों ओर झूल रही थीं। चमकीले सितारे साकेत और आस्था ने ज़मीन पर बिखेर दिये थे, जिन पर पड़ती बत्तियों की रोशनी पूरे कमरे को जगमगा रही थी। साकेत की ज़िद पर टेबल के बीचोबीच केक सजाया गया था। सात मोमबत्तियाँ जलायी गई थीं। वरना भाई को ये सब पश्चिमी सभ्यता का दिखावा लगता है।

साकेत ने केक काटा और सबसे पहले आस्था को खिलाया और फिर सारे मेहमानों के सामने आस्था ने अपने नन्हे हाथों से साकेत को वो पेंटिंग थमायी, जो उसने खुद बड़े जतन से बनायी थी। भाभी ने धीरे से वो पैकेट साकेत के हाथों से लगभग छीनते हुए किताबों के पीछे वाले रैक में छिपा लिया। इससे पहले कि साकेत कुछ पूछे, उसे चुप रहने का इशारा करती हुई भाभी अपने काम में मसरूफ़ हो जाती हैं। ऋचा आश्चर्य से भाभी को देखती है और फिर अपने को मेहमानों के बीच व्यस्त कर लेती है।

रात के ग्यारह बज रहे थे। सारे मेहमान जा चुके थे। साकेत अपना होमवर्क पूरा करने स्टडी में बैठा था। पास के कमरे में ऋचा लेटकर किताब पढ़ रही थी। आस्था सो चुकी थी। अचानक साकेत का स्वर सुनायी दिया— 'मम्मी आपने आस्था वाली वो पेंटिंग मोड़कर रैक में रख दी थी ना। ये देखो ना फ़ोल्ड करने से ख़राब हो गई है। ऐसा आपने क्यों किया।'

'दिखाना जरा साकेत। क्या यह आस्था ने बनाई है,' ये भाई की आवाज़ थी।

तभी भाभी की महीन आवाज़ सुनायी पड़ी—'तेरे पापा के इतने बड़े-बड़े दोस्त, ऑफ़ीसर्स आए थे, कोई ये कैलेन्डरनुमा पेंटिंग देखता, तो भला क्या सोचता कि बुआ ने यही तोहफ़ा दिया है, ये रंगबिरंगा काग़ज़।'

'क्या बक रही हो निम्मी तुम, ये कैसी बातें कर रही हो। आस्था ने इतनी मेहनत से बनाई है, ये ऋचा ने थोड़े ही दी है, इस पेंटिंग में भाई के लिए लड़की का स्नेह कितना छलक-छलक पड़ रहा है।'

'हाँ, ऋचा तो जैसे अभी कल हुंडी ही सौंप देगी तोहफ़े के रूप में, बुआ होने के नाते उनको भी कुछ उपहार तो देना ही चाहिए था।'

'अरे चुप करो निम्मी, दीदी सुन लेंगी तो क्या कहेंगी, क्या वो पहले बड़े-बड़े तोहफ़े लाती नहीं थीं। जीजा जी ने तुम्हें कितनी बार बनारसी साड़ियाँ दी हैं। भूल गई कान के बुँदे। साकेत के लिए अक्सर नए कपड़े, खिलौने, जूते

दीदी ही तो लाती थीं। दीदी ने हमारे लिए जो किया है, कम नहीं है। बेचारी ने खुद न खाकर हमें खिलाया है। पढ़ाई के दिनों में रात-रात भर उठकर हमारे लिए चाय बनाया करती थीं। हमारी सेवा के लिए एक पैर पर खड़ी रहती थीं।'

...'हाँ-हाँ ये गुणगान हम कई बार सुन चुके हैं।'

भाई खीजते हुए बोल रहा था, 'और हाँ ये मत भूलना, दीदी की तपस्या और उसकी मेहनत के बल पर मैं आज इस पद पर पहुँचा हूँ और उसी की वजह से तुम यहाँ आई हो। इतने अच्छे घर में ब्याही गई थीं वो। क्या नहीं था उनके पास। उनके भाग्य से लोगों को ईर्ष्या होती थी। लेकिन किसे मालूम था कि उनके जीवन में दर्द और पीड़ा का यह अध्याय भी लिखा जायेगा। दुख के इस काँटे से न केवल उनका कलेजा छलनी हुआ है, बल्कि हम सब लहूलुहान हैं। इतनी बड़ी दुर्घटना हुई, कैसे उन्होंने झेला होगा, कैसे उन्होंने सहा होगा, इसकी कल्पना भी कभी तुमने की।'

...'अब बस भी करिये...होनी को भला कौन टाल सकता है। हमने कब कहा कि दीदी बुरी हैं। मेरा तो सिर्फ़ इतना कहना है कि इतना बड़ा खर्च, इतना बड़ा बोझ हम कैसे अपने सिर पर उठा पायेंगे। कल शाम की ही बात है, ड्राई-फ्रूट के डिब्बे से काजू और किशमिश निकाले दीदी ने, जैसे मुझे सुनाने को कह रही हों, ''चल साकेत तुझे काजू खिलाती हूँ, पढ़ने-लिखने के लिए पौष्टिक चीज़ें खानी चाहिए।'' बाद में देखा तो वो काजू और किशमिश आस्था खा रही थी।'

'तो क्या हो गया, वो भी तो बच्ची है,'...यह भाई की आवाज़ थी।

'लेकिन इतने पैसे कहाँ से आयेंगे, मैं खुद न खाकर आपको और साकेत को खिलाती हूँ। सोफ़ा ख़राब होकर जर्जर हो गया है। नया सेट ख़रीदना है। वॉशिंग मशीन चल नहीं रही है, नयी ख़रीदनी पड़ेगी। घर की बहुत सारी चीज़ें बदलनी हैं। कहाँ से आयेंगे इतने पैसे। इसी तरह ख़र्च बढ़ता गया तो कैसे गुज़ारा चलेगा।'

...'तो क्या करूँ, दीदी से कह दूँ कि तुम यहाँ से कहीं भी चली जाओ। क्योंकि हम तुम्हारा खर्च वहन नहीं कर पायेंगे। मुझे विश्वास है निम्मी, वो अपना ठिकाना जल्द ही कहीं-न-कहीं खोज लेंगी, लेकिन प्लीज़ थोड़े दिनों के लिए तुम अपनी ज़बान पर ताला लगा लो। जब मैं विदेश गया था, तो तुम नहीं

गई थीं छह महीने के लिए अपने भाई के घर रहने। वो भी तो मेरी बहन है।'

भाई शायद कमरे से बाहर जा चुका था। भाभी की अकेली भुनभुनाहट सुनायी पड़ रही थी। ऋचा एकटक कमरे की छत की ओर देख रही थी। दीवार के हर कोने से जैसे सौरभ की छाया उसकी ओर बढ़ती आ रही थी, मानो कह रही हो, 'नहीं ऋचा, इन बातों से कमज़ोर नहीं होना। तुम साहसी हो, हमेशा स्वाभिमान से जीना। तुम्हें आस्था के लिए जीना है। उसका खयाल रखना है। उठो और कुछ करो। सिर्फ रोने से जीवन नहीं बीतेगा।' ऋचा को अपने सिर पर सौरभ का स्पर्श महसूस हो रहा था। उसने हाथ बढ़ाया, सौरभ को छूने की कोशिश की और जैसे सौरभ की छाया कहीं ग़ायब हो गई। ऋचा आँखें मूँदती है, खोलती है। वो हक़ीक़त और ख़्वाब के बीच है। समझ नहीं पा रही है सचमुच सौरभ थे या उसका वहम। ऋचा आँखें मूँदकर करवट बदल लेती है। तकिये के दोनों सिरे आँसुओं से गीले हो गये थे। भाभी के कहे अल्फ़ाज़ कानों में बज रहे थे—'इतना बड़ा ख़र्च हम कैसे उठायेंगे जीवन भर।' क्या भाई भी उसे बोझ मानता है। क्या भाई-बहन के रिश्ते में इतनी ताक़त नहीं होती कि वो एक-दूसरे के दु:ख को अपना समझकर झेल सकें। भाई ने शायद सिर्फ़ औपचारिकता के लिए ऋचा से कह दिया था कि वो उसके घर में रह सकती है। ऋचा के भीतर से फिर एक आवाज़ आती है—'नहीं, भाई उसे मुसीबत कभी नहीं समझ सकता। वो भाभी की बातों के सामने झुक सकता है, क्योंकि पत्नी की बातों को ठुकराना उसके बस में नहीं।' इसी उधेड़-बुन में कब ऋचा की आँख लग गई पता ही नहीं चला। तड़के ऋचा की आँख खुली, सर्दी कड़ाकेदार थी। बंद कमरे में भी गलन इतनी ज़्यादा थी कि हाथ रज़ाई से बाहर निकलते ही ठंडे पड़ गये थे। ऋचा धीरे से बिस्तर से उठी, कहीं आस्था की नींद न खुल जाए, इस डर से कमरे का दरवाज़ा एकदम आहिस्ता से खोलती है। हड्डी कँपा देने वाली सर्दीली हवा कमरे में भर गई, दरवाज़ा जैसे कोहरे में बदल गया। बगलवाला कमरा, बरामदा कोहरे से इतना भीग गया था कि नज़र ही नहीं आ रहा था। ऋचा कोहरे को चीरती हुई बरामदे के दूसरे छोर पर खंभा पकड़कर खड़ी हो गई, दूर तक देखती रही, पर कोहरे के सिवा कुछ नज़र नहीं आया। चारों ओर घुप्प अँधेरा नज़र आ रहा है। थोड़ी-थोड़ी देर में मन्दिर की घंटियाँ बज उठती हैं। मस्जिदों की अजान हो रही है।

वो सोच रही है, कब छँटेगा कोहरा। कब होगी सुबह की उजास। कहते हैं कि कोहरे वाली रात के बाद सबेरा देर से होता है। शायद उस दिन सूरज को भी मौक़ा मिल जाता है, देर तक सोने के लिए। वो अपने आप से पूछ रही है, 'क्या वो भी कभी बिना सबेरे के इंतज़ार के, निश्चिंत सो सकेगी। वो भी कभी ऐसे ही देर तक रज़ाई में निश्चिंत भाव से दुबकी रहेगी, जैसे सौरभ के साथ छुट्टी के दिन बेफ़िक्र पड़ी रहती थी।' जीवन में इतनी खुशियाँ थीं कि रात कब आती थी, पता ही नहीं चलता था। अब रात के बाद आई भोर का अँधेरा भी कटता नज़र नहीं आ रहा है।

तभी खट से खिड़की खुलने की आवाज़ होती है, चौंककर देखती है—आधा सामान पैक कर लिया है। आधा सामान यूँ ही बिखरा हुआ है। बरामदे में सामने आकर कोई खड़ा हो गया है।

'दीदी, सुबह-सुबह क्या कर रही हो। ये सामान कैसे बिखरा हुआ है। सूटकेस...क्या बात है, कहीं जाने की तैयारी कर रही हो क्या।'

ऋचा बिलख पड़ती है। भाई ने उसे अपने गले से लगा लिया है। सिर पर हाथ फेरते हुए बोला, 'दीदी, इतनी जल्दी हिम्मत हार जाओगी, तो ज़िन्दगी कैसे कटेगी। निम्मी की बातों का बुरा मत मानो, ये सूटकेस क्यों पैक किया। इसे उठाकर रख दो।' ऋचा का रोना जारी रहा। भाई की आँखों के सामने शादी का वो दृश्य कौंध गया, जब दुल्हन के जोड़े में सजी ऋचा विदा हो रही थी। जो बड़े उत्साह से अपने एक-एक सामान को संजो-संजोकर रख रही थी, तब वो पति के घर जाने के लिए विदा हो रही थी, अपने सपनों के संसार में विदा होने के लिए। खुशियों के पंख लगाकर उड़ान भर रही थी। उमंगों की पालकी पर सवार थी। उदास हो गया था घर आँगन, लेकिन उसका मन, उसका जीवन, खुशियों से सराबोर हो गया था। पर आज...वो कहाँ जाना चाह रही है, न तो उसे पता है, न ही ऋचा को।

पानी पे लिखा ख़ामोश अफ़साना

रात भी कभी-कभी सुबह-सी लगती है, गाढ़ी रात ढलती है तो भोर होती है...भोर में टूटते सितारे से अपने मन की मुराद माँगें तो पूरी हो जाती है...नानी अक्सर यह बात कहती थीं। नानी की इस बात को मैंने अपनी ज़िन्दगी के पन्ने की हैडलाइन बना लिया। जब-जब आसमान में कुहासा छाया, मन जब-जब दर्द से भीगा, तब-तब यही सोचा कि अब शायद सुबह होगी। और धीरे-से गाने की ये लाइन गुनगुनाने लगती—'वो सुबह ज़रूर आएगी'...और इसके बाद यह गाना, जिसे मम्मी अक्सर गुनगुनाती थीं—'देखो जी बहार आई, फूलों में फुहार लायी।' सुबह की लाली मेरे आँगन में भी छायी है। सूरज नारंगी झबला पहनकर मेरे घर भी आता दिख रहा है। मैंने जल्दी से अपने घर की खिड़कियाँ खोल दी हैं। कमरे की कोने की तिपाई पर सजी काँच की पनिहारिन पर सूरज ने आईना चमकाया और धीरे-धीरे वो नारंगी रंग से सफ़ेद चाक रंग में बदल गई और मेरी आँखें चुँधिया गईं। मिचमिचाई आँखों से मैंने मोबाइल के व्हाट्सऐप मैसेज देखे, लेकिन अनरेड ही छोड़कर मोबाइल टेबल पर रखकर गुनगुनाती हुई रसोई में आ गई।

पतीले में दूध रखकर, चायपत्ती, और चीनी का डिब्बा निकालकर प्लेटफ़ॉर्म पर रखा, अदरक कूटने के लिए खलबत्ता ढूँढ ही रही थी कि दूध उफनकर काले ग्लास-टॉप बर्नर पर फैल गया... 'ओह शिट, चलो अब सुबह-सुबह गैस भी साफ़ करो।'

'जलते चूल्हे पर दूध का गिरना शुभ होता है,'...कहीं से जैसे मम्मी की आवाज़ आई। गृह-प्रवेश के दिन तो मम्मी ने जान-बूझकर ढेर सारा दूध छलका दिया था और पापा ने कहा था, 'ये सब झूठे ढकोसले हैं।' मम्मी की

बात का सिरा पकड़कर मैं यादों की वादियों में गुम होती चली गई। यादों के साथ रहना मुझे बड़ा सुहाता है। मैं अपने सारे ग़म भुला देती हूँ यादों के दामन में। मेरी यादों की वादियाँ बड़ी ख़ूबसूरत हैं। जहाँ हरे-भरे पेड़-पौधे हैं, झरने-पहाड़ और नदियाँ हैं। वो सब कुछ है जो मैं करना चाहती हूँ...जो मैं पाना चाहती हूँ...मेरी इसी दुनिया में ख़्वाबों का लंबा काफ़िला भी है, जहाँ मैं ख़्वाबों के पंख लगाकर उड़ती हूँ। रुककर बर्फ़ीले पहाड़ों की खूबसूरती को आँखों में भर लेती हूँ। नरम दूब पर बैठकर सुस्ताती हूँ। पौधों को सहलाकर फूलों से बतियाती हूँ। मेरे सपनों का संसार बेहद सुंदर है। मेरी इस फंतासी की दुनिया में कोई ख़्वाब टूटता नहीं। जो कुछ नहीं मेरे साथ, वो भी मैं जीती हूँ...जीती-जागती ज़िन्दगी की तरह। अपनी यादों और ख़्वाबों की इसी दुनिया में मैं चाँद से बतियाती हूँ, तारे ज़मीं पर लाकर अपने थाल में सजाती हूँ...चाँद की रोटी पकाती हूँ...तारों से कहानी सुनती हूँ...और मम्मी के गले लगकर खूब रोती हूँ। दर्श कहता है—'ये तुम्हारी आभासी दुनिया हक़ीक़त से दूर करती है, कल्पनाओं में ले जाती है, इसलिए तुम ज़रूरत से ज़्यादा इमोशनल हो जाती हो...आभासी दुनिया नहीं, टेक्नोलॉजी के इस युग में रिश्तों में जज़्बात अहम नहीं होते, समझदारी मायने रखती है।'...मैं उसकी यह बात ऐसे सुनती हूँ जैसे कुछ सुना ही नहीं। उसे ब्लैंक-लुक देकर अपनी उसी दुनिया में गुम हो जाती हूँ, जहाँ मम्मी मुझे स्कूल के लिए तैयार कर रही हैं, मेरा टिफ़िन बॉक्स मेरे बैग में रख रही हैं...मुझे यूनिफ़ॉर्म, जूते-मोजे पहना रही हैं...अपने हाथों से खाना खिला रही हैं...स्कूल जाने से पहले नसीहतों की घुट्टी पिला रही हैं और दुआओं का ताबीज़ पहना रही हैं। नींद से पहले मेरे लिए लोरी गा रही हैं...और उनके हाथ पर अपना सिर रखकर मैं सपनीली दुनिया में सो रही हूँ। मेरी यादों के खूबसूरत जहाँ में बीहड़ रेगिस्तान भी है, जहाँ जाने से मन घबराता है। लेकिन आज मुझे सैर करनी है, मुझे उस टीले पर जाना है, जहाँ मुझे डर लगता है...उस टीले से मैं मम्मी को आवाज़ देती हूँ, लेकिन आवाज़ मेरे गले के भीतर ही घुटकर रह जाती है...मम्मी-पापा दोनों भटक गये हैं रेतीले बगूले में...मैं उन्हें खोज रही हूँ, उन्हें अपने पास महसूस कर रही हूँ, उन्हें छूना चाहती हूँ...मम्मी का आँचल अपने आँसुओं से भिगोना चाहती हूँ...मैं उन्हें अपने पास बुलाना चाहती हूँ...उनसे कहना चाहती हूँ कि आपके

बग़ैर ये दुनिया मेरे लिए सिर्फ़ दुःखों का दरिया है, अगर दर्श न होता तो मैं कब की ख़त्म हो गई होती। उसी ने ग़म के बीहड़-घने अँधेरे में रोशनी की नन्ही किरण दिखायी है...तपते रेगिस्तान में नदी-सी ठंडक दी है। दर्श ने ही ज़िन्दगी में झरनों की रवानी से रू-ब-रू कराया और मैंने उसके साथ गुनगुनाना सीखा, लेकिन फिर भी आने वाली ज़िन्दगी को लेकर आज मन सैलाब बना हुआ है...।

ज़िन्दगी का एक अहम फ़ैसला...हाथों की रेखाओं में कहीं मम्मी के हाथ की रेखा तो नहीं मिली है। दर्श वैसा ही है जैसा मैं चाहती हूँ...धूप में सघन छाँव की तरह। मेरी नाराज़गी पर फूल बन मुस्कुराता है। ज़िन्दगी के हर छाले पर फाहा लगाता है। मेरी हर परेशानी में वो सहयोग करता है। मेरे गुस्से को भी सिर आँखों पर लेता है। मोबाइल पर गाने भेजता है... 'यूँ ही तुम मुझसे बात करती हो, या कोई प्यार का इरादा है।'

समंदर के किनारे एक चट्टान पर मैं और दर्श बैठे थे। मेरे गुलाबी दुपट्टे के छोर को उसने अपनी नीली बुशशर्ट की आस्तीन में लपेट लिया—'ये लो हमारा गठबंधन हो गया,' और आँख भरके मुझे देखता रहा...मैंने अपनी ठंडी, नम, बेजान आँखों से देखा और पलकें झपकाकर लहरों के पार दूर क्षितिज को देखने लगी, जहाँ आसमान समंदर में उतरा था। सिंदूरी रंग पानी में घुल गया था। समंदर की सुनहरी शाम को मैं आँखों में भर लेना चाह रही थी... डूबते सूरज की नाज़ुक किरणें खारे पानी पर चाँदी-सी झिलमिला रही थीं।

'मुझे अफ़सोस होता है कि लोग समंदर के किनारे होते हुए भी समंदर के किनारे नहीं होते। कहीं और अपने मन की दुनिया में, अपने तनाव की दुनिया में होते हैं। समंदर की इन्हीं लहरों की तरह...तुम समा जाओ मेरे भीतर साँची! पूरी तरह डूब जाओ मुझमें,' दर्श बोला था।

वो लम्हा मेरे लिए सदी बन गया। सहेज लिया मैंने अपने मन के सात दरवाज़ों के भीतर...मेरे अकेलेपन की सदी उस एक पल में तिरोहित हो गई थी...बारीक मुस्कुराहट मेरे भीतर की बात कहने को आतुर थी। लेकिन मैं उसे भीतर..और भीतर...ज़ब्त करती रही। लेकिन दर्श ने भाँप लिया और दौड़ता हुआ लहरों के बीच आया, मेरे क़रीब आई लहरों से पानी उलीच-उलीचकर

छपाक-छपाक मेरे मुँह पर डालने लगा...चेहरे पर नमक घुल गया था...जीभ पर नमकीन स्वाद कसैला नहीं बल्कि शीरीं लग रहा था।

कुछ लोग हर रिश्ते में भयभीत होते हैं ज़िन्दगी के दर्द को भीतर तक समोए हुए। यकीन ही नहीं होता कि दर्द के दरिया में ख़ुशियों का रंग भी घुल सकता है। इसी में मैं अपना नाम शुमार करती हूँ। बचपन की अँधेरे से डरने की आदत आज भी कायम है। रात के अँधेरे में हिलता हुआ परदा आज भी अजब-सी शक्ल बनाता है मेरे सामने, और मैं चिहुँक कर बैठ जाती हूँ। साइड-टेबल पर रखे शादी के कार्ड में चमकीले अक्षरों में अपना और दर्श का नाम पढ़ती हूँ। आज ही उसके साथ मित्रों के घर कार्ड बाँटने जाना तय हुआ है। हालाँकि व्हाट्सऐप और ईमेल पर निमंत्रण पहुँच चुका है, लेकिन दर्श के घरवाले जैसे पिछली सदी में जी रहे हैं, उनके मुताबिक़ ख़ुद जाकर कार्ड देना चाहिए।

यादों के बियाबान में भटकते मन ने किताब के वो पन्ने खोल लिए हैं, जिनमें कुछ तल्ख और तकलीफ़देह लम्हे दर्ज हैं, जिन पर मन की सूई रूह तक ऐसे धँस जाती है कि उसे बाहर निकालना मुश्किल हो जाता है। सूई की चुभन असीमित कराह पैदा करती है और मन चीत्कार उठता है। मन की किताब में कुछ ख़ूबसूरत पल भी दर्ज होते हैं जो आपके क्षणिक सुकून के लिए काफ़ी होते हैं। यादों के महासागर में मैं गहरे तक डूबती जा रही हूँ और ज्वार-भाटा जारी है...तब मैं छोटी थी, पापा-मम्मी दोनों दफ़्तर से थोड़े-ही समय के अंतराल पर घर लौटते। ढलती शाम के वक्त मैं प्रोटीनेक्स या बॉर्नवीटा वाला दूध पी रही होती...कभी-कभी विजया आँटी मुझे उस समय ब्रेड-जैम या बिस्कुट भी खाने को देती थीं। दोपहर को स्कूल से लौटती तो बस से मुझे विजया आँटी ही 'पिक' करती थीं। हालाँकि बस-स्टॉप पर उन्हें देखकर मैं उदास हो जाती थी। जिस दिन मम्मी या पापा मुझे 'पिक' करते, मैं उन्हें देखकर खिल उठती थी। विजया आँटी को देखते ही मेरा मूड खराब हो जाता...मैं रोती थी। विजया आँटी मुझे ज़बर्दस्ती खाना खिलातीं और खूब सारा तेल मेरे सिर में और पैरों में चुपड़ देतीं...फिर ठोंक-ठोंक कर सुलातीं। अगर उस दौरान मम्मी का फ़ोन आ जाता, तो मैं उनसे शिकायत करती और मम्मी मुझे समझातीं...विजया आँटी को जाने क्या कहतीं कि उसके बाद उनका बर्ताव

मेरे प्रति थोड़ा नरम हो जाता था। कई बार मुझे सुलाने की कोशिश नाकाम हो जाती तो वो मुझे कफ़-सीरप भी पिलाती थीं ताकि मैं सो जाऊँ और वो भी आराम फ़रमा सकें। शाम को जैसे ही मम्मी आतीं, विजया आँटी अपना पर्स खास अंदाज़ में उठातीं और गोल-गोल घुमाकर हिलाती हुई 'बाय' कहकर चली जातीं। उनका जाना मुझे बड़ा अच्छा, लगता, क्योंकि एक तो उसके बाद मुझे मम्मी का साथ मिलता, दूसरे उस वक्त मेरे लिए टीवी लगा दिया जाता और मैं चैनल बदल-बदल कर 'अकबर बीरबल की कहानियाँ,' 'डिस्कवरी किड्स' या 'छोटा भीम' देखती थी। दिन में मुझे टीवी देखने को नहीं मिलता था, मम्मी रिमोट छिपाकर जाती थीं ताकि मैं और विजया आँटी टीवी से ही न चिपके रहें। उस समय मम्मी चाय बनाकर लातीं और पापा-मम्मी सामने के सोफ़े पर बैठकर एक साथ चाय पीते थे...अदरक वाली चाय की खुशबू कमरे में फैल जाती थी। चाय पीते हुए दोनों महीन आवाज़ में कुछ बतियाते...मम्मी का चेहरा कभी खुश नज़र आता, तो कभी नाराज़गी में वो पापा को देख रही होतीं। पापा के चेहरे का भाव रोज़ एक जैसा होता था। कई बार उनके ज़ोर से बोलने पर मुझे अपने कार्टून सीरियल के डायलॉग सुनने में असुविधा होती, तो मैं पिनक जाती थी। उन दिनों मुझे हर बात पर गुस्सा आता था। हर बात चिढ़कर या रोकर बोलती थी। यहाँ तक कि मम्मी-पापा को मैं आपस में बात करते देखती तो उन्हें जानबूझकर डिस्टर्ब करती। मुझे लगता कि वो सिर्फ़ मेरी तरफ़ ही मुखातिब रहें। उन्हें एक साथ बैठे देखकर मैं बिना बात के रूठ भी जाती थी। मेरी इस आदत से परेशान होकर पापा डीवीडी पर मेरे लिए बच्चों की कोई फ़िल्म लगा देते ताकि मैं हंगामा न करूँ। ऐसे वक्त में अक्सर मम्मी-पापा अपने बेडरूम में चले जाते। दरवाज़ा भीतर से बंद कर लेते। मुझे कौतूहल होता कि जाकर देखूँ कि वो भीतर क्या कर रहे हैं, लेकिन फ़िल्में इतनी दिलचस्प होतीं कि मैं अपनी जगह पर अपनी बेबी-डॉल और बड्डी (buddy) के साथ टीवी के सामने ही बैठी रहती।

बेडरूम का दरवाज़ा खुलता तो मम्मी का चेहरा कुछ निखरा सा लगता...ज़्यादा खुश दिखतीं और पापा हमसे खूब लाड़ करते। एक दिन मम्मी के गालों पर लिपस्टिक के दाग़ लग गए थे। कमाल की बात कि पापा के कान के पास बिंदी चिपकी थी। मैं 'खी-खी' करके हँस पड़ी।

'क्या हुआ,' मम्मी ने पूछा।

मैंने हाथ से इशारा कर दिया। मम्मी वापस बेडरूम में गईं और लौटकर आईं तो उनका चेहरा हल्का गुलाबी हो गया था।

'क्या बॉयज़ ईयर के पास बिंदी लगाते हैं मम्मी ?

पापा का चेहरा दहक उठा था।

उस शाम मम्मी-पापा ने मॉल ले जाने का वादा किया था। वो रोज़ की तरह बेडरूम में बंद हो गए। अचानक मुझे शरारत सूझी और मैं दरवाज़े पर जाकर चिपक गई। सोचने लगी, आखिर मम्मी-पापा बेडरूम में इतनी देर तक करते क्या हैं। दरवाज़े में एक छोटी-सी झिरी थी। इस दरवाज़े में सुराख़ मेरी वजह से हुआ था। बक़ौल मम्मी जब मैं डेढ़ साल की थी तो मैंने दरवाज़ा अंदर से बंद कर लिया था, लेकिन मुझे खोलना नहीं आया। जब ये एहसास हुआ कि मैं अंदर से बंद हूँ, तो ज़ोर से रोना शुरू कर दिया था। लॉक तोड़ा गया, तब से उस दरवाज़े में एक छोटा-सा होल बन गया था। मैंने देखा, मम्मी रो रही थीं। पापा उन्हें अपने आग़ोश में लेने की कोशिश कर रहे थे। मम्मी दूर छिटक कर कुछ कह रही थीं...मेरे नन्हे बाल मन ने इतना ही समझा कि मम्मी रूठ गई हैं और पापा उन्हें मना रहे हैं। लेकिन उस दृश्य ने मुझे जैसे अचानक समझदार बना दिया...दुनियादारी सिखा दी। मम्मी छोटी बच्ची में तब्दील हो गईं। वो जब कमरे से बाहर आईं तो उनकी आँखों की चमक सियाह रात में बदल गई थी...अपनी आँखों की नदी सुखाने की कोशिश कर रही थीं और वो मेरी नज़रों से बच रही थीं। लेकिन मेरी आँखें उनका लगातार पीछा करती रहीं। उनके गालों का रंग आज गुलाबी नहीं था, पीला-ज़र्द था। मेरी इच्छा हुई कि मैं सपनों वाली जादूगरनी बनकर मम्मी को आसमान की सैर कराऊँ। उनके चेहरे पर इंद्रधनुषी रंग पोत दूँ...मैं उठी, उनसे लिपट गई...उनके भीतर की नमी को महसूस करती रही।

'मम्मी चलो हम कहीं बाहर घूमने चलें'...मम्मी अक्सर मुझे ऐसे ही बहलाती थीं, जब मैं रोती थी। उस दिन के बाद से मम्मी के चेहरे पर न तो गुलाबी रंग दिखायी दिया, न ही पापा ने अपने ईयर के पास बिंदी चिपकायी। अब मुझे बात-बात पर डाँट पड़ने लगी। मेरी जिन शरारतों पर मम्मी बलैयाँ लेती, हँसतीं, अब उन पर मुझे डाँट या मार खानी पड़ती। कई बार वो 'स्टेच्यू'

बन जातीं। पापा के शब्दों से 'बर्फ़' या 'पत्थर' बन जातीं। पापा की मौजूदगी में मैं उनसे कुछ कहती, तो कहीं दूर दूसरी ओर देखने लगतीं।

उस शाम के बाद से वे साथ-साथ बैठते, चाय पीते, लेकिन दोनों के बीच चुप-सी लगी होती, जैसे 'खामोश-सा अफ़साना, पानी पर लिखा होता।' पापा सन्नाटा तोड़ने की गरज से कुछ बोलते, लेकिन शब्द गूँजते रह जाते, मम्मी वहाँ से उठकर घर के किसी दूसरे छोर पर चली जातीं, लेकिन दोनों अलग-अलग मुझसे बराबर संवाद रखते। सवालों के बादल से मैं घिर जाती। कई बार जानने की कोशिश करती तो मम्मी की आँखें नम हो जातीं या फिर वो 'स्टेच्यू' बन जातीं। उनकी ये अदा मुझे ज़रा-भी रास नहीं आती थी, मैं गुस्से और खीझ में रोने लगती तो मम्मी मुझे सीने से चिपका लेतीं, मेरी पीठ सहलातीं लेकिन कुछ बोलती नहीं। मैं और मम्मी जब घर में अकेले होते तो वो मेरे साथ लूडो, साँप-सीढ़ी खेलतीं या फिर 'अरेबियन नाइट्स' वाली कहानियाँ पढ़कर सुनातीं। इसी बीच अगर पापा का फ़ोन आ जाए, तो बस फिर उन पर ख़ामोशी तारी हो जाती। खिड़की की ओर शून्य में उनका ताकना, दीवार पर टँगी अपनी तस्वीर को एकटक देखना मुझे अखरने लगता था...उस समय उनकी आँखें चौड़ी और बड़ी लगती थीं। एक दिन उनकी इस मुद्रा से मैं भयभीत हो गई और मैंने उन्हें आवाज़ दी—'मम्मी, मम्मी।' मैंने उनसे लिपटकर अपनी उँगलियों से उनकी आँखों को छुआ, पलकों को ऊपर उठाकर देखा, उनमें पानी था, नमी थी।

'मम्मी रो रही हो।'

'नहीं, नहीं तो।'

'पर आपकी आँखों में तो ये आँसू हैं, ये देखो मेरी उँगलियाँ गीली हो गई हैं।'

'नहीं रे, यूँ ही पानी आ गया होगा साँची।'

'आँखों में पानी, मतलब रोना ही हुआ ना?'

मुझे समझ में नहीं आया, आँसू, पानी और रोने का फ़र्क़। मैं उनसे अगला प्रश्न पूछूँ कि इससे पहले वो उठकर चली गईं। आँसू, पानी और रोने का फ़र्क़...काश इसका मतलब उस समय समझ पायी होती।

एक दिन हम कहीं जा रहे थे, मम्मी ने गाढ़े नीले रंग की साड़ी पहनी।

उसी से मैचिंग ईयरिंग। गले में माला, लाल बिंदी और लिपस्टिक...बड़ी सुंदर लग रही थीं। मैं उन दिनों कुछ ज़्यादा ही बातूनी हो गई थी। जाने क्या-क्या तो बोल रही थी, अब याद नहीं। बस इतना याद है कि उन्होंने मेरे हाथ को अपनी हथेली में रखकर प्यार किया और उनके लाल होंठ मेरी हथेली पर छप गये। 'मेरे हाथ में लगी लिपस्टिक पोंछ दीजिए,' मैंने टुनकते हुए कहा था। मम्मी ने टिशू से पोंछा भी, लेकिन निशान बाक़ी रह गया था।

'ज़िन्दगी में बहुत सारे निशान बाक़ी रह जाते हैं, जो मिटाने पर भी नहीं मिटते, कुछ ख़रोंचें ताज़िन्दगी सालती हैं,' कहते हुए मम्मी फिर गंभीर हो गईं। उनकी आँखों में आँसू जैसे हर वक्त गागर की तरह भरे ही रहते। थोड़े-थोड़े अंतराल पर ढुलकते रहते।

'तुम मरीज़ हो गई हो और सायकिक भी, और ये मर्ज़ साँची को भी दे रही हो,' पापा ने खीझते हुए कहा था।

'साँची को बीच में न लाओ तो बेहतर,' मम्मी तल्ख़ हो गई थीं। शायद उन दिनों मम्मी सचमुच बीमार हो गई थीं। तभी तो वे डॉक्टर के पास जाती थीं।

मम्मी-पापा डॉक्टर के केबिन में थे। मुझे नर्स के पास बिठा दिया गया था। मैं आँखें बंद करके मम्मी के स्वस्थ होने की भगवान से प्रार्थना कर रही थी। ठीक उसी तरह जैसे मम्मी मेरे और पापा के लिए आँखें बंद करके 'प्रे' किया करती थीं। अचानक ज़ोर से मम्मी का रुदन सुनायी पड़ा था और मैं दौड़ी थी डॉक्टर के केबिन की ओर। नर्स ने चॉकलेट देकर मुझे बहला दिया था।

उस ख़ास सुबह की स्मृति तरोताज़ा है...जब पापा ने मुझे गोद में उठा लिया था। हॉल में ग़ुब्बारे सजे हुए थे। गुलदान में नए फूल...खिड़की में नीले पर्दे...साइड टेबल पर गिफ़्ट-रैपर में लिपटा हुआ कुछ था, जिस पर हिन्दी में पापा ने कुछ लिख रखा था, जो उस समय मैं नहीं पढ़ पायी थी और पापा से पूछा था। तब मैंने नया-नया हिन्दी पढ़ना शुरू किया था। पापा ने शादी की सालगिरह के माने 'वेडिंग एनिवर्सरी' बताया।

'मैं भी बड़ी होकर ख़ूब सारे गिफ़्ट्स आपको दूँगी'...बचपन की नन्ही और मासूम-सी ख़्वाहिश पंख लगाकर उड़ रही थी। अलग ही नूर था उस दिन घर में। कुछ ज़्यादा उजले दीये की तेज़ रोशनी की तरह। उस दिन बार-बार

मम्मी आकर मुझे गले लगाकर प्यार कर रही थीं। लेकिन फिर भी उनकी आँखों में घने बादल थे, जो रह-रह कर बरस रहे थे।

'मम्मी, आज सेलीब्रेशन के दिन आप क्यों उदास हैं?'

'उसे आँसुओं से प्यार हो गया है, खुशनुमा पलों में भी उदासी तलाश लेती है, न वो खुद खुश रहना चाहती है, न ही दूसरों को खुशहाल देखना पसंद करती है।'

एक बार फिर माहौल सन्नाटे और तल्ख़ी से भर गया था। पापा कम्प्यूटर रूम में चले गए। जाते-जाते उनके कुछ शब्द हवा में उड़ते रहे...'सूरज की रोशनी में भी किसी को अँधेरा ही नज़र आए तो फिर इस अँधेरे की उजास कभी नहीं होगी।'

'मन की नदी पर इतने बाँध बन गये हैं कि बहाव रुक गया है। इतनी सिलवटें हैं कि ठीक करते-करते आँखों के आगे अँधेरा छा जाता है। अब तुम्हारी ये बातें मुझे नहीं पिघलातीं,' मम्मी के होंठ काँपे थे। मुझे बाँध और सिलवटों का मतलब समझ में नहीं आया था।

'तुम आखिर चाहती क्या हो।'

'मैं क्या चाहती हूँ, ये जानने के लिए मेरे मन के समंदर में उतरना होगा। लहरों में बहना होगा। तुम एक नज़र में, एक मिनट में मुझे पढ़ना चाहते हो... नहीं सौरभ...! ज़रा मेरे मन की खिड़की में तो झाँको। कितनी उथल-पुथल है, कितना बवंडर है। बारीक नज़र से देखो, मेरे मन का पूरा संसार तुम्हें दिखायी देगा। इस भयानक शोर-गुल और भीड़ में मैं कितनी अकेली हो गई हूँ, कभी तुमने ये जानना ही नहीं चाहा। मेरे लिए व्यक्तिगत और वस्तुगत मूल्य निर्मूल हो गये हैं। मेरे भीतर लरज़ती आवाज़ें तुम सुनना ही नहीं चाहते हो। मेरी आवाज़ के पीछे छिपी महीन चिलकन तुम्हें दिखावा लगती है। क्योंकि तुम्हारी दिखावे में ही जीने की आदत हो गई है। तुम परतों को खोलना ही नहीं चाहते...तुम सिर्फ़ ऊपर-ऊपर देखते हो। मन के भीतर, चेहरे के पीछे क्या चल रहा है, तुम जानना ही नहीं चाहते।'

'ये सब कुछ तुम्हारा वहम है, फ़ोबिया हो गया है तुम्हें...मेनिया...ताज़िन्दगी तुम साइकियाट्रिस्ट के चक्कर काटती रहो, इसी में हम सबकी भलाई है।'

'उस व्यक्ति को भी वहम है, मेनिया और फ़ोबिया है, जो उस दिन

तुम्हारी जान का दुश्मन बन गया था ?...सामने सब कुछ आर-पार स्पष्ट हो जाने पर भी तुम उस ख़ौफनाक बात को वहम कह रहे हो।'

मम्मी की आँखों में फिर सैलाब उठा था। पापा ने मोबाइल उठाया, स्क्रीन पर देखा, उनके चेहरे की खीझ महीन मुस्कान में तब्दील हो गई थी। बालकनी में लगे पौधे की पत्ती पर एक बूँद ठहरी थी, ढुलक कर टूट गई। मेरे भीतर भी कुछ दरक गया था। लेकिन मुझे पूरा किस्सा नहीं समझ में आया था।

उन दिनों घर में एक ही स्थायी भाव रहता था, खामोशी, उदासी या तकरार। उस रात मम्मी लाल पाड़ की सितारे वाली साड़ी पहने थीं। ख़ूब सारे ज़ेवर पहनकर तैयार हुई थीं। मुझे भी ख़ूब सजाया मम्मी ने। ख़ूब मन से कई व्यंजन बनाए। डाइनिंग-टेबल पर तीन थालियाँ लगायीं।

'मम्मी हम तो आज पार्टी करने कहीं बाहर जाने वाले थे ना ?'

'पापा को घर लौटने में देर होगी इसलिए।'

'मम्मी पार्टी हम लोग कल करेंगे क्या ?'

'...।'

'मम्मी, पापा देर-से आयेंगे, तो ये तीसरी थाली किसकी लगायी है आपने।'

'पापा की। उनके होने का एहसास ही काफ़ी है, कहीं भी रहें, तेरे साथ ही होते हैं। कुछ व्यक्ति जीवन से इस क़दर बँध जाते हैं कि उनसे अलग अपनी ज़िन्दगी अर्थहीन लगती है। लेकिन मन को कहाँ पता होता है कि अचानक ज़िन्दगी नदी के दो किनारों की तरह हो जाती है, जहाँ हम साथ चलते हुए भी अलग-अलग हो जाते हैं। आज ही के दिन तेरे पापा और हम एक अटूट रिश्ते में बँधे थे।'

उस दिन मम्मी कुछ ज्यादा ही बोल रही थीं। वैसे भी मम्मी का मिज़ाज इन दिनों काफ़ी बदल गया था। कभी बेमतलब की बात पर हँसतीं, कभी अचानक ग़मगीन हो जातीं...रोना तो जैसे उनका प्रिय शग़ल हो गया था...कभी भी, किसी भी प्रहर शुरू हो जाता...यूँ कहें कि रोना उनका स्थायी भाव बन गया था। तब मुझे नहीं पता था कि वो दिन अब डायरी के पन्ने में तब्दील हो जाएगा। उस दिन के बारे में ज़रा भी मुझे आभास होता, तो मैं वक्त को रोक लेती...वो सब कुछ करती जो एक-छोटी बच्ची नहीं कर सकती। बहरहाल...मम्मी ने उस दिन अपने हाथों से खाना खिलाया, ज़रा भी खीझीं

नहीं, गुस्सा नहीं किया। वरना इन दिनों मुझे बात-बात पर डाँटतीं और दूसरे ही पल गोद में लेकर पुचकारतीं। लेकिन उस दिन ऐसा कुछ नहीं किया। मुझे खाना खिलाने के बाद वो लगातार लोगों से फ़ोन पर बात करती रहीं। उनकी बातों से लग रहा था कि फ़ोन पर अलग-अलग लोग हैं। फ़ोन पर बातें करते हुए खिलखिला कर हँस रही थीं, जैसे लाफ़्टर चैंपियन वाले शो में बैठी हों।

कई बार इंसान अपने भीतर की ज्वाला शांत करने के लिए हँसी के छींटे मारता है। काश, उनके भीतर का दावानल उस दिन मुझे दिखाई दे जाता, तो मैं ज्वालामुखी नहीं बनने देती। उन्हें नदी की तरह ठंडा कर देती, काश, उस दिन मैं मम्मी के मन के छाले को देख पायी होती। मम्मी ने उस रात भी मुझे अपने हाथों पर लिटाया, पहले लोरी गायी और फिर कहानी सुनाने लगीं। लेकिन वो कहानी अचानक किसी घटना में बदल गई। 'साँची, मुझे ऐसा लग रहा है, घनी रात का साया...विराट समंदर...लहरों के ऊपर मैं तैर रही हूँ, अचानक तेज़ लहर मुझे समंदर की गहराई में लिए जा रही है। ये लहरें फेनिल, श्वेत, चमकीली नहीं हैं...स्याही-सी घुली है इनमें। इन डरावनी लहरों से बाहर आने की कोशिश व्यर्थ-सी लग रही है। मैं सुनते-सुनते जाने कब नींद और सपनों की दुनिया में पहुँच गई थी, ख़बर ही नहीं मुझे। नींद में एक सपना और जागती आँखों से दूसरा सपना देख रही थी। ये सपना नींद वाले सपने से बेहद ख़ौफ़नाक था। पापा का रोना, बिलखना, चीत्कार...पहली बार मैंने अपने घर में इतनी भीड़ देखी। यहाँ न समुद्र, न लहरें, न कोई किनारा...मैंने अपनी आँखों पर हाथ रख के ख़ूब ज़ोर से दबाया और आँखें चौड़ी करके कन्फ़र्म किया कि मैं नींद में हूँ या जाग रही हूँ...या जागते हुए कोई डरावनी फ़िल्म देख रही हूँ। कुछ समझ में आए इससे पहले पड़ोसवाली काजल आँटी ने मेरे कन्धे पर हाथ रखकर एहसास करा दिया कि मैं जाग रही हूँ और ये सब जो मैं देख रही हूँ, हक़ीक़त है। काजल आँटी ने मेरे कान में अपना मुँह डालकर पूछा—'तुम्हारे पापा और मम्मी में कुछ अनबन चल रही थी क्या?'

मैंने अपनी आँखें उन पर चिपका दीं।

'तुम्हारी मम्मी किसी अंकल से मिलतीजुलती थीं।'

'मतलब...'

'मतलब पापा के अलावा उनका कोई फ्रेन्ड वग़ैरह...?'

'या तुम्हारे पापा की कोई गर्लफ्रैंड वग़ैरह...?'

'साँची बेटा बताओ ना, कल तुम्हारे घर में क्या हुआ था।'

काजल आँटी कुछ ज़्यादा आत्मीय हो गई थीं।

'आप काजल आँटी हैं या पुलिस आँटी...।' मैं चुपचाप उठी और मम्मी से लिपट गई।

'मम्मी ज़मीन पर क्यों सो रही हैं, उठिये ना मम्मी...रात वाली अधूरी स्टोरी पूरी कीजिए ना...। आप समंदर में अकेली थीं मम्मी...!!! फिर क्या हुआ...आप डरी नहीं समंदर की ऊँची लहरों से...?' मैं मम्मी को हिला रही थी, पापा मुझे अपनी ओर खींच रहे थे। मैं मम्मी से और चिपकती जा रही थी...मम्मी सचमुच की स्टेच्यू बन गई थीं। ये कोई गेम नहीं था। पापा ने मुझे गोद में उठा लिया, मुझसे लिपटकर रो रहे थे।

'तेरी मम्मी हमें छोड़कर चली गईं।'

'लेकिन ये तो यहाँ हैं!'

'नहीं बेटा...ये देह है उनकी।'

पापा बहुत देर तक मुझसे कुछ कहते रहे और मैं पूछती रही। पर उस वक्त मेरी आँखों के सामने कुहासा-सा छा गया था...जैसे रात का-सा अँधेरा हो गया हो। मैं डरी-सहमी रोए जा रही थी।

अचानक हथेली पर आँसू की एक बूँद आकर गिरी है...जैसे तब से अब तक मेरा रोना थमा ही न हो। और सचमुच मम्मी के जाने के बाद मैं कितनी अकेली हो गई थी। मेरा बचपन जैसे कहीं गुम हो गया था। मैं पापा की बेटी नहीं, पापा की दोस्त बन गई थी। रात को उठकर अक्सर मम्मी को मैं अपने बिस्तर पर खोजती। कई बार ज़ोर से चीख़ पड़ती।

मन के किवाड़ अभी बंद नहीं हुए थे कि मैं मम्मी की अलमारी खोलकर बैठ गई, जिसमें छोटी-सी संदूकची में सोने के पुराने जेवर, चाँदी के कुछ सिक्के, कुछ भूली-बिसरी चाभियाँ पड़ी हैं...। साड़ी के कवर में थी फुलकारी वाली नीली शॉल, गुलाबी स्वेटर, ज़री वाली कुछ साड़ियाँ और कुछ ड्रेस मटेरियल, जो सिलवाए जाने थे शायद किसी ख़ास मौक़े पर। वहीं कुछ चूड़ियाँ बिखरी थीं और लैदर का पर्स भी रखा था, जिस पर सफ़ेद फफूँद लग रही थी, उसे साफ़ करने की गरज से उठाया तो उसमें से काग़ज़ का एक

बंडल नीचे गिर गया और एक छोटी-सी नोटबुक बाहर निकल आई...जिस पर मम्मी की लिखावट नीले मोतियों-सी चमक रही थी...

'मुझे अपने आप से शिकायत है, मैं तुम्हें पढ़ ही नहीं पायी...हम एक ही जिल्द में बँधी किताब की तरह हैं, लेकिन अलग-अलग पन्नों में हम अपने-अपने दुखों के साथ निपट अकेले हैं। एक ही दरख़्त की अलग-अलग शाखाओं पर काँपते पत्तों की तरह हैं हम, जिनके भीतर की सिहरन और एकांत को कोई नहीं जानता। फ़र्ज़ और ज़िम्मेदारियों के बोझ तले गुम हो गयीं नाज़ुक इच्छाओं के बारे में किसी को पता नहीं होता। वैसे तुमने तो बख़ूबी निभाई अपनी ज़िम्मेदारी...यहाँ तक कि ख़ास पलों को भी फ़र्ज़ की तरह निभाते चले गए। मुझे तो एहसास ही नहीं हुआ, तुम मुझसे इतनी दूर जा चुके हो। तुम्हारे प्यार की राज़दार तो मैं हूँ ही नहीं। वो रिश्ता, वो प्रेम, वो इंतज़ार, वो साथ, वो तड़प, वो उदासी, वो मुस्कान, वो हँसी, वो रुदन मेरे लिए छलावा, उसके लिए हक़ीक़त या उसके लिए छलावा मेरे लिए हक़ीक़त...? सौरभ! अब तक का हमारा इतना लंबा साथ महज़ एक भरम रहा...हम साथ जीते हुए भी रोज़ साथ-साथ मरते रहे...क्योंकि हम-तुम साथ थे ही नहीं। तुम्हारी ज़िन्दगी में तो मैं थी ही नहीं। मेरी ज़िन्दगी तो ख़ूबसूरत नाटक बन गई है। लेकिन सौरभ, मैं अपना किरदार अब नहीं निभा पाऊँगी। जानती हूँ ये फ़िल्मी अंदाज़ है, जी नहीं सकती तो मर तो सकती हूँ तुम्हारे साथ...लेकिन फिर अपनी साँची का क्या होगा। इसलिए तुम्हें साँची के लिए छोड़ रही हूँ। उम्मीद है उसकी परवरिश पूरे समर्पण से करोगे।

'ज़माने भर में जिसे प्यार कहा जाता है, उसे तुमने बोझ और सज़ा बना दिया है। आखिर तुममें कौन-सी चाहना है, जो मृगमरीचिका की ओर भाग रहे हो, तुमने हरे-भरे खेतों के रास्तों को छोड़कर जलती रेत के रास्तों को चुन लिया...तुम अपने पाँव जलाते रहे और मैं उन पर मरहम लगाती रही...क्योंकि इसी में मुझे दिली सुकून मिलता रहा। मैं रोज़ तुम्हारे लिए दुआओं का ताबीज़ बनाती रही, उस ताबीज़ का असर किसी और पर होता रहा। ये कैसा मायाजाल...ये कैसा कुचक्र रच गया हँसती-खेलती ज़िन्दगी में...ज़िन्दगी की हरियाली खोजते-खोजते तुम किस बियाबान में भटक गए...जहाँ सूखे, रंगहीन ठूंठों के सिवा कुछ भी नहीं है।

'अपनी इस कथा के अंत में सिर्फ़ इतना ही कि साँची पर हमारी ज़िन्दगी का साया न पड़े। मेरी इस दुआ का असर ज़रूर होगा।'

मैं नोट-बुक के उन पन्नों को बार-बार उलट-पुलट कर पढ़ रही हूँ। बचपन से जिये हुए एक-एक लम्हे को याद करते हुए सूई में धागे की तरह पिरो रही हूँ, लेकिन नाकाम हो रही हूँ। आखिर क्या था पापा का वो राज़, जिसने मम्मी को दुनिया छोड़कर जाने को मजबूर किया। मम्मी और पापा के रिश्ते के बीच क्या एक गैप था? दोनों का रिश्ता क्या एक सूखे पत्ते की तरह था?...ऊपर से जो दिखता था, क्या वो भीतर से खोखला था...आखिर क्या कमी थी उनके बीच...जो हरा-भरा पौधा मुरझा गया, वो कौन-सा अधूरापन था, जो पूरा नहीं हो सका। सवालों की नदी के पार जाने की मैं कोशिश कर रही हूँ, लेकिन दूर तक कोई किनारा नज़र नहीं आ रहा। मम्मी आँखों से ओझल ही नहीं हो रही हैं। काश पहले मिली होती ये नोटबुक मुझे, तो पापा से पूछती इन सवालों के जवाब। काश मैं मम्मी की ख़ामोशी के माने समझ पायी होती। सवालों के दंश से कराह रही हूँ मैं। कहीं मम्मी का सच मेरा सच भी न हो जाए। कहीं दर्श भी...। कितना समझ सकता है कोई किसी को। कितनी, कितनी परतें होती हैं एक इंसान की। मैं आज अपने इस अहम फ़ैसले पर विचलित क्यों हो रही हूँ। आखिर क्यों मैं अकेलेपन के महासागर में डूबती जा रही हूँ, जबकि दो ज़िन्दगियाँ समान नहीं होती हैं।

...मोबाइल उठाया तो देखा दर्श की अनगिनत मिस्ड कॉल हैं। भारी मन से कॉल-बैक कर रही हूँ।

आख़िरी कॉन्ट्रैक्ट

कहते हैं इंतज़ार मीठा होता है, लेकिन यदि पूरी ज़िन्दगी इंतज़ार बन जाए तो...यही सवाल बार-बार दस्तक दे रहा था कि मैंने झपटकर अपने दिल का कपाट बंद कर दिया, पर कहाँ। बंद करने की कोशिश में दिल की दीवार के भीतर के पट भी खुलते चले गए और मैं घनी सुरंग में गुम होती चली गई। कानपुर शहर की वह आख़िरी शाम थी जब मोती झील के सघन बाग की डालियों ने झुककर सलाम किया था, अमलतास के फूलों को सहला कर उनकी नरमी को अपनी मुट्ठी में समेट कर आगे बढ़ गई थी। सघन पेड़ों के बीच सूखी झील का सारा पानी मेरी आँखों में भर आया था, दुबारा-तिबारा बार-बार मुड़ कर देखा था कि पता नहीं दोबारा कब इस शहर में दाखिल होने को मिलेगा।

मम्मी ने आफ़ताब के घर ईद की दावत पर जाते हुए कहा था, 'उनके यहाँ सिर्फ़ मुबारकबाद देना, कुछ खाना मत, ये लोग सिवैयों में हड्डी का चूरा मिला देते हैं।'

'केसर या पिसे हुए ड्राइफ़्रूट की तरह हड्डियों का चूरा भी इनके यहाँ तैयार रखा रहता है क्या?'

उस रोज़ जब मम्मी को यह बात मैंने याद दिलाई तो वह खिलखिला पड़ी थीं।

'मुस्लिम परिवार में दोस्ती तो क्या, हमें उनकी परछाई से भी दूर रखा जाता था।'

...पर फिर भी मम्मी की दाद देनी पड़ेगी कि खुद को राज़ी कर अपने उस परिवेश को धता बताते हुए उन्होंने 'ईश्वर-अल्लाह' को शेक हैंड करवाया

और मुझे, आफ़ताब को अपना जीवनसाथी बनाने की आज़ादी दे दी। यह दीगर बात है कि हमें उस शहर को अलविदा कहना पड़ा।

मैंने घड़ी की ओर देखा 'मूवर्स एंड पैकर्स' ने टी-ब्रेक लिया था। मैंने भी अपनी स्मृतियों से ब्रेक लिया...

'बेंगलुरु में ठंड कहाँ पड़ती है? इतने सारे गर्म कपड़ों का क्या होगा,'... सोचते हुए मैंने वार्डरोब से आख़िरी साड़ी तह करने के लिए निकाली और बहुत सारे लम्हे भी तहाने लगी...लेकिन साटन की साड़ी को जितना ही तहाओ, फिसल कर खुल ही जाती है। मेरा मन भी साटन की साड़ी की तरह फिसल कर अतीत की गलियों में ही विचर रहा है। शहर कोई भी हो तंगदिली हर शहर में होती है, मुंबई में भी तंगदिली की बड़ी इमारतें हैं।

'घर किसके नाम पर होगा?' ओनर ने पूछा था।

'दोनों के।'

'कॉन्ट्रैक्ट मैडम के नाम से बनवा लीजिए...आपके नाम से सोसाइटी ऑब्जेक्शन करेगी,' कहते हुए मकान मालिक अपनी रिवॉल्विंग चेयर पर गोलाई से घूम गया था।

ठीक उसी वक्त मेरे कानों में मम्मी की पुरानी आवाज़ ने डंक मारा था—'बेटी हम आफ़ताब को घर-जमाई बना लें, तो भी हमारा समाज उन्हें सम्मान के नज़रिए से नहीं देखेगा।'

तमाम जिरह करने के बावजूद मकान मालिक ने घर देने से इंकार कर दिया। मेट्रोपॉलिटन शहर का यह मेरे लिए पहला झटका था। इस महानगर में भीड़ का महासागर पनाह पाता है, पर धर्म और संप्रदाय की कुछ जलकुम्भियों ने पूरे सागर के पानी को खारा कर रखा है। जैसे-तैसे एक मित्र की मदद से एक लाख डिपॉज़िट, दो महीने का किराया एडवांस, ग्यारह महीने के कॉन्ट्रैक्ट पर हमें अस्थाई मकान मिल गया। उसी एक ही कमरे में बेड, अलमारी, ड्रेसिंग, ड्रॉइंग-रूम के सामान को ठूँस-ठूँस कर सजा दिया गया। फिर शुरू हुई मकान की असली तलाश।

वह झमाझम बारिश का भीगा दिन था। मैंने और आफ़ताब ने बाइक पर सवार होकर एस्टेट-एजेन्ट के पीछे-पीछे मीरा रोड भाइंदर से लेकर बोरीवली, कांदीवली, मालाड, मालवणी तक के चक्कर काटे। उस रोज़ हमने दस से

पन्द्रह घर देखे जिनमें से सिर्फ़ एक ही मकान में धर्म की दीवार नहीं थी। बकौल ब्रोकर मकान-मालिक धर्मनिरपेक्ष है और मीटिंग करने को तैयार है। 2-बी-एच. का एक आयताकार घर, दीवारें सीलन से मरियल, पीली थीं। हॉल के नीचे की दीवारों से पपड़ी झड़ रही थी, बाईं ओर बाथरूम...उसी के सामने रसोई और लगा हुआ ज़रा-सा गलियारा, फिर सीढ़ी चढ़ो तो मास्टर बेडरूम और छोटा बेडरूम, एक तरह का अजायबघर...छोटा कमरा बंद था जिसका हैंडल घुमाया तो चूँ-चर्र की आवाज़ हुई, साथ ही एक कनखजूरा इठलाता हुआ दीवार पर चढ़ने लगा...।

...शी...मेरे मुँह से निकली आवाज़ को चालाक ब्रोकर नज़रअंदाज़ करता हुआ बोला—'व्यू देखो, मस्त है।' उसने 'वॉल-साइज़' विंडो खोल दी। खिड़की खुलते ही सघन पेड़ की डालियाँ, जो काँच से सटकर मुड़ी हुई थीं, वे खिड़की के भीतर हरहरा कर घुस आईं और लहराने लगीं, उन्हें जैसे खुला आकाश मिल गया हो, मैंने उन पत्तियों को छूकर सहलाया तो एक बुलबुल जो बगल की डाली पर बैठी थी फुर्र से उड़ गई। मैं सोचने लगी कि यह चिड़िया न नमाज़ पढ़ती होगी, न पूजा करती होगी, न ही प्रेयर...फिर इसका नाम रखना हो तो क्या रखा जाए? अगर इन चीज़ों में धर्म का बँटवारा हो जाए, तो इनका उड़ना दूभर हो जाए...कैसे पता चलेगा कि आसमान का कौन-सा इलाका किस मज़हब का है।

'पेंटिंग का एक कोट मारोगे तो घर सॉलिड झक्कास हो जाएगा, इधर डिपॉज़िट का भी लफड़ा नहीं...सिर्फ़ 2 साल का किराया एक साथ देना होगा और टेंशन फ्री'—ब्रोकर की आवाज़ मेरे कानों में झन्न से बजी थी।

'इस सीलन भरे दड़बे में रहने से बेहतर है कि हम मालवणी साइड, गणेश नगर के मुस्लिम इलाके में रहें,'...मैं बुदबुदाई थी।

'उधर आपके नाम का लफड़ा होगा बेन, मैंने कई मुसलमान भाय को गणेश नगर में घर दिलाया है, उन लोगों की सुबह भोंपू पर अज़ान से होती है, आपको जमेगा बेन?...अपना आफ़ताब भाई तो एकदम क्लीन...अपुन का माफ़िक है, वो लोग आपको ''विदाउट बुर्का'' एक्सेप्ट करेगा?'...कहते हुए ब्रोकर ने फाफड़ा जलेबी की प्लेट हमारी ओर सरका दी। कहीं उसके हाथ आया शिकार चंगुल से छूट न जाए, इस ग़रज़ से वह हमें पटा रहा था।

मेरी आँखों के आगे गणेश नगर का वह इलाका घूम गया जहाँ गलियों के बीचोबीच कुकडू-कूँ करती मुर्गियाँ फुदकती रहती हैं, जगह-जगह कचरे के ढेर, हर नुक्कड़ पर लटकता हुआ मीट। उसकी दुर्गंध जैसे मेरे नथुनों में घुस गई हो, बुर्का पहने उर्दू-दां औरतें...कबाड़ी की दुकानें...गली के मुहाने पर साइकिल सुधारने की दुकानें, मैले-कुचैले कपड़े पहने अधनंगे बच्चे...बुर्के वाली औरतें घर की बेल बजा कर तोहफ़े में कभी बुर्का तो कभी नसीहत की घुट्टी दे जायेंगी...अरे मैं यह सब क्या सोच रही हूँ?

हमारी ज़िन्दगी ग्यारह महीने के कॉन्ट्रैक्ट में तब्दील हो गई थी...हर आठवें-नौवें महीने बाद घर की तलाश की मुहिम शुरू हो जाती। उस रोज़ मेरा भयंकर सिर दुख रहा था। वजह थी कई रातों की नींद का ग़ायब रहना। दिनभर कंपनी में ज़्यादा काम करना, फिर गृहस्थी और सबसे ज़्यादा पीड़ा दायक थी मकान की खोज...स्ट्रेस और थकान से बेहाल...उस दिन दफ़्तर से जल्दी निकल गई, यह सोच कर कि घर पहुँचते ही चादर तान कर सो जाऊँगी। आज घर देखने की मुहिम कैंसिल...हालाँकि घर का कॉन्ट्रैक्ट खत्म हो चुका है, मकान मालिक की दया याचना पर कुछ दिनों की मोहलत मिली है।

अपने आप से गुफ़्तगू करती हुई मैं कब अपने फ़्लैट के दरवाज़े पर पहुँच गई, पता ही न चला। इंसान को जब जिस चीज़ की बेसब्र तलब हो, वह उस वक्त कतई नहीं मिलती। मैंने देखा घर के ऑटोमेटिक लॉक के ऊपर लगी कुंडी पर फँसा एक ताला मुँह चिढ़ा रहा है।

'अरे..!!! मैंने तो ताला लगाया ही नहीं था...कहीं आफ़ताब ने तो नहीं!!! ...यह तो हमारा ताला है ही नहीं, फिर?'

...कई बार ताले को खींच कर देखा, पीछे मुड़ी, बाकी के तीनों फ़्लैट बंद थे। किससे पूछूँ, कौन हो सकता है, वजह क्या होगी, कहीं नल तो नहीं खुला छूट गया...? घर के भीतर कोई हादसा तो...नहीं-नहीं, दरवाज़ा बाकायदा बंद, सुरक्षित था। फिर यह ताला किसने जड़ा होगा। वॉचमैन से पूछने के लिए गेट पर आई, तो देखा वॉचमैन वहाँ से नदारद। सिर में दर्द से ज़ोरदार सायरन बज रहा था, क्या सोसाइटीवालों ने यह ताला लगाया होगा? या फिर मिस्टर राठौर ने? लेकिन उन्होंने ही तो कुछ दिन और रहने का आश्वासन दिया था फिर...? तो क्या मकान मालिक ने हमसे झूठा वादा किया? आफ़ताब भी नहीं

आये हैं। जी चाह रहा था खूब ज़ोर से रोऊँ...क्या करूँ, पुलिस में कंप्लेन्ट करूँ लेकिन पुलिस भी तो उनकी खास है।

निश्चय ही यह 'तिलकधारी' का काम होगा, वॉचमैन खैनी मलता हुआ सामने निर्विकार भाव से खड़ा था...'मैडम उधर हमारी झोपड़ी है, वन रूम किचन। आप चाहें तो उधर दो-चार दिन रह सकती हैं,'...उसकी आत्मीयता उस वक्त तेजाब का काम कर रही थी। आख़िरकार आफ़ताब आए, 'तिलकधारी' जो सोसाइटी का सेक्रेटरी था, हम उससे मिलने गए। भयानक सिरदर्द का असर तो मेरे चेहरे पर था ही, रोई भी थी पर उस वक्त अधिक कातर आवाज़ में और ज़्यादा विनम्रता पहन मैंने उससे अपने किराए के फ़्लैट की चाबी माँगी।

'चाबी तो नहीं मिलेगी,' वह तो जैसे जंग पर आमादा था। आफ़ताब और उसके बीच जम कर झड़प हुई। सोसाइटी के दूसरे मेंबर्स ने बीच-बचाव ज़रूर किया लेकिन वह 'तिलकधारी' की ही तरफ़दारी कर रहे थे। 'मैं औरत ज़ात से बात नहीं करता,'...मेरी कही हर बात को इग्नोर करता हुआ वह बोला। पुलिस थाने से लेकर मैंने महिला आयोग तक जाने की धमकी दे डाली, फिर भी वह टस-से-मस नहीं हुआ। दरअसल ऐसे तिलकधारियों का हर जगह खास जुगाड़ होता है। हाँ...मेरी धमकियों से इतना फ़ायदा ज़रूर हुआ कि वह अपने झगड़ने का सुर तार-सप्तक से मंद्र-सप्तक तक ले आया। लेकिन हमारे फ़्लैट की चाबी नहीं दी तो नहीं दी। उस रात हमने किस-किस को फ़ोन नहीं किया, पर सबने इसे निजी विवाद का नाम देकर हथियार डाल दिए। अंत में बेबस-लाचार हम उसी मित्र के घर पनाह लेने को मजबूर हुए जिसके परिचय से हमें यह घर मिला था। उसने भी मकान मालिक से बात करने का प्रयास किया, पर बात नहीं बनी। मेरे पति का नाम आफ़ताब है इसलिए हम यह वनवास काटने को अभिशप्त थे। मैंने अपने सिर को दुपट्टे से कसकर बाँध लिया था। मन में विचारों का मंथन और सिर का दर्द शबाब पर था...।

'हम पूरब को शुभ दिशा मानते हैं, वे पश्चिम को, उनका और हमारा कोई मेल नहीं...समाज का हर तबका इन्हें हिकारत से देखता है, लोग तुम्हें भी देखेंगे,'...मम्मी के वाक्य हवा में उड़ते हुए आँखों में, फिर दिमाग़ में पनाह पाने लगे थे... 'विधर्मी शादी से हमेशा कष्ट ही मिलता है, ज़िन्दगी के हर मोड़ पर इसका एहसास होगा तुम्हें। इनकी और हमारी पूरी संस्कृति अलग है,

हम ख़ाली पेट पूजा करते हैं, वे खाना खाकर नमाज़ पढ़ते हैं...।' इन विचारों को परे भगाने की गरज़ से मैंने अपनी आँखें कसकर मीच लीं, करवट बदल कर सोने की कोशिश करने लगी।

'यह मुझे क्या हो रहा है!'...

तभी आफ़ताब की हथेलियों का ऊष्म स्पर्श और फिर मैं ग्लेशियर की तरह देर तक पिघलती रही, उसके प्यार के जल से देर तक भीगती रही। ख़ौफ़नाक विचारों का भंवर आँखों के सामने गोल-गोल नाच रहा था...कहीं 'तिलकधारी'...बदमाशों की टोली लेकर यहाँ न पहुँच जाए, कहीं वह हमारा सारा सामान घर से बाहर न फेंक दे, कहीं वह तोड़फोड़ न करे। मैंने महसूस किया आफ़ताब की खुली आँखों में भी डर की सुनामी तबाही मचाए थी।

अगली शाम मकान मालिक से मीटिंग हुई, ग्यारह महीने का किराया एडवांस लेकर उसने हमें कुछ दिन और उसी मकान में रहने की इजाज़त दे दी। कुछ दिनों बाद सोसाइटी का वही 'तिलकधारी' नगर निगम के चुनाव-प्रचार में मंच से जाति-धर्म और सांप्रदायिकता के खिलाफ़ भाषण दे रहा था...'हिन्दू-मुस्लिम-सिख-ईसाई, सब आपस में भाई-भाई।' लोगों के मन में उसके भाषण से संवेदना के सूखे तालाब में भी कमल खिल रहे थे। जी चाहा था उससे माइक छीन लूँ और चिल्लाकर बोलूँ, 'झूठा है यह, फ़िरकापरस्त है यह, इसी की वजह से हम आज भी बेघर हैं,'...लेकिन सारे शब्द हलक में ही घुट कर रह गए।

'इस तरह हम कब तक भटकते रहेंगे चलो अब ग्यारह महीने के कॉन्ट्रैक्ट से मुक्ति पाकर अपना एक स्थाई आशियाना बनाएँ,'...आफ़ताब की यह आवाज़ सुरंग में 'इको' की तरह मेरे कानों में गूँजी थी। उसने मेरे हाथों को अपनी ओर खींचते हुए हथेली पर लिखा था—'...घर'। खुद को हवा की तरह हल्का पाकर आफ़ताब के कंधे पर मैंने अपना सिर रख उसकी शर्ट पर दो पारदर्शी बूँदें टाँक दी थीं।

कुहासे से ढँके कॉन्क्रीट के इस वीरान जंगल में आफ़ताब ही वह फूल था जिसकी मुस्कान की पंखुड़ी मुझे गुदगुदाती थी। इस जंगल में हम दोनों एक-दूसरे का हाथ थामे कठिनाइयों के पहाड़ पर चढ़ते जा रहे थे। हमने भी पहाड़ों की नर्म धूप की तरह रेशमी मुलायम घर खरीदने का सपना बोया और उसके अंखुवाने की प्रतीक्षा करने लगे।

असित देसाई मीरा रोड के इलाके का एक बड़ा ब्रोकर था। उसने कई बिल्डिंगों में घर दिखाने के लिए खूब चक्कर कटवाए। फ़्लैट पसंद आ जाता तो बिल्डर से मीटिंग की तारीख का इंतज़ार। अंत में जवाब यही मिलता कि वह किसी गुज्जु परिवार को प्रेफ़र करेगा।

'असित भाई, पहले ही आफ़ताब का नाम बता दिया कीजिए, अगर बिल्डर राज़ी हो, तभी घर दिखाइए,' आज़िज़ आकर मैंने ब्रोकर से कहा था—'मैं आप लोगों को रितेश भाई शाह से मिलवाऊँगा, तेओ बहू नेकदिल माणस छे...बहु संघर्ष करीने एटलामोटा व्यापारी बणया छे।'

सेक्टर-8 में रितेश भाई शाह की बनाई दो बिल्डिंगें...खूबसूरत गार्डन, सी-व्यू, मैंग्रोव्ज़, जहाँ कभी न खत्म होने वाला हरापन है। 'आफ़ताब मेरा तो दिल आ गया है इस फ़्लैट पर,'...आफ़ताब ने पैंट की जेब से रुमाल निकालकर माथे का पसीना पोंछते हुए कहा—'असित भाई बिल्डर से मीटिंग फ़िक्स करो।'

...'फ़्लैट में ईद पर बकरा तो नहीं काटोगे?' टेबल पर हाथ से ठक-ठक कर काटने का इशारा करते हुए रितेश भाई ने पूछा था।

'रितेश भाई ईद नहीं बकरीद पर होती है कुर्बानी, इनको मज़हब से कोई लेना-देना नहीं,' मैं तपाक से बोली थी।

'शिवांगी बेन आप बाद में धर्म बदलकर बुर्का तो नहीं पेनोगे ना?' आफ़ताब के चेहरे पर झल्लाहट साफ़ दिखाई दे रही थी।

'मेरे को प्रॉब्लम नहीं है, मैं खाली सोसाइटी के लिए पूछता हूँ...वो क्या हे ने, 80 परसेंट फ़्लैट बिक चुके हैं, इसके लिए उनसे पूछना पड़ेगा, वरना आपको बाद में तकलीफ़ हो जाएगा।'...

आफ़ताब के चिंतित और तमतमाये चेहरे को पढ़ते हुए मैंने कहा, 'आप फ़्लैट-ओनर पर प्रेशर डाल सकते हैं।'

'बेन! तमे हिन्दू छे, आ भाई साब के नाम मां प्रॉब्लम छे। मोटा भाई आप नाम बदल लेवें या बेन के नाम पर एग्रीमेंट कर लेवें,'...कहते हुए पान मसाले का पाउच चीरकर मुँह में भर बाकी बातचीत उन्होंने मुँह में भरी पीक के साथ की। उसके पीक का छींटा मेरे ऊपर न आ जाए, इस डर से झट मैंने अपनी कुर्सी टेढ़ी कर, ज़रा दूर खिसका ली।

'आपको कितनी किश्त में कितना पैसा देना होगा, इसकी पूरी डिटेल

इस काग़ज़ में है, आप अभी पाँच लाख टोकन मनी दे दो,'...पेंसिल से लिखे हुए हिसाब का कागज़ थमाते हुए रितेश भाई शाह बोले।

बजट देखकर हम दोनों को जैसे बिजली का शॉक लगा हो, लेकिन फिर फंड और लोन की इलिजिबिलिटी याद करके थोड़ी आश्वस्ति हुई।

आधी रात के सन्नाटे में जब झींगुरों का समूह-गान सुनाई दे रहा था, शुक्ल-पक्ष की चटख़ चाँदनी जंगले से छन-छन कर टुकड़े-टुकड़े बिखर कर झिलमिल कर रही थी, तभी नींद सपनों की उँगली थाम मुझे उस जगह ले गई जहाँ वासंती फूलों की घाटी में फूलों के झुरमुटों के बीच छोटी-सी सुंदर झोपड़ी थी, झोपड़ी के पीछे बहता झरना...झरने पर पड़ती चाँदनी की परछाईं को शिशु की मानिंद पकड़ने की मेरी कोशिश...पेड़ों की क़तार के बीच हैमक...हैमक से बाहर आने की कोशिश की और ख़ूबसूरत नज़ारों को आँखों में कैद करने के लिए आँखें कस के मिचमिचाईं तभी एक क्रूर मच्छर ने डंक मारा, हड़बड़ा कर मैं उठ बैठी। हवा के झिन्गोले से मैं धम्म से गिर पड़ी। ख़्वाबों की नायाब दुनिया तबाह हो गई।

...'आफ़ताब! बिल्डर ने टोकन-मनी की रसीद नहीं दी है...कहीं वह मुकर गया तो...?'

'इतना बड़ा बिल्डर, उसके लिए यह छोटी-मोटी रकम है...सो जाओ,' कहते हुए आफ़ताब ख़र्राटे भरने लगे।

'सुनो अगर सोसाइटी ने 'न' कर दिया तो क्या बिल्डर हमारी टोकन मनी लौटाएगा?'

'उफ़्फ़...सोने दो ना। आधी रात को चिंता के पहाड़ पर ट्रैकिंग क्यों कर रही हो? सुबह बात करेंगे,'...आफ़ताब खीझते हुए फिर नींद के आगोश में चले गए।

'सुबह...? मुंबई रात की बाँहों में जाती है कि बस चंद लम्हों में ऊँची इमारतों के पीछे छुपा सूरज छतों पर अपना आँचल पसार देता है। बेघर लोगों के लिए रात और दिन सब बराबर हैं। पर हाँ, रात हमारे लिए बड़ी डरावनी होती। दरवाज़े पर हुई हवा की दस्तक या खिड़की से बजी हवा की सीटी की आवाज़ से हम चौंक कर बैठ जाते, रात में कभी बेल बजने पर आफ़ताब किचन में रखा रॉड हाथ में लेकर दरवाज़े से सटकर आहट लेते, मैं आफ़ताब की बाँह कसकर

पकड़ लेती, झिरी से झाँक कर देखते, कभी वॉचमैन होता तो कभी पड़ोसी।

अगली शाम मेरे मोबाइल पर 'ब्रोकर मीरा रोड कॉलिंग' रिंगटोन बजी, मैंने दौड़कर मोबाइल उठाया 'हैलो...हाँ कर दिया ना बिल्डर ने? हम जल्द ही बैलेंस मनी का इंतज़ाम कर लेंगे,' मैं एक साँस में कह गई।

'मेरे पास बिल्डर की वापस की हुई आपकी टोकन-मनी रखी है, आप आकर ले जाओ,' चालाक ब्रोकर की आवाज़ में उस वक्त कोई धूर्तता नहीं थी, बल्कि घर न दिला पाने की विवशता थी। आखिर उसे भी तो ब्रोकरेज की मोटी रकम मिलनी थी। हमारी मोहब्बत का सेमल की रूई की तरह नरम मुलायम आशियाना बनने से पहले ही ढह गया, पर हम नहीं टूटे, उस ज़माने से हमारी जंग जारी रही, जहाँ खून के रंगों में ही भेद किया जाता है।

'रफ़ीक भाई! हमें हिन्दू इलाके में घर चाहिए,' आफ़ताब के कहे इस वाक्य पर ब्रोकर रफीक का चेहरा हैरत से भर गया।

'इस माहौल में आप हिन्दू इलाके में रहना चाहते हैं?'

'मेरा मतलब है साफ़-सुथरा इलाका...और हाँ मस्जिद से ज़रा दूर रहे तो बेहतर।'

मेरे चेहरे पर चिंता की लकीरें और बेहाली, खामोशी से कुछ कह रही थी, मौके का फ़ायदा उठाते हुए रफ़ीक भाई आत्मीय होकर बोले—'तसल्ली रखिए आपा, हम आपको बेहतरीन घर दिलाएँगे, गोया आपके नाम की अड़चन आएगी। आपने इमाम से निकाह पढ़ा है ना...? क्योंकि हमारे यहाँ बगैर निकाह के शादी को हराम मानते हैं। नाम बदलकर क्या रखा था...? उसी नाम से आप आफ़ताब भाई की नॉमिनी बन जाइए।'

'दुनिया में क्या कोई ऐसा व्यक्ति नहीं, जो मज़हब के कोठार में क़ैद न हो...?' मुझे मज़हब के इतने सारे स्पीड-ब्रेकर से घुटन-सी होने लगी थी, गले में पहने ताबीज़ और श्री-यंत्र निकाल कर मज़हब के खांचे से ख़ुद को आज़ाद कर लेने का जी चाहा था। मम्मी की बात ने यहाँ भी डंक मारा—'इस बेमेल विवाह से हमेशा सवालों के घेरे में रहोगी, पग-पग पर तुम्हें एहसास कराया जाएगा, तुम एक मुसलमान की बीवी हो।'

'बुरा न मानें तो एक बात कहूँ आपा...?'

ब्रोकर रफीक भाई की आवाज़ ने मुझे यादों के बयाबां से बाहर निकाला था।

'निकाह के बाद बेगम अपने शौहर की हो जाती है। उसकी मर्ज़ी और मज़हब के मुताबिक वह चलती है।'

' .... '

'आप यह टिकली-विकली क्यों लगाती हैं ? हमारे मज़हब में यह कुफ़्र है।'

'रफ़ीक भाई ! मेरी तमाम हिन्दू फ्रेंड्स टिकली नहीं लगातीं और तमाम मुस्लिम सहेलियाँ बुर्का नहीं पहनतीं, वह मेरे साथ मन्दिर जाती हैं...आप घर के बारे में बात कीजिए ना।'

'खुदा क़सम आपा ! अपनी सोसाइटी में आपको शानदार, नायाब घर दिलवा दूँगा, वहाँ न मज़हब का क़िला होगा, न सवालों की बौछार...न ही कोई आपको तंग करेगा बस...आप अपना नाम शुभांगी से शगुफ्ता, शायना, शमा वगैरह रख लीजिये।'

आफ़ताब से इसी ब्रोकर ने पिछली बार बोला था—दूसरे मज़हब में शादी करने से जन्नत का दरवाज़ा बंद हो जाता है। मैं अपना नाम बदल लूँ तो स्वर्ग का किवाड़ मेरे लिए बंद नहीं होगा... ? तनाव के इन पलों में भी मैं मुस्कुरा पड़ी थी, रफ़ीक भाई ने उस वक्त इस्लाम क़ुबूल करने के तमाम फ़ायदे बताये, लेकिन अपनी बात का हम पर कोई असर न होता देख, उन्होंने हमें कला नगर के पॉश इलाके में मिस्टर राणे से मिलवाया, जिनकी बिल्डिंग में मिली-जुली कम्युनिटी थी। हमारे घर का सपना वहाँ आखिरकार मुकम्मल हुआ।

सदियों से बोये जा रहे जाति-धर्म के बबूल का वहाँ की सोसाइटीवालों ने बड़ी आसानी से सफ़ाया कर दिया, आफ़ताब और हम सोसाइटी के मेंबर बन गए, कुछ दिन तक हम उनके लिए अजूबा बने रहे पर फिर महिलाओं की किटी पार्टी मेरे बगैर अधूरी रहने लगी। 'तुम भी नमाज पढ़ती हो ? *क़ुरान* में होता क्या है ? क्या *रामायण, महाभारत* और *भगवद्गीता* की तरह ही पाक होता है *क़ुरान*? ईद-मुहर्रम तुम कैसे मनाती हो ? तुम वेजिटेरियन हो ?'...इस तरह के तमाम सवालों से पड़ोसिनें हमारी ज़िन्दगी में कोई-न-कोई मसाला ढूँढती रहतीं। हालाँकि हम स्वीकार कर लिए जाने के बावजूद अस्वीकार ही रहे। हमारे रहन-सहन हमारे सौहार्द से वे प्रभावित होकर हमें एक सामान्य इंसान की तरह ग्रहण करते, लेकिन उनके मन में बँधी धर्म की ज़ंजीर उन्हें कस के जकड़े रहती, फिर भी महफ़िल जमाने वाली औरतों ने अपने मन

से जाति-धर्म के जाले काफ़ी हद तक साफ़ किए और उनकी शिकायत भरी निगाहों में थोड़ी आत्मीयता घुल गई। हम होली की गुझिया, ईद की सिवैयाँ साथ-साथ खाने लगे, इसके बावजूद एक अस्वीकार्य मुसलमान की बीवी को स्वीकार कर भी लिया जाए तो भी डर का कोहराम भीतर मचा ही रहता है।

उस रोज़ सर्दी की गुनगुनी नर्म धूप काले धुआँधार बादलों में तब्दील हो गई थी, जब कानपुर की हृदय विदारक घटनाओं से अखबार के पन्ने अटे पड़े थे और मैंने रात भर पलकें तक नहीं झपकाई थीं, आँखें मूँदते ही जो देखा नहीं वो दिखाई देने लगता था...।

एक गर्भवती स्त्री दया और करुणा की भीख माँग रही है। सब वहशी बन गये हैं। फ़िरकापरस्ती के जुनून में वे...स्त्री के पति को निर्ममता से पीट रहे हैं ,वह अधमरा हुआ जा रहा है, उसके बदन से खून का फव्वारा बह रहा है और जैसे उस गर्भवती स्त्री के शरीर का सारा खून सूखा जा रहा हो...। अपने पति की पीड़ा को महसूसती वह बेहोश हो गई है, उसका बच्चा उसके गर्भ में ही अपने पिता की चोट से सहम जाता है, छटपटा कर चीत्कार उठता है और गर्भ में ही दम तोड़ देता है। पति की मर्मान्तक पीड़ा, तड़प, उसकी छटपटाहट को अपनी साँसों में महसूस करती...अपने अजन्मे शिशु को खोने की विकल पीड़ा से कराहती, रोती, सिसकती वह स्त्री 'मुझमें' तब्दील हो गई हो और अधमरा होता उसका पति आफ़ताब की काया बन गई हो...।

मेरे भीतर से ज़ोरदार चीख़ निकली, लेकिन घुटकर कलेजे के भीतर ही दब गई। मैं पसीने-पसीने थी। आफ़ताब ने मेरे बालों में उँगलियों से कंघी फिराई, मुझे पानी पिलाया। मैं कसकर उसके सीने से चिपट गई।

'वे...वे...कहीं यहाँ तो नहीं आ जाएँगे ? उन्हें कहीं तुम्हारा नाम न पता चल जाए...।'

'...शुभांगी...कुछ नहीं होगा। यह घटना कानपुर के गाँव में घटित हुई है। बेफ़िक्र रहो, यहाँ कुछ नहीं होगा।'

'क्यों बहरामपाड़ा में... ? भिवंडी और ठाणे में, जो आग दहकी वह... ?' मैंने सुबकते हुए कहा था। कानपुर जैसे तमाम इलाकों की आग महानगर में भी धूँ-धूँ करने लगी थी। उस रात पच्चीस या तीस लोगों का हुजूम ऊँची आवाज़ में नारे लगाता हुआ सड़क पार कर रहा था। आफ़ताब वॉल-साइज़ विंडो का

पर्दा ज़रा-सा सरका कर साँस रोके उन्हें देख रहे थे। मैंने पहली बार आफ़ताब को आसमान की ओर उँगली उठाकर कुछ कहते देखा था, रसोई में मर्तबान में शीर-खुरमा रखकर पहली बार फातिहा पढ़ते देखा। उन्होंने अमन-चैन के लिए फातिहा पढ़ी होगी। मैंने मन-ही-मन दुर्गा माता से निवेदन किया—'हे देवी माता, अल्लाह के रसूल से कहकर आफ़ताब की दुआ ज़रूर कुबूल करवा देना'...पर खुशामद-पसंद अल्लाह और भगवान भी उन्हीं की सुनते हैं, जो उनकी नियमित रूप से इबादत और प्रार्थना करते हों। केसरिया पोशाकवालों का हुजूम कई दिनों तक अपनी एकता और भाईचारे के डंके पीटता रहा, कई दिन तक वे ऊँची आवाज़ में कुछ बोलते हुए हमारे घरों के सामने से गुज़रते, धीरे-धीरे उनकी आवाज़ें मद्धिम पड़ जातीं, पर मेरे कानों में वो सब सांय-सांय बजता रहता, उनके शोर में बस इतना ही समझ में आता—'गौ मांस का हम बदला लेंगे, इस इलाके में सिर्फ़ हमारे घर होंगे, सारे बूचड़खाने जला दो, यह हमारा देश है यहाँ सिर्फ़ हम रहेंगे।'

उन्हीं दिनों एक रात मैं घर लौट रही थी, ऑटो रुका, भारी जाम के बीच सामने से उनका काफ़िला झंडे लहराता हुआ चला आ रहा था...उफ़्फ़। वे लाठियों से वार करके दुकानें बंद करवा रहे थे, उनके ख़ौफ़ से लोगबाग तितर-बितर होकर घरों में और दुकानों के भीतर पनाह ले रहे थे, मेरे माथे पर पसीने की बूँदें चुहचुहा आईं, झुलसती गर्मी में भी हाथ बर्फ़ हो गए, ऐसा लगने लगा कि वे सारे लोग मुझे पहचानते हैं, आफ़ताब को जानते हैं। बस अभी वे आएँगे, मेरे बैग की तलाशी लेंगे, मेरे पति का नाम पूछेंगे, और फिर...उफ़...मैंने भगवान, ख़ुदा, जीजस-क्राईस्ट सबको पुकार लगायी...अगल-बगल देखा तो इक्का-दुक्का ही वाहन थे, लोग बहुत कम थे, मेरी धड़कन राजधानी एक्सप्रेस के इंजन की तरह शोर कर रही थी। अपना फ़ोन मैंने झटपट म्यूट कर पर्स में छुपा लिया। कहीं ऐन वक्त पर 'आफ़ताब कॉलिंग' न दिख जाए उन्हें...माथे पर पसीना पोंछने के लिए हाथ फिराया तो याद आया कि आज ही वेस्टर्न ड्रेस पहनी है, आज ही बिंदी नहीं लगाई जो आज भी अपने देश की संस्कृति का विशेष प्रतीक है। फटाफट अपने पर्स से एक बिंदी का पत्ता निकाला और जल्दी से अपने माथे पर बड़ी-सी बिंदी चिपका ली, लिपस्टिक से अपनी माँग पर सिंदूर की रेखा खींच ली, यह मैंने बड़ी सतर्कता से किया कि कहीं वे ऐसा

करते मुझे देख न लें और उन्हें संदेह न हो जाए कि मैं एक मुसलमान की पत्नी हूँ। पिछले दंगों में ऐसा ही तो हुआ था, अपने बचाव के लिए मुस्लिम महिलाएँ भी माथे पर टिकली लगाकर घर से बाहर निकलती थीं लेकिन पुरुषों की पैंट...। छी-छी...ये कैसी बातें मैं याद कर रही हूँ, उन्हें क्या पता मैं कौन हूँ और मेरा पति कौन है...उस दंगे के बाद बहुत समय तक मुस्लिम इलाके से गुज़रते हुए हिन्दू औरतें अपने बचाव के लिए बुर्का पहन कर जातीं...धीरे धीरे उनका काफ़िला शोर करता हुआ, नारे लगाता हुआ आगे निकल गया और घर पहुँचकर मैंने आफ़ताब को उस रोज़ घर से बाहर निकलने नहीं दिया था।

बांद्रा और कला नगर के बीच में ही बहराम पाड़ा पड़ता था, वहाँ से गुज़रते हुए मन में दहशत होती...मोटर पार्ट की दुकानें...ऑटो के गैराज...बेकरी, सैलून, चाय और पान की टपरियाँ, उन दुकानों में तैनात लम्बी दाढ़ी वाले मौलानानुमा दुकानदार जिन्हें देख कर ही मन खौफ़ज़दा हो जाता...उन गलियों में तेज़ आवाज़ में बजती हुई कव्वालियाँ...गलीनुमा तंग सड़क और दुकानों के बीच से गुज़रते हुए अक्सर ही वो हादसा याद आ जाता, जो शालू के पति के साथ हुआ था। बताते हुए उसके आँसू ही नहीं थमते थे, उसका पति टाटा कम्पनी में वसूली का काम करता था, बार-बार पैसे माँगने पर भी दाढ़ी वाले व्यक्तियों का गिरोह गाड़ी की रकम वापस नहीं कर रहा था। एक दिन आपस में कुछ कहासुनी हुई और उन्होंने मिलकर शालू के पति के पैरों में, सिर में रॉड फँसा कर मारा, अधमरा कर उसे झाड़ियों में फेंक आये थे, कोई फ़रिश्ता उधर से गुज़र रहा था, उसने कराहने की आवाज़ सुनी....फौरन अस्पताल पहुँचाया और उसकी जान बचाई...। दुकानों में होती खटर-पटर से, छेनी काटने की आवाज़ मात्र से लगता कि वही रॉड बस मेरे सिर पर अभी गिर पड़ेगी। हमारे घरों के आस-पास भी दहशत का साया हर वक़्त मंडराता रहता। सुबह और शाम आती हुई अज़ान की आवाज़ सुकून की बजाय खौफ़ पैदा करती...।

दंगे के तीसरे दिन कंपनी के काम से मुझे बाहर जाना पड़ा। मैं आफ़ताब को भी अपने साथ ले गई। चंद रोज़ बाद जब लौटे, तो काफ़ी हद तक शहर में शांति थी। जगह-जगह बूचड़खानों के स्थान पर चमन बन गए थे, सफ़ाई अभियान ज़ोरों पर था। देख कर दिल खुश हुआ। मीट की एक भी दुकान कहीं नज़र नहीं आ रही थी। बेचारे जीव-जंतु भी उन्हें दुआएँ दे रहे होंगे। अपने मन में चमन की इमेज बनाए हम घर पहुँचे। अरे...! यह क्या...? आँखों के

आगे अँधेरा-सा छा गया। दरवाज़े पर, मुस्कुराने वाले फूल रौंदे जाने के बाद तड़प रहे थे, अधजला किवाड़ हमसे गले मिलकर रोने को आतुर था। लोहे की मज़बूत ग्रिल के कारण खिड़की के पर्दे पूरे जलने से बच गए थे और उन पर्दों के जगह-जगह ढूहे से बन गए थे। जैसे बच्चे बनाते हैं—रेत के घरौंदे। पर उनमें निर्माण होता है यहाँ तबाही थी और था उजड़ा हुआ सहरा।

तिनका-तिनका जोड़ा हुआ हमारा नीड़ नष्ट हो चुका था, सांप्रदायिकता की आग में जले घर की नींव बाकी रह गई थी। शायद ईश्वर अल्लाह को इतने प्यार से हाथ मिलाते देख उनके हौसले पस्त हो गए थे। हॉल में बिखरे सामान हमारी गैरमौजूदगी में अपने को सुरक्षित न रख पाने की पीड़ा बयां कर रहे थे। सोफ़ा सेट की चोटिल कुर्सियाँ औंधी होकर आर्तनाद कर रही थीं। हॉल के बाद का दरवाज़ा वे तोड़ने में नाकाम रहे या फिर रसोई में रखे मन्दिर और जानमाज़ की जुगलबंदी ने उनके भीतर आग पर पानी डाला हो। शायद प्रेम की ताकत ने नफ़रत की आग को ठंडा किया हो। ख़ुद से गुफ़्तगू करते हुए मैं अलगनी पर टँगे कपड़े एक-एक कर उतारती हूँ और बालकनी में सिर्फ़ रंग-बिरंगे पिन सजे रह जाते हैं। ये आने वाले अगले परिवार के काम आएँगे। रंग-बिरंगे पिन हमारी विदाई से उदास हो गए हैं।

अब यादों के बड़े काफ़िले से मैं अपना दामन छुड़ाना चाहती हूँ पर कहाँ...! उदासी के बादल ने मेरी आँखों और चेहरे को भिगो डाला है। धुंधलाई आँखों को झटपट पोंछती हूँ, कहीं यहाँ से लौट जाने का फ़ैसला बदल कर आफ़ताब को कमज़ोर न कर बैठूँ, अब यहाँ रहने का न तो हौसला बचा है न ही मन...अब बचा ही क्या है यहाँ...समाज के ठेकेदारों को धता बताते हुए, दिलों की दरारों को जोड़कर तिनका-तिनका आशियाना बनाया था, वह भी तार-तार नष्ट हो गया फिर इस शहर से दूर जाने का अफ़सोस कैसा...।

मूवर्स एंड पैकर्स के कर्मचारी जो टी-ब्रेक पर गए थे वापस आकर तैनात हो गए हैं, मैनेजर ने सामान की गिनती कर कई पन्नों का दस्तावेज़ मुझे थमाया ठीक घर के कॉन्ट्रैक्ट की तरह। जैसे यही हो हमारा आखिरी कॉन्ट्रैक्ट...इन कर्मचारियों ने बड़ी ही मुस्तैदी और फुर्ती से ट्रक पर सामान लोड किया। आफ़ताब का चेहरा ज़्यादा ही मायूस है। किसी भी शहर को छोड़ते हुए हम जैसे खुद से जुदा होते हैं। शहर के साथ-साथ हम ज़िन्दगी के तमाम निजी लम्हों से, तमाम यादों से भी जुदा होते हैं।

'चलो आज इस शहर के महासागर को आखिरी बार सलाम कर लें...' आफ़ताब अपनी पीड़ा और लाचारी को छुपाते हुए बोले।

'हाँ समंदर के किनारे जगर मगर विक्टोरिया में बैठकर आइसक्रीम खाएँगे'...मैंने अपनी खिलखिलाहट आफ़ताब पर बिखेर दी।

'कल से हमारी नई ज़िन्दगी की शुरुआत होगी, लो पहले आज की सुबह की आखिरी ग्रीन टी तो पी लो,'...कहते हुए अखबार हाथों में लेकर मैं पलटने लगी।

'अरे...आफ़ताब हम कहाँ जा रहे हैं, क्यों जा रहे हैं, हर शहर में आग का दरिया है,' मेरी साँसों की रफ़्तार बढ़ गई...कान में सायरन-सा बजने लगा।

'सुना तुमने, बेंगलुरु में कल एक बड़ा हादसा हुआ, मुस्लिम लड़की ने हिन्दू लड़के से शादी की, दोनों कई महीनों तक गुमनाम रहे। अब उस लड़की का पति गायब हो गया है। लोग अटकलें लगा रहे हैं कि लड़की का भाई पाँच वक्त का नमाज़ी कट्टर मुसलमान है। शायद उसने उस लड़के को जान से...उफ़्फ...खबरें गर्म हैं कि इसमें कोई बड़ी साजिश है।'

मेरी आँखों के सामने कानपुर के कई दृश्य सजीव हो उठे, पूरी दुनिया कानपुर हो गई। और खौफ़नाक सैलाब में तब्दील हो गई। आँखों के आगे 'तिलकधारी,' रितेश भाई शाह, ब्रोकर, हुजूम वाले वे लोग झिलमिलाने लगे। तीन तलाक पर औरतों को फतवा जारी करने वाले मुफ़्ती और इमाम की शक्लें चस्पां हो गईं...जिन्होंने उस प्रेमी जोड़े के लिए हदीस के लॉ के कुछ पन्ने बदल दिए थे। इस बात की कल्पना से मेरी साँसों की लय में उदास वायलिन बजने लगा...जैसे त्रिशूल और काबा दोनों धरती से उठ कर हवा में तैरते हुए आपस में टकरा रहे हों...इन्हें बचाने के लिए न कोई सुदर्शन चक्र बचा है, न ही मक्का-मदीना...धरती की सारी नदियों में लाल रंग घुल गया है, जो तबाह कर देगा...और वो लाल पानी का सैलाब मेरी आँखों से बहने लगा है...फिर चारों ओर घोर अंधकार...ठीक उसी वक़्त आफ़ताब की आवाज़ में रोशनी की एक लकीर चमकी...'डरो मत शुभांगी, बचा है समंदर। जिसका पानी खूनी लाल नहीं हुआ...उसमें हम घोलेंगे प्यार का गुलाबी रंग...।'

❑❑❑